Krischan Koch
Rote Grütze mit Schuss

Fredenbüll in Nordfriesland hat drei Deiche, 176 Einwohner, 600 Schafe, den Friseursalon »Alexandra«, die Kneipe »De Hidde Kist«, eine Feuerwehr und eine Polizeistation. Noch. Denn die Wache ist vom Rotstift des Kieler Innenministeriums bedroht. Deshalb setzt Polizeioberwachtmeister Thies Detlefsen alles daran, die Kriminalitätsrate in Fredenbüll hochzuhalten.
Als eines Morgens Biobauer Brodersen unappetitlich zugerichtet im eigenen Mähdrescher liegt, bekommt Thies richtig Arbeit. Gleichzeitig verschwindet auch noch die hübsche Swaantje – das friedliche Fredenbüll ein Hort brutalster Kriminalität?

Krischan Koch wurde 1953 in Hamburg geboren. Die für einen Autor üblichen Karrierestationen als Seefahrer, Rockmusiker und Kneipenwirt hat er sich geschenkt. Stattdessen macht er Kabarett und Kurzfilme und schreibt seit vielen Jahren Filmkritiken u.a. für die ›DIE ZEIT‹ und den ›Norddeutschen Rundfunk‹. Koch lebt mit seiner Frau in Hamburg und auf der Nordseeinsel Amrum, wo er mit Blick aufs Watt seine Kriminalromane schreibt.

Krischan Koch

Rote Grütze mit Schuss

Ein Küsten-Krimi

dtv

Von Krischan Koch
sind bei dtv großdruck außerdem erschienen:
Mordseekrabben
Rollmopskommando
Dreimal Tote Tante
Backfischalarm
Pannfisch für den Paten
Mörder mögen keine Matjes
Friedhof der Krustentiere
Flucht übers Watt
Venedig sehen und stehlen

Dieses Buch ist auch im Normaldruck
lieferbar.

FSC www.fsc.org
MIX
Papier | Fördert gute Waldnutzung
FSC® C019821

Ungekürzte Ausgabe 2016
7. Auflage 2024

Umschlaggestaltung: dtv unter Verwendung
eines Bildes von Gerhard Glück
Gesetzt aus der Garamond 12,5/15,5·
Gesamtherstellung: Druckerei C.H.Beck, Nördlingen
Printed in Germany · ISBN 978-3-423-25374-1

Für meine Mutter,
die natürlich die beste Rote Grütze machte

1

»Wenn du ’ne Linie ziehst zwischen Amsterdam und Kopenhagen, dann liegt Fredenbüll genau auf der Mitte«, sagt Klaas, der in Fredenbüll die Post austrägt. »Jo, is so.«

Er demonstriert das immer wieder gern anhand eines Bierglases zwischen zwei Jägermeisterfläschchen an einem der beiden Stehtische in dem Fredenbüller Imbiss »De Hidde Kist«.

»Genau genommen zwischen Reusenbüll und Neutönninger Siel«, wendet Piet Paulsen ein, Landmaschinenvertreter im Ruhestand.

Aber das spielt eigentlich keine Rolle, denn für die Fredenbüller ist es der Mittelpunkt der Welt. Der Ort hat drei Deiche, hundertsechsundsiebzig Einwohner, einschließlich einer echten Adelsfamilie, aber ohne die drei Wochenendhäuser, und sechshundert Schafe, hauptsächlich Bio. Es ist alles da, was man braucht: Edeka mit Lotto/Toto, Filiale vom Bäcker Hansen aus Husum, »Salon Alexandra« und natürlich »De Hidde Kist«, wo Wirtin Antje »Internationale Spezialitäten« serviert, vom »Halben Brötchen mit herzhaftem Landmett« über Sauerfleisch in Gelee bis zum »Putenschaschlik Hawaii«. Neuerdings gibt es auch Croque.

»Wird aber noch nich so angenommen«, klagt Antje. »Alle woll'n immer nur meine Rote Grütze mit Schuss.«

Für einen Kammermusikabend auf dem Gut der von Rissens musste Antje kürzlich sogar siebzig Portionen ihrer Roten Grütze anliefern.

»Könnt ich mich reinsetzen, in Antje ihre Rode Grütt«, sagt Klaas.

»Jo, is mal wat anderes«, findet auch Piet Paulsen.

Fredenbüll hat auch eine Polizeistation. Noch. Und Polizeiobermeister Thies Detlefsen will, dass das so bleibt. Die kleine Wache neben der Freiwilligen Feuerwehr in dem Backsteinbau ist nämlich vom Kieler Rotstift bedroht.

»Ich hab dat Schreiben mal dabei. Hier, Briefkopf, direkt vom Innenminister in Kiel.«

»Na, wat will er denn?«, fragt Klaas. »Antje, machst für Thies erst mal 'n Bier.«

»Hier«, Thies Detlefsen liest langsam vor, »im Zuge einer Weiterentwicklung der Sicherheitsstrukturen im ländlichen Bereich ist eine Zentralisierung regionaler Polizeiposten geplant.«

»Dat hört sich irgendwie nich gut an«, findet auch Antje und zieht energisch den Frittierkorb mit einer Portion Pommes aus dem heißen Fett.

»Dabei hatten sie mir letztes Jahr sogar 'n neues Dienstfahrzeug in Aussicht gestellt.«

»Erst ham sie Klaas sein Postamt plattgemacht und jetzt ... Dat is 'ne Sauerei.« Landmaschinenvertreter a. D. Piet Paulsen zieht die Lederweste, die er das ganze Jahr trägt, stramm, nimmt zwei leere Flachmänner von Stehtisch zwei und stellt sie zu Antje auf den Glastresen.

»Dabei is die Wache mit einem Mann kaum zu schaffen.« Thies setzt seinen Kuhblick auf.

Thies Detlefsen sieht eigentlich gut aus in seiner knapp sitzenden Polizeiuniform. Er ist ein Kerl von einem Mann. Kantiger Kopf, kantiges Kinn, kurzgeschnittenes blondes Haar mit hochgegeltem kleinem Struppelspoiler vorne. Die Frisur mit dem Frontigel stammt aus dem »Salon Alexandra«. Aber wenn Thies nach ein paar Bieren nachdenklich wird, bekommt er diesen leichten Kuhblick.

»Na ja, Thies, bist bei der Arbeit auch manchmal ’n büschen übergenau«, sagt Klaas.

»Wat denn, ich hab mein Schreibtisch so hoch mit Akten liegen.« Detlefsen hebt die Hand in Höhe des Bügelverschlusses seiner Bierflasche. »Alles ungelöst.«

»Ja, ja, Thies, neulich dat tote Schaf. Wie war das? Anschlag militanter Ökoaktivisten? Hör auf!«

»Moment, nee, nee, dat war die internationale Futtermittelmafia. Aber ohne Soko hast du dagegen keine Chance.«

»Komm, Thies, nu chill erst mal ’n büschen runter.«

Chillen, das ist das Neuste, was Antje draufhat. Bei Antje ist sowieso alles gerade im Umbruch. Seit der letzten WM hängt gegenüber der Dunstabzugshaube ein 46-Zoll-Flachbildschirm, sehr zur Freude der drei bis vier männlichen Stammkunden, die die meiste Zeit des Jahres bei Antje verbringen. Champions League, Euro League, Pokal, Bundesliga sowieso und zwischendurch immer mal ein kühles Getränk. Aber dann gibt es auch noch eine neue Speisekarte und neue Beleuchtung. Antje hat auf Energiesparröhren umgerüstet. »Machen irgendwie ungemütliches Licht«, findet Klaas. Und jetzt will Antje die »Hidde Kist« umbenennen – in »Croque Lagune«. Neue Leuchtschilder sollen angeblich schon bestellt sein. Damit will sie an die Durchreisenden nach Sylt, Föhr und Amrum ran. »Nur mit Schaschlik kann ich denen nich mehr kommen.«

Nicht nur Antje, auch ihr Hund, Schäfermischling Susi, hat die Ernährung umgestellt.

»Ja, wo ist die Susi?! Susi komm, hier, kriegst 'n Stück Schaschlik!« Piet Paulsen pult ein Fleischstück von seinem Spieß und hält es dem Hund hin. Susi schnuppert interessiert und wendet sich dann ab.

»Da is nix zu machen!« Die vollschlanke Antje zuckt resigniert mit den Schultern. »Sauerfleisch, Frikadellen, hat sie doch früher so gern gefressen, rührt sie alles nicht mehr an, seit sie neulich diese Fleischvergiftung hatte.«

»Fleischvergiftung?« Klaas wird leicht mulmig.

»Dabei waren die Schinkenknacker mit Paprika erst zwei Wochen über das Verfallsdatum raus … Aber drei Pakete auf einmal, das war einfach zu viel.«

»Und seitdem ist der Hund Vegetarier, oder was?«, fragt Paulsen mit heiserer Raucherstimme.

»Ja, kann man so sagen … Pommes, mal die Reste vom Kartoffelsalat. Darf aber kein Speck drin sein.« Die Mischlingshündin stellt die Ohren auf. »Ja, Susi, Kartoffelsalat, fein!«

»Antje, sieh lieber zu, dass du dein Frittierfett mal wieder gewechselt kriegst«, brummt Detlefsen.

»Komm, lass ma, war wieder eins a dat Putenschaschlik, richtig schön scharf«, krächzt Paulsen. »Und Thies, du trinkst erst mal ganz sutsche dein Bier.«

Paulsen war auch vor der Rente schon die Ruhe selbst. Und eigentlich hat er auch schon immer so ausgesehen: Lederweste, schweres Brillengestell mit Gleitsicht und deutlich erhöhtes Cholesterin. Und auch die neuen Zähne hat der Bredstedter Zahnarzt irgendwie eine Nummer zu groß bestellt.

Thies schüttelt den Kopf. »Ja, ihr habt gut reden. Ihr sitzt hier schön gemütlich an Tisch zwei. Ich sach euch, ich hab vielleicht wieder so'n Tag hinter mir. Der Hamburger Medizinprofessor in sein' Reetdachschloss hat schon wieder fünfmal angerufen. Füüünfmal! Zweimal wegen den Jauchemief von Dossmann seine Geflügelhalle und dreimal wegen Treckerlärm vom Biohof.« Thies redet sich richtig in Rage. »Musste ich zu Brodersen hin, Brodersen war nich da, nur seine verrückte Frau. War grad wieder am Meditieren oder so und mit ihre Duftöle zugange. Mann, Mann, Mann. Und dann sieben Falschparker am Deich. Siiieben! Bis auf den Jeep von dem alten von Rissen alles ortsfremde Kennzeichen. Merkt ihr wat?«

»Jetzt erzählt er gleich wieder wat von Selbstmordattentäter.« Piet Paulsen pult sich die Reste seines Putenschaschlicks »Hawaii« aus den gewaltigen Zähnen. »Thies, dat sind Touristen.«

»Ja, wat denn, dieser Mohammed Atta hatte auch Hamburger Nummernschild.«

»Mensch, Thies«, sagt Postbote Klaas, »überlech doch ma, Selbstmordattentäter bei uns in Nordfriesland, dat bringt doch nix!«

»Aber ham wir hier Touristen? Dat Schild ›Zimmer frei‹ bei Renate. Hast du gesehen, dass Renate dat mal reingenommen hat?«

So recht ist es Thies Detlefsen noch nicht gelungen, die Kriminalitätsstatistik von Fredenbüll in Schwung zu bringen. Auch das neue Traffipax-Gerät, der Radarblitzer für Geschwindigkeitskontrollen, hat noch nicht den entscheidenden Durchbruch gebracht. In der platten weiten Marsch springt der Blitzkasten jedem sofort ins Auge. Und wer soll in Fredenbüll schon in die Radarfalle tappen? Der Trecker von Biobauer Brodersen und die antiquarische Zündapp-Zweigang von Bounty, dem übrig gebliebenen Althippie aus der Landkommune, sind vom Erreichen der erlaubten fünfzig km/h innerhalb der geschlossenen Ortschaft von Fredenbüll weit entfernt, das verrostete Hollandrad des Eppendorfer HNO-Professors Müller-Siemsen erst recht.

»Thies, dat is schon rein rechnerisch gar nich möglich«, analysiert Klaas nach vier Jägermeistern und einer doppelten Portion Roter Grütze mit Schuss messerscharf.

Einmal allerdings ist Thies doch ein Hamburger Porsche auf dem Rückweg von Sylt im Ort mit hundertzweiundsiebzig, die Toleranz schon abgerechnet, in die Radarfalle gegangen. Das Traffipax hatte ein gestochen scharfes Bild des Schnösels auf der Gegenfahrbahn beim Überholen von Brodersens Bioschafen geliefert. »Klarer Fall von Paragraph 315 c«, hatte Thies überhaupt keine Zweifel aufkommen lassen und den Führerschein gleich vor Ort einkassiert. Dann hat er einen holländischen Spediteur mit frischer Ware von Hühnerbaron Dossmann geblitzt, allerdings nur mit zweiundsiebzig, und in den ersten Wochen, als sich die Anschaffung des Blitzgerätes noch nicht herumgesprochen hatte, immer wieder den Schimmelreiter.

Der Schimmelreiter heißt auch Hauke, wie der bei Theodor Storm, allerdings Hauke Schröder, aber er ist auch viel nachts unterwegs und fegt in seinem tiefergelegten Corolla den Deich am Koog entlang. Wie das Pferd im Buch ist auch Hauke Schröders Auto weiß, das heißt, genau genommen, perlmuttmetallic. Die Rückbank hat er rausgenommen und stattdessen zwei stattliche Tausend-Watt-Boxen eingebaut, aus denen ausschließlich AC/DC zu hören ist. So geht es mit dumpfem »Dumb-dumb-dumb-dumb«, dass die grün getönten Scheiben wackeln, immer am Deich entlang. Die Strecke Fredenbüll nach Neutönninger Siel hinunter kommt der

Schimmelreiter kurz auf hundertsiebzig. Die Spoiler halten den Japaner auch bei steifem Nordwest dicht auf der Straße. Vor der Kurve zur Badestelle muss man dann ziemlich zügig runterschalten.

»Ja, Kriminalität is hier genug«, sagt Thies Detlefsen. »Aber wenn ich ehrlich bin, könnte mehr sein. 'n büschen mehr Unterstützung könnte auch von euch kommen. Denn eins muss euch klar sein, wenn nix passiert, bin ich hier bald weg.« Kuhblick. »Dann schicken sie mich auf die Wache nach Bredstedt oder gleich in die Stadt … nach Husum.« In den Kuhblick mischt sich Panik.

»Soll'n wir hier jetzt den Edeka überfallen, oder wat«, sagt Klaas und zieht seine blaugelbe Postjacke aus.

Piet Paulsen schraubt mit einem Knacken ein neues Jägermeisterfläschchen auf und schaltet mit der Fernbedienung das 46-Zoll-Flachbildgerät ein, auf dem prompt Gerhard Delling erscheint. »Kannst ja Antje wegen zu altes Bratfett verhaften. Wär' mal wat anderes.«

2

Wie jedes Jahr in den ersten warmen Maitagen, wenn die Frühlingsstürme vorüber sind, liegt auf einmal der schwere Duft von Flieder und Weißdorn über Fredenbüll. Die ersten Apfelblüten regnen über die Dorfstraße, und die drei Deiche sind über und über gelb mit Butterblumen gepunktet. Im Gutshaus der von Rissens werden die Fensterläden gestrichen. Huberta von Rissen rüstet sich für den »Fredenbüller Kultursommer«, in dem sie auf dem Gut wieder eine Reihe von Konzerten und Lesungen veranstalten will.

Ein Schwarm Eiderenten zieht mit ohrenbetäubendem Schnattern im Tiefflug über das Deichvorland hinweg. Die Fredenbüller entrosten ihre Gartengrills und tauschen in den Waschbetonkübeln die Stiefmütterchen gegen Begonien aus. Die Amsel in der Kastanie vor der alten Dorfkirche ist auf Brautschau und macht einen Mordslärm. Auch bei vielen Fredenbüllern scheinen die Hormone verrücktzuspielen, nur bei Thies Detlefsen und seiner Frau Heike irgendwie nicht. Aber dafür gibt es in Fredenbüll jetzt wohl einen echten Entführungsfall.

Thies kommt an diesem Freitag später nach Hause. Mit seinem Traffipax hat er auf der L 157, die von Husum herüberkommt, am Abend noch mal Jagd auf ein paar Ferienhausbesitzer gemacht, die zum Wochenende eilig die letzte Fähre auf die Inseln erwischen wollten. Das Blitzgerät hatte er hinter dem neuen Schild »Feiern im Fachwerk« postiert, gleich am Ortseingang vor der alten Scheune, die man neuerdings für Partys anmieten kann. Tatsächlich sind ihm ein BMW-Coupé und drei Geländewagen, alles Hamburger Ferienhausbesitzer mit NF-Kennzeichen, in die Falle gegangen. Viel mehr als hundertzwanzig hatten die zwar auch nicht auf dem Tacho, aber Thies fährt bester Laune ins Wochenende.

Als er zu Hause vorfährt, fällt er erst mal über die neuen Terrassenplatten, was seine Stimmung deutlich dämpft. Seit Wochen stehen die Paletten mit den Platten in der Auffahrt, dreifarbig, Anthrazit, Mauve und Karmin, Muster »Siena«, gar nicht einfach zu verlegen. Dabei hatte Thies die Garageneinfahrt vor drei Jahren gerade gemacht. Aber als Heike die neue Terrasse von Sandra gesehen hatte, wollte sie auch »Siena« haben. Für Heike muss es immer das Neuste sein. Thies kommt längst nicht mehr hinterher.

Nach einem Abendessen sieht es zu Hause nicht aus. Dafür sitzt Heike grade wieder vor einer ihrer Kochsendungen. Thies' Stimmung sinkt weiter. Statt selbst zu kochen, sieht Heike in letzter Zeit lieber Kochen im Fernsehen und macht in der Mikrowelle Tiefkühlpizzas heiß. Die Zwillinge sind im Gegensatz zu Thies begeistert und werden immer dicker.

Irgendwie kommt Heike ihm heute Abend verändert vor. Aber er weiß zuerst nicht, wieso. Neue Klamotten? Schminke? Oder einfach nur der Frühling?

»Ich will mit Marret, Swaantje und Sandra am Sonntag mal wieder nach Hamburg runter: Queen Mary gucken«, offenbart Heike.

»Sonntag? Is Angrillen am Deich«, sagt Thies.

»Das viele gegrillte Zeug soll gar nicht gut sein.« Die Erkenntnis hat Heike aus ihren Kochsendungen.

»Und wat is mit den Zwillingen?«, fragt Thies.

»Die nimmst du einfach mit zum Grillen. Telje, Tadje, wollt ihr mit Papa grillen?« Die einträchtig nebeneinander auf dem Sofa sitzenden Mädchen, acht Jahre alt und auch von ihren Eltern kaum auseinanderzuhalten, starren weiter wie gebannt auf den Fernsehkoch, der gerade Förmchen für ein Soufflee einbuttert.

»Telje! Tadje!« Thies wird etwas lauter.

»Ich will auch mit Queen Mary gucken«, quakt Telje.

»Geht nich, ihr kommt mit zum Grillen.«

»Sag mal, Thies, fällt dir eigentlich gar nichts auf?« Heike sieht ihn herausfordernd an.

Daraufhin mustert Thies seine Frau eindringlich. Also doch: die Haare. Sonst hat Heike immer diesen Heuwagen mit Dauerwelle auf dem Kopf, meist mit einem Haargummi gebändigt. Jetzt trägt sie auf einmal glatte Haare mit orangenen Strähnchen.

»Warst du beim Friseur?«

Es ist bei den beiden eigentlich immer dasselbe. Thies möchte gern, dass alles so bleibt, Fredenbüll, seine Polizeistation, aber auch

Mode und Einrichtung. Seinetwegen müsste Heike nicht unbedingt mit jedem Quartal die Frisur wechseln. Aber Heike ist eben mehr für die Veränderung. Ständig fährt sie ins Möbelcenter nach Flensburg. Dabei haben sie gerade zwei neue Dreisitzer, die kaum ins Wohnzimmer passen. Im Urlaub will Heike immer gleich nach Afrika oder wenigstens Spanien. Neuerdings träumt sie von einer Kreuzfahrt, während Thies die Sommerferien am liebsten einfach nur mit der Fähre nach Amrum rüberfährt. »So'n Strand hast du in ganz Spanien nich.« Piet Paulsen hat das bestätigt, und der muss es wissen. Seit Paulsen Rentner ist, hat er ein Apartment an der Costa del Sol, das allerdings immer noch nicht bezugsfertig ist. Irgendwie stockt der Bau.

Von ihren Shoppingtouren mit ihren Freundinnen schleppt Heike laufend neues Dekozeugs an. An Ostern erst die zweihundert beleuchteten Plastikeier im Vorgarten und drinnen die ganzen Hasen und Hühner aus Ton. Thies hätte das nicht unbedingt haben müssen.

Allgemein lässt sich sagen, die Damenwelt von Fredenbüll ist eher für das Moderne, und »Salon Alexandra« geht immer voran. Als die

Frauen sich in der Vorweihnachtszeit zum gemeinsamen Backen trafen, war auch dem letzten ihrer Ehemänner aufgefallen, wie gut gebräunt die Damen für die Jahreszeit waren. Um die rückläufigen Dauerwellen zu kompensieren, hatte Alexandra im Hinterraum ihres Salons einen Turbobräuner aufgestellt, Acapulco 28/1 Kombi.

»Drei Trockenhauben raus, Bräuner rein. Fertig.« Postbote Klaas hatte mitangefasst.

Nun muss man wissen, dass der 28/1 Kombi ein ziemlicher Apparat und Klaas eher klein ist. Während Thies' Polizeiuniform in der Schulter immer leicht spannt, wirkt die blau-gelbe Postjacke von Klaas immer zwei Nummern zu groß. Klaas ist keine eins siebzig und eher ein dunkler Typ, äußerlich alles andere als der typische Friese.

Wenn Thies es recht überlegt, hat er den blonden Heuwagen auf Heikes Kopf eigentlich immer gemocht. »Eigentlich gehst du doch wegen der Dauerwelle zum Friseur. Und jetzt warst du da, damit *keine* Locken mehr drin sind, oder wie seh ich das?«

Heike ist beleidigt und wechselt das Thema.

»Und soll ich dir was sagen, Leif saß auch

schon wieder bei Alexandra. So schnell wächst doch kein Haar. Ich weiß nich, was er da immer will. Neue Versicherung kann doch wohl bald nich mehr sein.«

»Kann ich dir ganz genau sagen, was der da will«, sagt Thies. »Klarer Fall von überversichert.«

Leif Ketels, Vertreter der Nürnberger, Sektion Nordwest, hat im Kreis alles versichert, was man versichern kann: Haftpflicht, Lebensversicherungen, Landmaschinen, sämtliche Reetdächer sowieso. Klaas behauptet, sogar Schafe. Leif hat damit richtig Geld gemacht. Er fährt immer den dicksten Benz, und die Mädels behaupten, seine Swaantje hat er damals auch nur wegen der Kohle rumgekriegt.

»Swaantje sieht eigentlich 'n büschen zu gut aus«, sagt Sandra. Sie meint, als Partnerin für den unscheinbaren Leif in seiner fliederfarbenen Windjacke und mit der weißen Haut und den paar rotblonden Härchen auf der Oberlippe, die wirklich nicht als Bart durchgehen.

Die regelmäßigen Besuche ihres Mannes im »Salon Alexandra« nimmt Swaantje erstaunlich gelassen. Es hält sie keineswegs davon ab, sich von Alexandra die Haare machen zu lassen.

»Morgens war Swaantje da, Schneiden, Dauerwelle, das ganze Programm, sah aus, als wenn sie noch was vorhätte«, sagt Heike. »Und mittags, sie war kaum unter der Trockenhaube raus, da kam Leif rein.«

»Und du warst 'n ganzen Tag da, oder wie?«

»Ja, was denkst du, Entkrausen und Strähnchen, das dauert. Da kriegst du ganz schön was mit, ob du willst oder nich.«

Thies schüttelt den Kopf.

»Alexandra und Leif, die hatten sich ganz schön in der Wolle, hinten in dem Zimmer mit den Waschbecken. Diese Versicherungsheinis sind aber auch hartnäckig.«

»Wieso? Ging dat um Versicherungen?« Thies blickt ungläubig.

»Mensch, Thies, das war hinten bei den Waschbecken. Und gegen die Trockner konnte ich das auch nicht richtig verstehen. Alexandra hat irgendwie gesagt, sie will das nicht mehr, und er soll sie in Ruhe lassen, oder so. Und er wollte sich noch mal mit ihr treffen.«

Thies Detlefsen versteht die Welt nicht mehr. Eigentlich sind die Friesen eher bodenständig und treu, glaubt Thies zumindest. Aber in diesem Mai scheinen alle verrücktzuspielen: Versicherungsvertreter Leif Ketels, seine hübsche Swaantje, die vornehme Huberta von Rissen, Biobauer Jörn Brodersen und dessen durchgedrehte Frau Lara.

»Es heißt ja, Swaantje soll was mit Brodersen haben«, sagt Heike.

»Und ich hab Jörn Brodersens Landrover heut schon wieder bei Huberta von Rissen stehen sehen, während der alte von Rissen auf irgend so 'n Adligentreffen in Ostholstein war.«

»Wat die an Brodersen bloß alle finden«, wundert sich Heike und fasst sich prüfend in die neue Frisur.

Thies' friesischer Charme ist bei den Fredenbüller Damen ja auch nicht ganz ohne Wirkung. Aber mit Jörn Brodersen kann er nicht mithalten.

»Sach mir ma' eine, die Brodersen noch nich angegraben hat«, meint Klaas zu dem Thema. »Macht hier einen auf Bio-Schnacker, aber Brodersen ist knallhart. Und er hat 'n Schlag bei Frauen. Jo, is doch so.«

Jörn Brodersen wirkt sportlich. Mit seinem gepflegten Dreitagebart und den etwas längeren Haaren wirkt er jünger, als er ist. Er stammt zwar aus dem Norden, aus der Elbmarsch in der Nähe von Elmshorn, aber er ist eben kein geborener Fredenbüller und eigentlich auch kein Landwirt. Nach dreiundzwanzig Semestern Psychologie und einem kurzen Intermezzo als Tanztherapeut in Südamerika ist er seit zehn Jahren Biobauer, und zwar höchst erfolgreich.

In erster Linie hat Brodersen seine sechshundert Schafe auf dem Deich stehen. Aber er bewirtschaftet auch noch ein paar Hektar, auf denen er traditionelle alte Getreidesorten und Futtermais für die Tiere, die er nebenbei hat, anbaut. Das Land hat seine Frau Lara, eine echte Fredenbüllerin, mit in die Ehe gebracht. Die beiden haben sich bei einer Tanztherapie auf einer Hazienda kennengelernt.

Lara ist die Schwester von Leif Ketels, dieselbe weiße Haut und dieselben dünnen hellen Haare. Sie verkauft im Hofladen Schafsfelle, Dinkelkissen und Duftöle aus eigener Produktion. Den Großteil des Tages meditiert Lara. Während »dat Gespenst«, der Spitzname stammt natürlich von Klaas, in anderen Sphären schwebt, macht Jörn Brodersen Hausbesuche bei der ortsansässigen Damenwelt.

Thies überlegt kurz, ob er sich auch schnell eine Tiefkühlpizza heiß machen und dann noch ein paar Platten »Siena« verlegen soll oder doch lieber in »De Hidde Kist« fährt, um wenigstens die zweite Halbzeit des Freitagsspiels in der Bundesliga anzugucken.

In dem Moment klingelt das Telefon, das heißt, es klingelt nicht, stattdessen düdelt ›Waterloo‹ aus Richtung Ladestation, ein neuer Klingelton von Heike, seit sie neulich im Abba-Musical war.

Antje ist dran. Im Imbiss herrscht hellste Aufregung. Das hört Thies im Hintergrund. Das Spiel läuft, aber das ist es nicht.

»Thies!!« Antje schreit in den Hörer. »Bist du das, Thies?!«

Thies nimmt den Hörer ein Stück vom Ohr. »Wat is denn los, Antje? Ich wollt sowieso gleich kommen. Is was passiert?«

»Kann man wohl sagen. Leif war hier. Swaantje is weg.«

»Swaantje is weg«, sagt Thies zu Heike, während er sich den Hörer vom Ohr hält.

»Wieso, die war doch heute Morgen beim Friseur«, zischelt Heike dazwischen.

»Thies, du musst kommen. Klaas hat alles genau aufgeschrieben«, schreit Antje ins Telefon.

»Bin sofort da«, sagt Thies geschäftsmäßig.

In der Kochshow ist grad ein Soufflee im Ofen zusammengefallen. Die Zwillinge auf dem Sofa werden munter und zeigen begeistert auf den Fernseher.

»Da is wat mit Swaantje, möglicherweise Entführung, weiß man noch nicht.« Thies zieht seine Polizeijacke über.

»De Hidde Kist« ist außergewöhnlich gut besucht. Klaas und Piet Paulsen sitzen auf Hockern an ihrem Stammtisch. Und an dem anderen, also an Stehtisch eins, steht Bounty, der sich bei Antje immer mal einen seiner Schokoriegel mit Kokosfüllung rausholt oder zum Fußball vorbeikommt. Doch heute ist das Spiel auf dem Großbildschirm nebensächlich.

»Leverkusen interessiert doch eh keine Sau«, sagt Bounty, der statt Schokoriegel heute Mettbrötchen isst.

»Swaantje is weg«, platzt es aus Klaas raus, als Thies in die Kneipe gestürmt kommt. Der kleine Postbote blickt bedeutungsvoll. »Leif war vielleicht fertig. Seit dem Frühstück hat er Swaantje nicht mehr gesehen.«

»Wieso? Swaantje war beim Friseur«, sagt Thies.

»Kann ja sein, aber als Leif abends nach Hause kommt, steht kein Essen auf 'm Tisch. Und normal gibt dat Freitag Schollen.«

Klaas hat alles fein säuberlich auf einem Paketbenachrichtigungsschein notiert. Die Geschichte mit den Schollen jetzt nicht, aber sonst alles.

»Gute Arbeit, Klaas«, sagt Detlefsen wichtig. »Was hat Leif gesagt, haben die Entführer sich schon gemeldet?«

»Wat denn für Entführer?«, will Paulsen wissen.

»Ja, wer sie entführt hat, weiß ich auch nicht. Muss ich morgen gleich mal sehen, dass wir in Kiel 'ne Fangschaltung beantragen.« Thies ist voll in seinem Element.

»Sach mal, Thies, meinst du tatsächlich, Swaantje is' entführt worden?« Antje, die gerade ihre Teller mit Sauerfleisch, Kartoffelsalat und Roter Grütze vom Glastresen in den Kühlschrank zurückräumt, sieht Thies ungläubig an.

»Sieht ganz danach aus«, sagt er.

Thies fährt noch mal bei der Wache vorbei. Er weiß selbst nicht recht, was er da soll. Aber irgendwie muss er etwas tun. Für alle Fälle nimmt er seine Dienstpistole aus der Schublade und fährt noch mal durchs Dorf. Er hat keine Idee, wo er Swaantje suchen soll. Jetzt in der Nacht eine große Suchaktion zu starten findet er übertrieben. Aber irgendwie hat er ein komisches Gefühl. »Nach all den Jahren im Polizeidienst hast du einfach so ’n Bauchgefühl«, sagt Thies immer.

Er fährt noch mal ein Stück aus dem Ort raus die beiden Landstraßen ab. Es ist alles ruhig wie immer. Aber ihm fällt auf, dass sich in diesem Frühjahr einiges verändert hat in Fredenbüll. Die historische Glocke im Holzturm der Dorfkirche aus dem achtzehnten Jahrhundert, die vereinzelte Kulturreisende in die Gemeinde lockt, ist restauriert worden. Sie schlägt gerade zweimal. Der alte Dorfkrug, der seit fünfzehn Jahren vor sich hin gammelte, wurde abgerissen. An der kleinen Landstraße nach Neutönningersiel ist der neue Fahrradweg fast fertig. Es fährt nur niemand dorthin mit dem Rad, nur der Schimmelreiter – in seinem Corolla.

An der Bundesstraße Richtung Husum gibt es gleich mehrere neue Schilder: Gleich am Ortseingang »Feiern im Fachwerk«. Und die Straße weiter runter bei Dossmann, ein Stück vor seiner Hühnerhalle, soll das große neue Freigehege mit Bodenhaltung hinkommen. Die fünftausend Legehennen sind noch nicht drin, aber die riesige Reklametafel steht schon: »Freiheit, die man schmeckt«. Ein bisschen weiter auf dem Brachland, das eigentlich nicht mehr Dossmann gehört, steht handgemalt die Forderung: »Stoppt die Öko-Diktatur!« Das Schild hat früher schon mal da gestanden, dann war es ein paar Jahre verschwunden, seit diesem Frühjahr ist es wieder da.

Ein Stück weiter die Landstraße hinunter parkt dort am Waldrand seit letztem Herbst dieses Wohnmobil älteren Baujahrs mit dem rosaroten Neonherz hinter der Frontscheibe. Im Imbiss wurde darüber schon ausgiebig diskutiert. Thies vermutet die Aktivitäten eines osteuropäischen Mädchenhändlerrings. Er hat aber noch keine Ermittlungen aufgenommen. Heute Nacht ist die Frontscheibe des Campingbusses unbeleuchtet. Und ein anderes Auto mit Kundschaft ist auch nicht zu sehen. Detlefsen wendet.

In »De Hidde Kist« ist immer noch Licht. Das Spiel ist vorbei. Jetzt diskutieren die Trainer, und Antje scheuert den Grill. Piet Paulsen steht vor der Tür und raucht.

Als Thies nach Hause kommt, liegt Heike schon im Bett, ist aber noch wach.

»Heike, mit Swaantje Queen Mary gucken, dat wird wohl nix. Swaantje is entführt.«

3

Die Nacht ist stockdunkel. Nur aus der alten Remise am Rand des Waldes kommt ein schwaches Licht durch die kleinteiligen Fenster. Der alte Backsteinbau gehört eigentlich zum Gut der von Rissens, ist aber einen guten Kilometer vom Haupthaus entfernt. Das Gebäude, in dem früher mehrere Kutschen und landwirtschaftliches Gerät untergebracht waren, wird seit vielen Jahren nicht mehr genutzt und rottet langsam vor sich hin. Eine historische Kutsche, die zum letzten Mal bei der nun schon länger zurückliegenden Hochzeit von Onno und Huberta von Rissen im Einsatz war, fristet dort ihr Dasein. Im Winter stellt Huberta von Rissen ihr englischgrünes MG-Oldtimer-Cabrio dazu.

In dem niedrigen Raum scheint die Zeit stillzustehen. Ein ganzes Sammelsurium ausgedienter Gerätschaften findet sich hier mittlerweile, alte Forken, ein gammeliges Jauchefass, Holzrechen und Sicheln. Ein vorsintflutlicher pferdebetriebener Heuwender ist über und über mit Spinnweben bedeckt. Neben einem Kiefernschrank lehnen ein doppelläufiges, leicht angerostetes Jagdgewehr und eine altertümliche Sense. Gegenüber steht ein schwerer alter Postschrank mit vielen kleinen Schließfächern, deren einzelne Türchen mit Symbolen gekennzeichnet sind: einer Eichel, einem Kleeblatt, einem Keilerkopf und einem Hasen.

In der ehemaligen Kutscherkammer, die früher einmal als Schlafraum und Küche diente, findet man allerdings durchaus Hinweise auf Besucher. Der alte Kohleherd ist eindeutig in diesem Winter beheizt worden, denn neben dem Herd liegt ein kleiner Stapel frisch geschlagenes Holz. Auf dem wurmstichigen Holztisch stehen eine halb geleerte Sektflasche und zwei Gläser. Gegenüber des etwas mitgenommen aussehenden Bettes hängt eine Jagdtrophäe an der Wand, ein Elchkopf, den der alte August von Rissen, Vater des heutigen Gutsherrn, als junger Mann in den Dreißigerjahren bei einer Jagd im schwedischen Nordvärmland geschossen haben soll. Der Elch schaut recht freundlich auf die heutigen Besucher hinunter, als würde es ihn amüsieren, was sich in letzter Zeit vor seinen Augen alles abgespielt hat. Nachdem sich in den letzten dreißig Jahren hier kaum jemand hat blicken lassen, ist nun wieder ordentlich Leben in die Bude gekommen. Dafür sorgen unter anderen Swaantje Ketels und Jörn Brodersen, die sich regelmäßig für ihre Rendezvous in der Remise einfinden.

Schon auf Schützenfesten und Dorfhochzeiten hatten die beiden kaum voneinander lassen können: die blonde Swaantje, die für die norddeutsche Provinz eigentlich viel zu hübsch ist und schon zu Husumer Tanzstundenzeiten einer ganzen Generation friesischer Jungs den Kopf verdreht hatte, und der smarte Biobauer und aufreizende Tänzer Jörn Brodersen, der gar nicht so heimliche Traum vieler Fredenbüller Damenkränzchen.

»Er sieht immer ’n büschen aus wie dieser Arzt von der Nationalmannschaft«, meint Piet Paulsen. »Hier, wie heißt der noch mal, Müller-Dings?«

Postbote Klaas ist da gänzlich anderer Meinung und schüttelt an dieser Stelle regelmäßig den Kopf.

»Wieso nicht?«, fragt Paulsen dann. »Nu stell dir Brodersen mal rasiert vor, ’n büschen älter und im Trainingsanzug.«

Wenn Swaantje und Brodersen zu den Klängen von Bountys Band »Stormy Weather« durch den Tanzsaal schweben, folgt ihnen die versammelte Fredenbüller Schützenfestgemeinde mit offenem Mund und eifersüchtigen Blicken. Und bei Bountys achtzehnminütiger Coverversion von ›Samba Pa Ti‹ weht ein Hauch von Copacabana über den nordfriesischen Deich. Heute Nacht will sich allerdings keine rechte Romantik einstellen.

Swaantje liegt auf dem durchgelegenen Bett, nackt, notdürftig in die alte Wolldecke gehüllt. Sie sieht erhitzt und verheult aus. Nur die neue Frisur aus dem Salon Alexandra sitzt perfekt. Brodersen, ebenfalls nackt, läuft vor dem Elchkopf auf und ab. Er wirkt hektisch, aber irgendwie sportlich, tatsächlich wie dieser Doktor der Nationalmannschaft, nur eben ohne Trainingsanzug.

»Und was sollen wir jetzt bitte tun?« Swaantje wischt sich wütend ein paar Tränen mit der Wolldecke aus dem Gesicht und entblößt dabei kurz ihre Brüste. Sie sieht Brodersen vorwurfsvoll an.

»Soll das denn auf einmal alles nicht mehr gewesen sein?«

»Doch, natürlich, aber …« Brodersen bleibt stehen und blickt kurz zu ihr. Seine blauen Augen leuchten in der dunklen Remise.

»Ich hab mich von Leif getrennt«, Swantje wird jetzt laut. »Ich hab meine Sachen gepackt und bei Renate untergestellt. Verdammt, wir haben uns das immer wieder ausgemalt, zigmal. Wir wollten doch zusammen hier weg.«

Brodersen sucht verlegen nach seinen auf dem Boden verteilten Klamotten, aus denen er eben noch gar nicht schnell genug herauskommen konnte.

»Aber von heute Nacht war nie die Rede.« Er setzt sich auf die Bettkante. Als er Swantje in den Arm nehmen will, stößt sie ihn weg.

»Und was sollen wir jetzt machen? Wo soll ich denn hin? Verrat mir das bitte mal.«

»Warum kann nicht alles so bleiben? Nur fürs Erste«, wendet Brodersen vorsichtig ein, fährt sich durch sein kräftiges, von grauen Strähnen durchzogenes Haar und versucht sein Grinsen aufzusetzen, mit dem er bei den Fredenbüller Frauen so erfolgreich ist.

»Bist du vielleicht wirklich so ein blödes Arschloch, wie alle behaupten?«, fährt sie ihn an. »Dann sollte ich deiner durchgeknallten Frau mal erzählen, was wir hier so treiben.« Sie ist außer sich vor Wut.

»Mensch, Swaantje, mach doch jetzt nicht alles kaputt.«

»Bitte? Ich mache alles kaputt? Wir wollten ein neues Leben beginnen, erinnerst du dich? In Südamerika, weit weg von diesen Scheiß-Deichen, den stinkenden Schafen und … und blöden Friesen.«

Bei Swaantje kullern schon wieder die Tränen, aber dann hat sie sich erstaunlich schnell gefasst. Energisch springt sie aus dem Bett und zieht sich an, zumindest Jeans und BH, während Jörn Brodersen immer noch nackt und dümmlich lächelnd im Raum steht.

»Wir wollten in Brasilien Salsa tanzen!«, schimpft Swaantje und reißt dabei aus Versehen die alte Waschschüssel mit dem friesisch blauen Rand vom Tisch.

»Samba«, berichtigt Brodersen sie.

Das bringt Swaantje so richtig in Rage. Ihre weichen hübschen Gesichtzüge bekommen schlagartig etwas Hartes, fast Gefährliches. Sie greift sich den zu der Waschschüssel gehörenden Krug, zerschlägt ihn an der gusseisernen Platte des alten Ofenherdes. Von dem

Henkel, den sie mit ihrer Hand fest umklammert hält, bleibt nur eine spitze Scherbe stehen, mit der sie auf Brodersen losgehen will. Darauf ist Jörn Brodersen nicht gefasst gewesen. Voll Panik reißt er einen antiquarischen Holzrechen von der Wand und hält sich die morsche Harke vor den nackten Körper, um die wild gewordene Swaantje abzuwehren.

Doch dann überlegt Swaantje es sich anders. Sie schnappt sich das neben dem Schrank lehnende Jagdgewehr. Immer noch in Jeans und BH fuchtelt sie mit dem doppelläufigen Gewehr vor Brodersens Nase herum. Ihre Hand mit den fliederfarbenen, sorgfältig lackierten Fingernägeln steht in auffälligem Gegensatz zu dem rostigen Abzug des Gewehres. Den nackten Biobauern ergreift die pure Angst. Er reißt beide Arme nach oben. Brodersen hat mit Frauen ja schon einiges erlebt. Aber mit dem Jagdgewehr ist noch keine auf ihn losgegangen. In Sekundenbruchteilen spulen sich vor seinem inneren Auge noch einmal die dramatischsten Schlussakte seiner Affären ab. Im selben Augenblick löst sich ein Schuss.

Alle beide, Swaantje und Brodersen, zucken zusammen. Das großkalibrige Projektil ist mitten zwischen den Augen gelandet. Nicht im Kopf des smarten Ökolandwirts, sondern im ausgestopften Schädel des Elches aus Nordvärmland.

Swaantje lässt die Waffe fallen und schluchzt laut auf. Brodersen rührt sich nicht. Sie lässt ihn stehen, schnappt sich Schuhe, Bluse und Jacke und stürzt nach draußen. Im Laufen zieht sie sich ihre Klamotten über. Sie schwingt sich auf das Fahrrad, mit dem sie gekommen ist, und tritt so schnell sie kann. Sie radelt ohne Licht auf dem dicht von alten Buchen und Kastanien gesäumten Sandweg Richtung Deich.

Die Nacht ist kühl und frisch, der Mond ist praktisch nicht vorhanden, fast Neumond, nur eine ganz schmale Sichel, die kaum Licht gibt. Aber die Milchstraße zieht sich satt leuchtend von dem kleinen Wäldchen, in dem das Gut der von Rissens liegt, einmal über den ganzen Himmel bis hinter den Deich. Der gewölbte Sternenhimmel wirkt ganz nah. Von Weitem ist das Blöken eines einzelnen Schafes zu hören. Ansonsten absolute Stille und fast völlige Dunkelheit.

Swaantje Ketels hört vor allem ihr eigenes

Keuchen. Sie spürt jetzt die Wirkung der Flasche Sekt, die sie fast allein geleert hat. Da hatte sie noch geglaubt, dass es etwas zu feiern gäbe. Der Sattel des Rades ist etwas zu hoch eingestellt. Beim Treten kann sie die jeweils untere Pedale gerade eben mit der Fußspitze erreichen. Ihre Fersen rutschen dabei immer wieder aus den Schuhen, sodass sie ihre roten Pumps zu verlieren droht. Sie hat das Gefühl, als mache sich das klapprige Rad selbstständig. Mit ziemlichem Tempo und in leichten Schlangenlinien fegt Swaantje auf der Straße den Deich entlang. Sie hat keine Ahnung, wo sie überhaupt hinwill.

Auf dem Rücken des Deiches huschen vor dem Nachthimmel die Silhouetten einiger Schafe vorüber. Ein einsames Blöken hallt durch die Dunkelheit. Und dann hört sie das Brummen, das schnell lauter wird und zügig in ein Röhren übergeht. In der langen Kurve Richtung Meer flammen sechs grelle Scheinwerfer auf. Das Röhren wird lauter. Dumpf hallt das Dumm-dumm-dumm durch die Nacht.

4

Der Schimmelreiter hängt tief in seinem Schalensitz. Die roten Rallye-Sicherheitsgurte spannen stramm wie Hosenträger über seiner Brust. Aus den Boxen stampft AC/DC. »I'm on the Highway to Hell«, schreit der Schimmelreiter den Song laut mit.

Hauke kommt grade von einem nächtlichen Meeting mit Bounty, die neue Ernte verkosten. Drei solvente Tüten haben sie geraucht und Bountys Scheiß-Hippie-Mucke gehört. Der Schimmelreiter zieht den Regler seiner Anlage noch ein Stück weiter auf. Der Bass pocht in seinem Kopf, und durch das Marihuana kommt ihm die Fahrt noch schneller vor. Jetzt im Auto mit dem passenden Sound wirkt der Stoff erst richtig. Der helle Scheinwerferkegel fliegt über die schmale Straße. Er hat das Gefühl zu schweben. Tacho- und Drehzahlnadeln zittern synchron über die Rundinstrumente. Das unter dem Rückspiegel hängende Met-Horn schaukelt wie in Zeitlupe hin und her. Hauke trommelt den Beat auf dem Lederlenkrad mit. Die Asche der Filterlosen zwischen seinen Fingern fällt auf seine Jeans.

Plötzlich ist da wie aus dem Nichts dieser Schatten. Oder bildet er sich das nur ein? Und dann hört er das Knacken in dem AC/DC-Song, ein kurzes Scheppern, das in ›Highway to Hell‹ absolut nichts zu suchen hat. Was, verdammte Scheiße, war das?

Es ist nur ein kurzer Moment, in dem Hauke sein Auto nach links zieht und gleichzeitig in die Bremsen steigt. Der Wagen schlingert, dreht sich erst nach links, dann nach rechts, Hauke hält dagegen. Keine Chance, er verliert die Kontrolle über das Auto. Der Corolla schießt Richtung Deich, dreht sich im Flug einmal um die Achse und landet erstaunlich sanft, aber mit einem geräuschvollen Rutscher, der auch gegen ›Highway to Hell‹ deutlich zu hören ist, auf dem Dach. Hauke Schröder hängt kopfüber in seinen Hosenträgergurten. Aus dem Aschenbecher fliegen ihm Zigarettenkippen und von den Bodenmatten altes Kaugummipapier und jede Menge Dreck entgegen. Der Motor blubbert, und Bon Scott singt unbeirrt ›Don't stop me!‹ Hauke dreht den Zündschlüssel, um den Motor abzustellen.

Er kann die Fahrertür nicht öffnen, deshalb kriecht er auf der Beifahrerseite mühsam aus dem Auto. Die Beifahrertür knallt ihm dabei mehrmals auf den Kopf und ritzt ihm einen Kratzer in die Schläfe. Ansonsten ist der Schimmelreiter unverletzt.

»Verdammte Scheiße!«, schreit Hauke. Hilflos rüttelt er an seinem Toyota, um den Wagen wieder auf die Räder zu bekommen. Aber dadurch rutscht das Auto nur noch tiefer in den Graben.

»Scheiß Karre«, brüllt er und versetzt dem geliebten Japaner mit seinen dicken Doc-Martens-Stiefeln einen kräftigen Tritt. »Nee, nä!«

Hauke starrt entgeistert auf den eingedrückten Kotflügel und den traurig herabhängenden Seitenspoiler. Hilfesuchend blickt er verzweifelt die Straße hinunter. Fünfzig Meter weiter Richtung Fredenbüll liegt etwas auf dem Grünstreifen zwischen Straße und neuem Radweg. Als Hauke Schröder darauf zuläuft, sieht er schon das Fahrrad und daneben die Frau, die er eben erwischt haben muss.

»Scheiß Radfahrer«, schimpft er. »Wozu

gibt's denn den neuen Radweg?« Er geht noch etwas schwankend, aber ansonsten ist er auf einmal wieder voll da. Er glaubt, die Frau am Boden zu erkennen: Swaantje Ketels.

In dem Moment tauchen in der Kurve nach Fredenbüll zwei Scheinwerfer auf. Hauke Schröder schießt noch der Gedanke durch den Kopf, ob er schnell in Deckung gehen soll. Doch er bleibt wie angewurzelt stehen. Es ist der Landrover von Brodersen. Der Wagen stoppt neben der verunglückten Fahrradfahrerin. Jörn Brodersen steigt aus.

»Mein Gott, was ist passiert?« Brodersen sieht zu Hauke Schröder, dann zu der verunglückten Swaantje und wieder zu Hauke, der auf die Unfallstelle zustolpert. »Hast du sie erwischt, Schröder?«

»Ich weiß auch nicht. Ich hab nichts gesehen, echt nicht. Was ist mit ihr?« Hauke Schröder atmet heftig, obwohl er nur ein paar Schritte gelaufen ist.

Brodersen steigt einen Schritt in den Graben und beugt sich zu Swaantje hinunter. »Sie ist bewusstlos, aber sie atmet.«

»Oh no! Ich hab echt nichts gesehen und nichts gehört.« Hauke Schröder steht verlegen am Straßenrand.

»Kein Wunder, Hauke!« Brodersen sieht ihn prüfend an. »Verdammt, stell erst mal die Mucke ab.«

»Na klar, logo.« Hauke will gerade zu seinem Wagen zurück, als Brodersen ihn zurückruft.

»Hilf mir erst mal, Swaantje aus dem Graben zu holen.«

»Müssen wir nicht 'n Unfallwagen rufen?«

»Fass mal mit an.« Brodersen ist geschäftig, aber erstaunlich ruhig. Gemeinsam ziehen sie die ohnmächtige Swaantje aus dem Graben und legen sie am Straßenrand ins Gras.

»Vorsichtig auf die Seite«, sagt Brodersen bestimmt.

»Stabile Seitenlage, ist schon klar.« Der Schimmelreiter hat die Erste Hilfe noch voll drauf.

»Bis oben hin zu. Oder wie seh ich das?«, sagt Brodersen.

»Ach wat, nur bei Bounty 'n büschen Musik gehört und 'n kleines Tütchen geraucht.« Hauke steht verunsichert neben der bewusstlosen Swaantje. »Ich weiß nich, müssen wir die Bullen unbedingt …?«

»Ich fahr sie ins Krankenhaus nach Husum«, sagt Brodersen entschieden. »Das geht eh schneller. Was ist mit deinem Wagen?«

»Ja, Scheiße, nä, voll im Graben«, meint Hauke knapp und treffend.

»Fährt die Kiste noch? Denn ziehen wir sie eben raus. Wär ja nich so pralle, wenn die hier morgen deinen Wagen entdecken.«

»Echt? Würd'st das machen? Rechne ich dir hoch an, Brodersen«, sagt der bekiffte Schimmelreiter erleichtert, der, wie die Mehrheit der Fredenbüller, den Biobauern eigentlich nicht sonderlich leiden kann. »Echt in Ordnung. Muss ich wirklich sagen. Echt!«

Sie verfrachten Swaantje Ketels, die erste Regungen zeigt, aber dann sofort in die nächste Ohnmacht sackt, in Brodersens Geländewagen. Ihr Fahrrad verstauen sie im Kofferraum. Dann zieht Brodersen Haukes Toyota mit dem Abschleppseil aus dem Graben.

Über der Wiese, der Brache zwischen dem Land von Brodersen und Dossmann, um das die beiden seit Jahren einen erbitterten Streit führen, zeichnet sich in einem rötlichen Schimmern ein wunderschöner Sonnenaufgang ab. Ein kleiner Schwarm Gänse zieht im

Tiefflug über die Unfallstelle hinweg nach Nordwest, Richtung Sylt. Das Schnattern übertönt das Dumm-dumm aus den Autoboxen des Schimmelreiters. Dann verstummen AC/DC ganz. Von Ferne blökt ein Schaf. Und der perlmuttfarbene Toyota kriecht im Schritttempo und mit hängendem Spoiler gen Fredenbüll. Die zusätzlichen Nebelscheinwerfer sind jetzt ausgeschaltet.

Auch Jörn Brodersen fährt mit Swaantje auf der Rückbank die L 157 Richtung Osten. Bevor die kleine Landstraße vor Bredstedt auf die Bundesstraße kommt, lenkt er seinen Wagen in eine Feldeinfahrt und wendet.

5

Im Traum ist Thies Detlefsen eben noch in einem nagelneuen Polizeiwagen, Marke Ford Mondeo, mit Blaulicht und quietschenden Reifen in die lange Kurve vor Reusenbüll geschlittert, dicht vor ihm mit einer Geschwindigkeit, die jeden Bußgeldkatalog sprengt, ein dicker Benz mit verdunkelten Scheiben und undefinierbarem, aber, da ist sich Thies sicher, eindeutig osteuropäischem Kennzeichen.

Die Sache mit dem neuen Dienstwagen entwickelt sich bei Thies langsam zum Dauerthema. Die schleswig-holsteinische Polizei hat im letzten Jahr hundert neue Ford Focus und Mondeo angeschafft, jetzt in der Basislackierung »Polarsilber«, Zweilitermaschine, Bordcomputer und Klimaanlage. Auf die Klimaanlage hätte Thies ja gern verzichtet. Aber er hat gar kein Auto abbekommen. Und er braucht dringend ein neues Dienstfahrzeug.

Der alte Taunus hat letztes Jahr nämlich den Geist aufgegeben. Seitdem fährt Thies seinen Privatwagen auch dienstlich. Aber der Escort hat auch schon achtzehn Jahre und zweihundertsiebzigtausend Kilometer drauf. Und so richtig Respekt einflößend wirkt er mit der provisorischen Lackierung in Grün-Weiß auch nicht unbedingt, zumal der Blödmann von der Tankstelle Schlütthörn beim Lackieren die Farben verwechselt hat: Die Kotflügel grün, Motorhaube weiß, normalerweise gehört das umgekehrt. Das Blaulicht ist auch nur so ein mobiles Teil, das man über der Fahrertür seitlich aufs Dach klemmen kann. Nicht gerade das, was Thies sich immer vorgestellt hat.

In seinem Traum will Thies in seinem schicken neuen Mondeo auf der langen Geraden nach Reusenbüll grade den dicken Schlitten der Russenmafia überholen, da wird er brutal aus dem Schlaf geholt. Aus der Küche sind laute Stimmen zu hören.

Heike ist in hellster Aufregung. Der neue Katalog des Bredstedter Busunternehmens »Friesentours« liegt unbeachtet vor der gurgelnden Kaffeemaschine. Die Ernährungstipps des Kochs im Frühstücksfernsehen bleiben ungehört. Auch die beiden Zwillinge starren ausnahmsweise mal nicht auf den Fernseher und sind für die frühe Morgenstunde erstaunlich munter. Postbote Klaas tigert völlig aufgebracht vor dem Küchentresen auf und ab, als Thies im Pyjama, den Frontigel platt an die Stirn geklebt, in die Wohnküche schleicht.

»Thies, du musst schnell kommen.« Der kleine Klaas fuchtelt wild mit den Armen durch die Luft.

»Ja, wat denn?« Thies ist absolut noch nicht aufnahmefähig.

»Brodersen is doot«, plärrt Telje, einer der beiden Zwillinge, in breitestem Platt dazwischen.

»Jo, Papa, Brodersen is doot«, echot Tadje, der andere Zwilling, und rührt fröhlich in den Cornflakes.

»Du hast richtig gehört: Sie ham Brodersen tot aufgefunden«, bestätigt Klaas. Heike nickt vorsichtig.

»Wat denn, dat gib's doch gar nicht.« Thies kann es nicht glauben.

»Er is ganz böse zugerichtet ... von sein' eigenen Mähdrescher.« Klaas' Gesichtsfarbe ist blass gegen seine blau-gelbe Postjacke.

»Muss ja wohl grausam aussehen«, sagt Heike, in deren Haaren sich nach der Nacht schon wieder die ersten Locken zeigen.

»Nu ma ganz langsam. Eins nach dem andern«, sagt Thies.

»Wie, wat, eins nach ’m andern. Hallooo! Thies! Aufwachen!« Postbote Klaas zeigt nur bedingt Verständnis.

»Stand gestern Abend war: Swaantje is vermisst«, resümiert Thies den gestrigen Ermittlungsstand.

»Mag ja sein«, sagt Klaas. »Aber Stand heute Morgen: Brodersen is tot!«

»Wer hat ihn denn überhaupt gefunden?« Thies wird allmählich wach. Die Zwillinge schaufeln weiter geräuschvoll ihre Cornflakes in sich hinein.

»Einer von Brodersen seine Polen hat ihn vor ’ner guten Stunde da liegen sehen. Wollte das gleich bei dir in der Wache melden. Aber … du warst ja noch nich da.« Klaas sieht ihn vorwurfsvoll an.

»Wat stellt ihr euch alle vor. Morgens um fünf is die Wache noch nich besetzt.«

»Und dann is er gleich zu mir in die Poststelle gekommen.«

»Nix verändern, hast ihnen das gesagt?

Ganz wichtig. Auf keinen Fall irgendwas anfassen!«

»Nu lass Thies doch erst mal duschen«, funkt Heike dazwischen.

»Nee, ich zieh mir nur schnell was über«, sagt Thies und richtet seinen Frontigel. »Ich muss gleich Kiel Bescheid sagen, Spusi und so.«

Bevor er zur Wache fährt, besichtigt Thies Detlefsen den Tatort. Schon von Weitem sieht er mehrere Autos an der Straße stehen. Auf dem Stück Brachland zwischen den Betrieben von Brodersen und Dossmann gibt es einen regelrechten Auflauf, hauptsächlich Landarbeiter von Dossmann, einige von ihnen arbeiten mittlerweile für Brodersen.

Brodersens großer Mähdrescher steht auf der ungemähten Wiese. Als Thies näher kommt, bietet sich ihm kein schönes Bild. Mit einem Arm hängt Brodersen noch in der Einzugsschnecke. Die Messerbalken haben seine irische Wachsjacke in Streifen geschnitten. Zwischen dem olivgrünen Wachsstoff meint Thies blutige Hautfetzen zu erkennen. Teile des karierten Innenfutters hängen in der Kornschnecke. Sein rechtes Bein klemmt bis zum Knie in der Dreschtrommel, und ein Schuh ist seltsamerweise bis zum Strohhäcksler transportiert worden. Die gewaltige Maschine hat den Biobauern böse zugerichtet. Thies wird leicht mulmig. Er mag gar nicht richtig hinsehen.

Thies atmtet tief durch und versucht, seiner Stimme Autorität zu verleihen. »So, Freunde, hier kommt die Polizei. Jetzt erst mal Abstand vom Tatort! Aber ’n büschen plötzlich!«

Mit rot-weißem Plastikband, das er in seinem Wagen immer dabeihat, sperrt er den Tatort ab. Überall auf dem Mähdrescher, zumindest auf den grün lackierten Teilen, glaubt er Blutspuren zu erkennen.

»Wie kommen Chef in Dresscherrr?«, murmelt einer der Landarbeiter mit osteuropäischem Akzent.

»Das werden wir ermitteln, genau dazu sind wir da.« Auf den ersten Blick scheint der Fall ziemlich klar, denkt Thies Detlefsen. Vielleicht ein bisschen zu klar. Und die umstehenden Landarbeiter haben sicher ganz genau dieselbe Idee. Sie haben den jahrelangen Streit zwischen Brodersen und Dossmann schließlich hautnah miterlebt.

Bei dem Zwist geht es dem alten Dossmann ums Prinzip, behauptet dieser zumindest. Aber eigentlich geht es gegen Biobauer Jörn Brodersen. Sein Stück Land, in dem er seit einigen Jahren Getreide anbaut, grenzt fast an Dossmanns Geflügelfarm. Dazwischen gibt es einen Streifen Brachland, das den von Rissens gehört und auf das beide mächtig scharf sind. Dossmann will eine weitere Halle für seine Putenaufzucht bauen, und Brodersen möchte vor allem Abstand halten. Im letzten Jahr hat man in Brodersens Biodinkel einen Cocktail einmal quer durch Dossmanns ganzes Hühner-Dopinglabor nachgewiesen. Angeblich sollen Dossmanns Polen nachts die Gülle auf Brodersens Felder abgefahren haben.

Daraufhin hat Brodersen Dossmann das Veterinäramt auf den Hals gehetzt, was zur Folge hatte, dass der Öko-Landwirt nach dem Schützenfest von Dossmanns Ältestem ordentlich eins auf die Zwölf bekam. Im Gegenzug hat Brodersen Dossmanns Polen bequatscht, für zwei Euro mehr in der Stunde auf seinen Hof zu wechseln. Statt Hühner versandfertig zu machen, scheren die jetzt Schafe. Darauf wollte sich der Dossmann-

Sohn gleich mehrere Polen gleichzeitig vorknöpfen, wobei er aber eindeutig den Kürzeren zog.

Und die Schlacht zwischen den beiden um die zehn Hektar Wiese ist noch lange nicht entschieden. Dossmann war mit dem alten von Rissen eigentlich schon handelseinig. Aber Huberta von Rissen und Brodersen sollen wohl auch … So wird zumindest gemunkelt.

Thies Detlefsen wurde aus diesen Auseinandersetzungen bislang rausgehalten. Von den Schlägereien weiß er offiziell nichts – bedauerlicherweise, denn es hätte der Fredenbüller Kriminalitätsstatistik mal ein bisschen auf die Sprünge helfen können: alarmierende Zunahme schwerer Körperverletzungen.

Thies mag ja durchaus einen Riecher für die imaginären großen Fälle haben, aber in der Realität entgeht seinem kriminalistischen Auge manches. Zum Beispiel hat er keine Ahnung, dass Althippie Bounty mitten in Brodersens Maisfeld heimlich Grünpflanzen zieht, die zwar auch Bio, aber nicht ganz legal sind. Die letzte Ernte, dank Dossmanns Chemiecocktail besonders üppig ausgefallen, hängt buschweise und wohlbehütet auf Bountys Heuboden und sorgt dafür, dass der Gitarrist mit dem grünen Daumen immer bei guter Laune bleibt, dass er nicht allein auf Hartz IV angewiesen ist und beim Einkauf der von ihm favorisierten Schokoriegel mit Kokosfüllung bei Edeka oder auch mal bei Antje nicht so auf jeden Cent achten muss. Doch diese kleinen Verstöße gegen das Betäubungsmittelgesetz sind auf einmal nebensächlich.

Ein richtig schöner Mordfall, denkt Thies, als er die Nummer der Kieler Mordkommission wählt. Dazu muss er sich fünfzig Meter weiter wegstellen, denn genau neben dem Mähdrescher befindet sich ein Funkloch.

Er hat lange von so einem Fall geträumt, aber jetzt muss er sich mächtig konzentrieren, dass er nichts falsch macht. Irgendwie ist er gar nicht richtig vorbereitet. Darf er den Tatort überhaupt verlassen und den toten Brodersen hier ohne Polizeiaufsicht liegen lassen? Aber er kann sich schließlich nicht zerreißen. Er hat nun mal keinen zweiten Mann. Früher, in den ersten Jahren als PMA, als Polizeimeisteranwärter, waren sie zu zweit, er und Knut Boyksen. Aber Boyksen ist seit vier Jahren im Ruhestand. Am Tag seiner Pensionierung setzte er sich sofort auf die Fähre nach Amrum und fuhr dorthin zurück, wo er hergekommen war. Auf dem Festland hatte er sich nie richtig wohlgefühlt. Seine Stelle hat Thies übernommen, aber Thies' alte Stelle wurde nicht wieder besetzt. Das haben die in Kiel nun davon: Mord in Fredenbüll, und keiner da, der auf die Leiche aufpasst. Vielleicht sollte er Klaas Bescheid sagen. Dann könnten sie sich bei der Bewachung des toten Biobauern ablösen, bis die Mordkommission Verstärkung geschickt hat.

»Herr Detlefsen, das klingt für mich erst mal nach einem Arbeitsunfall«, sagt der Diensthabende in Kiel.

»Arbeitsunfall?« Thies glaubt, er hört nicht richtig. »Dat sieht hier vor Ort aber ganz anders aus. Können Sie mir glauben«, mault er in sein Handy. »Ich steh hier direkt am Tatort.« Na ja, fast.

»Was haben Sie denn für Hinweise auf einen Mord?«

»Brodersen und Dossmann, also der Tote und Dossmann, dat is hier der Hühnerbaron, seine Eier haben Sie wahrscheinlich auch schon gegessen, also die beiden sind ja schon mehrmals aufeinander los.«

»Gibt es denn konkrete Hinweise auf ein Tötungsdelikt?«

»Ja, wat denn?! Hinweise! Die ganze Sache ist mir eben erst gemeldet worden. Und wegen Hinweise ruf ich Sie an. Wir brauchen hier den Paddologen, Spusi und so weiter, das große Besteck.« Unglaublich, denkt Thies, nun haben sie mal einen Mordfall in Fredenbüll, und dieser Schlaumeier in Kiel sitzt da dösig an seinem Schreibtisch.

»Herr Detlefsen, es ist Wochenende. Ich bin hier auch nur die kleine Besetzung.«

Thies bekommt langsam den Eindruck, dass er nicht ganz ernst genommen wird.

»Ich würde vorschlagen, dass wir Ihre heutigen Ermittlungen mal abwarten«, sagt der Kieler. »Und wenn sich die Verdachtsmomente verifizieren ...«

»Verifizieren? Wat soll das denn heißen? Morgen ist da keine Spur mehr. Wenn wir Pech haben, ist der Tatort morgen gemäht. Das hab ich dann auch nicht mehr in der Hand.«

»Vielleicht stellt sich das Ganze ja doch nur als Arbeitsunfall heraus.«

Bisher hat sich Thies nur gewundert, jetzt wird er langsam sauer. »Wie stellt ihr in Kiel euch dat vor? Brodersen fährt nachts mit seinem Mähdrescher auf 'ne fremde Wiese, dann gibt er ordentlich Gas und schmeißt sich vor seinen eigenen Drescher, oder was?« Thies Detlefsen kommt in Fahrt.

»Nein, ich mein ja nur, wir sollten vielleicht erst mal ausschließen …« In der Handyverbindung gibt es eine kurze Funkstörung.

»Und der Mordfall ist nicht alles. Außer dem toten Landwirt Brodersen wird seit gestern noch Swaantje Ketels vermisst, die Frau des Versicherungsvertreters hier im Ort. Möglicherweise Entführung.«

»Ich hab ja schon gehört, dass bei Ihnen im Ort ziemlich viel los sein soll«, sagt der Beamte in der Kieler Mordkommission. Der ironische Unterton in seiner Stimme ist für Thies unüberhörbar.

»Wat soll dat denn jetzt heißen?«

»Wie kommen Sie auf Entführung. Gibt es eine Lösegeldforderung?«, fragt der Mann aus Kiel.

»Bisher noch nicht. Aber Swaantje is weg, dat is mal 'ne Tatsache.«

»Herr Detlefsen, ich würde Sie bitten, die ersten Ermittlungen zunächst mal allein durchzuführen …«

»Ja, wat denn, ich kann nicht gleichzeitig den Tatort sichern, Angehörige benachrichtigen, Zeugen vernehmen, und außerdem: Wo soll ich denn mit dem Toten hin, vielmehr mit dem, was von ihm übrig ist …?«

»Lassen Sie den Tatort in den nächsten Stunden bitte unverändert. Wenn sich der Mordverdacht bestätigt, würden wir Ihnen dann heute Nachmittag Hauptkommissarin Stappenbek schicken.«

»Hauptkommissa…*rin*…??!«

»Kriminalhauptkommissarin Stappenbek, richtig.«

6

Thies braucht jetzt erst mal einen Kaffee in »De Hidde Kist«. Seinen ersten Mordfall hat er sich eigentlich anders vorgestellt. Da sah er sich immer inmitten eines Polizeigroßeinsatzes stehen. Unzählige Einsatzfahrzeuge, Fotografen mit Blitzlichtern, Leute von der Spurensicherung in weißen Schutzanzügen, die mit Riesenpinseln Fingerabdrücke von dem Mähdrescher abnehmen, allerlei Pulver zum Einsatz bringen und mithilfe von Pinzetten undefinierbare Teilchen in kleine Zellophantütchen fallen lassen. »Doktor, können Sie schon was über den Todeszeitpunkt sagen?«, hörte sich Thies sagen.

In Wirklichkeit flattert da nur ein rotweißes Absperrband müde in der Mailuft. Davor stehen zwei polnische Saisonarbeiter, die entsetzt auf den Mähdrescher und das, was von ihrem Chef übrig geblieben ist, starren. Traurig, traurig, denkt Thies.

»So, jetzt verlassen Sie bitte den Tatort«, sagt Thies zu den beiden Polen und zieht geschäftig das Absperrband stramm. »Hier gibt dat nix zu sehen. Und nix anfassen, is klar, nä … Versteht ihr mich überhaupt? Nix anfassen! Nix mitnehmen!«

Die beiden Landarbeiter nicken und ziehen bedröppelt ab.

Auf dem Weg in die »Hidde Kist« will Thies kurz in der Dienststelle vorbeifahren. Unterwegs kommt ihm mit einem Affenzahn der große Benz von Swaantjes Mann Leif Ketels entgegen. Leif grüßt nur flüchtig. So genau kann Thies das bei dieser Geschwindigkeit auch gar nicht erkennen. Fast achtzig, schätzt er mit Kennerblick, das kostet innerhalb geschlossener Ortschaften beinahe den Führerschein. Dabei fällt ihm schlagartig wieder ein, dass Swaantje ja vermisst wird. Ist sie vielleicht wieder aufgetaucht? Sieht eigentlich nicht so aus, wenn er Leif Ketels' Fahrstil richtig deutet. Und wo will er jetzt so eilig hin? Komisch, denkt Thies. Aber er hat erst mal Wichtigeres zu tun.

Thies Detlefsen hat nämlich noch einen anderen Anruf zu erledigen. Petersen, sein Kumpel vom ›Nordfriesland-Boten‹, ist sofort am Apparat. Beim ›Boten‹ gibt es natürlich keinen speziellen Polizei- und Gerichtsreporter. Petersen macht alles, vom Shantychor bis zur Sturmflut. Thies Detlefsen versorgt ihn regelmäßig mit Neuigkeiten aus der Fredenbüller Halbwelt, vielleicht eine Spur zu regelmäßig.

»Pass auf, Okke, halt dich fest«, sagt Thies in dem sicheren Gefühl, diesmal die ganz große Story auf Lager zu haben. »Sitzt du?«

»Wat denn, Thies, ja, ich sitz im Auto, bin grad unterwegs nach Leck. Was ist denn los?«

»Okke, vergiss Leck, wir ham hier 'n Toten.«

»Thies, das hab ich dir doch schon ganz oft gesagt: Wir können nicht über jeden Todesfall in Fredenbüll berichten«, schreit der Reporter vom ›Nordfriesland- Boten‹ gegen das Autoradio an in seine Freisprechanlage. »Auch wenn du das gern hättest.«

»Mordfall«, sagt Thies knapp und triumphierend. »Brodersen. Wir ham ihn tot in seinem Mähdrescher gefunden.«

»Bist du da sicher, dass es Mord ist«, sagt Petersen.

»Dat seh ich auf 'n ersten Blick. Aber wir ermitteln noch.«

»Thies, wie stellst du dir dat vor. Wir ham

Wochenende. Ich muss nach Dagebüll, Einweihung der neuen Fähre von der Wyker Dampfschiffreederei, außerdem Schützenfest in Hattstedt, und die alte Nantje Bendixen in Bargum wird heute hundert. Mein Terminkalender is dicht.«

Langsam wird Thies sauer. »Bist du völlig bekloppt?!«, schreit er in sein Diensttelefon. »Dat ist morgen auch überregional in der Zeitung, Bildzeitung und so. Das ist 'n reiner Freundschaftsdienst, dass ich dich zuerst anruf. Okke, dat is 'n Mordfall! So was ham wir hier seit … so was ham wir hier noch nie gehabt.«

»Thies, nu beruhig dich mal wieder. Weißt was, ich schick dir 'ne Praktikantin vorbei. Tochter von mein' Zahnarzt aus Husum. Die macht grad Praktikum bei mir.«

»Wat is' bloß los?«, sagt Thies resignierend. »Kiel will 'ne Kommissarin schicken und du 'ne Praktikantin.«

»Alles klar, Thies, sie meldet sich bei dir.«

Thies haut den Hörer aufs Telefon und schüttelt ungläubig den Kopf.

Sinnierend betrachtet er das verblichene Fahndungsplakat, das seit vielen Jahren in der kleinen Wache hängt, hinter Knut Boyksens altem Schreibtisch, der picobello aufgeräumt immer noch dasteht, als wäre Boyksen grad gestern in Pension gegangen. Die wenig vorteilhaften Porträts der drei Bankräuber Hans-Rüdiger Zaczyk, Thorben Voss und Besnik Sinsic sind Thies über die Jahre richtig vertraut geworden. Aber die Hoffnung, dass Sinsic und Komplizen eines Tages in Fredenbüll auftauchen würden, hat er inzwischen aufgegeben. Sein Blick wandert über die beiden Schreibtische mit der grünen Linoleumplatte und das alte graue Posttelefon. Die modernen Zeiten sind an der Fredenbüller Polizeistation eindeutig vorbeigegangen. Allein die kleine Zelle mit der schmalen Liege und der Toilette aus der Zeit, als Boyksen Revierleiter war und Kiel noch Geld hatte, ist praktisch immer noch wie neu. Nur die Klospülung tropft inzwischen.

Draußen fährt erst Hauke Schröder in seinem Corolla vorbei und dann der Eppendorfer Professor Müller-Siemsen mit großem Strohhut und einem Bienenkasten auf dem Gepäckträger seines altmodischen Fahrrads. Thies überlegt, in wie vielen Punkten die rostige Klapperkiste des Doktors gegen die

StVO verstößt. Dabei besitzt er doch einen nagelneuen Landrover. Der benimmt sich schon komisch, denkt Thies, fährt hier auffällig oft mit seinem ollen Fahrrad durch die Gegend, dafür, dass er eigentlich Professor in Hamburg ist. Immer freundlich, aber seltsam kauzig.

Die schönen nagelneuen Waschbetonplatten rund um sein Fachwerkhaus hat Müller-Siemsen alle wieder rausgerissen und das Grundstück stattdessen mit alten Feldsteinen gepflastert. Drinnen hat er die fast neuen Rigipswände durch traditionelle Lehmwände ersetzen lassen, die ein ganz natürliches Raumklima schaffen sollen. »Irgendwie 'n büschen muffig«, sagt Klaas, der neulich wegen einer Paketzustellung bei Müller-Siemsen war. »Und an dem langen Tisch in der Diele statt Stühle alles mit alte Melkschemel. Für mein' Geschmack sitzt man 'n büschen niedrig. Aber irgendwie original.«

Thies schießen die verrücktesten Gedanken durch den Kopf. Auf jeden Fall muss er jede Menge Alibis überprüfen. »Motiv, Mittel, Gelegenheit«, die drei Schlagworte aus der Polizeischule fallen ihm wieder ein. Aber er weiß gar nicht recht, wo er anfangen soll.

Es sind schon ein paar Verrückte in Fredenbüll unterwegs. Und als Täter kann er erst mal niemanden ausschließen. Na ja, außer der Besetzung in »De Hidde Kist«, Klaas, Piet Paulsen, Antje. Und natürlich Heike. Oder? Alles Quatsch, natürlich haben die nichts mit dem Fall zu tun.

Thies fällt es schwer, sich zu konzentrieren, aber er weiß, er muss jetzt seine fünf Sinne beisammenhalten. Er muss zügig mit den Ermittlungen beginnen, und zwar sofort, bevor die Kommissarin aus Kiel hier antanzt.

Zuerst muss er Dossmann verhören. Er glaubt zwar nicht, dass der Hühnerbaron Brodersen auf dem Gewissen hat. Aber es ist die einzige Spur, die er überhaupt verfolgen kann. Dossmann hat ein Motiv. Er muss Dossmann fragen, wo er zur Tatzeit war. Blöd nur, dass er ja nicht die leiseste Ahnung hat, wann die Tat überhaupt verübt worden war. Verdammt noch mal, er darf jetzt keinen Fehler machen.

Und dann muss natürlich die Witwe von Brodersen benachrichtigt werden. Schlechte Nachrichten musste er schon des Öfteren überbringen. Aber mit Brodersen, denkt

Thies, mit Brodersen ist das eine ganz andere Dimension.

Jetzt muss er, Polizeiobermeister Thies Detlefsen, zeigen, was er draufhat. Dieser Fall ist seine ganz große Chance.

7

Hauke Schröder hat in der Nacht kein Auge zugetan. Immer wieder dröhnt dieses Scheppern durch seinen Kopf, das rasselnde Geräusch, das in ›Highway to Hell‹ absolut nichts zu suchen hat. Seine Erinnerungen gleichen wiederkehrenden Traumbildern: die nächtliche Landstraße im Lichtkegel seiner sechs Halogenscheinwerfer, die Reflektoren der Leitpfosten am Straßenrand, und dann dreht sich noch einmal der Deich über ihn hinweg. Das Kaugummipapier fliegt ihm entgegen, wie aus einer Konfettikanone. So viel Kaugummi hat er sein ganzes Leben nicht gekaut.

Gegen frühen Morgen muss er dann wohl doch kurz eingeschlafen sein. Denn als er in aller Herrgottsfrühe aufschreckt und sofort senkrecht in seinem Bett sitzt, kann er sich an kaum etwas erinnern. Er hat geradezu beunruhigende Gedächtnislücken. Die drei Tütchen gestern bei Bounty waren eindeutig zwei zu viel gewesen. Hauke kneift die Augen zusammen, und schon tauchen die ersten Erinnerungsfetzen auf. Er muss sofort seinen Wagen wieder in Ordnung bringen! So weit ist sein Kopf schon wieder klar.

Den losen Frontspoiler hat er nachts noch provisorisch mit Draht befestigen können. Aber jetzt muss er schnellstens die Schäden reparieren, und zwar äußerst unauffällig. Im jetzigen Zustand darf niemand den Corolla zu Gesicht bekommen. Wegen Fahrerflucht will er auf gar keinen Fall dran sein. Sein Flensburger Punktekonto ist schon jetzt ausgereizt. Er hofft nur, dass Swaantje Ketels nicht allzu schwer verletzt ist.

Nach zwei Bechern pechschwarzem Kaffee ist der Marihuana-Kater halbwegs verflogen. Dafür brennt der Kaffee jetzt sauer im Magen.

»Hauke, wo willst du denn so früh schon hin?« Als hätte sie auf Hauke gewartet, kommt ihm seine Tante Telse im lila Morgenmantel auf dem Weg vom Klo entgegen.

»Jo, früher Termin, hab was zu erledigen«, nuschelt der Schimmelreiter.

»Wat? Am Sonnabend?«, kräht ihm Tante Telse hinterher.

Seit seine Mutter ins Rheinland zu ihrem neuen Lebensgefährten gezogen ist, wohnt Hauke bei seiner Tante. Seinen Vater kennt er gar nicht. Angeblich fährt der zur See, ein absolutes Tabuthema in der Familie. Was heißt Familie? Es sind eigentlich nur noch Tante Telse und Hauke. Tante Telse ist eine Nervensäge. Aber sie hat sich immer um ihn gekümmert. Und wo sollte er jetzt, nachdem er seine Lehre als Dekorateur geschmissen hatte, hin?

Hauke stürmt in den alten Stall hinter dem roten Backsteinbau, der als Garage und Geräteschuppen genutzt wird. Als er sein Auto sieht, fährt ihm erst mal der Schreck in die Glieder. Seine Hände zittern, und hinter den Schläfen spürt er ein donnerndes Pochen, wie AC/DC in voller Lautstärke über Kopfhörer. Er muss sich zwingen, hinzusehen.

Der rechte Kotflügel ist stark verbeult. An dem Knick im Blech ist der Lack abgesplittert. Auch Front- und Seitenspoiler haben mächtig was abbekommen. In den Blechen hängt die halbe Wiese vom Deich. Hauke Schröder versucht, sich selbst zu beruhigen. Er muss jetzt ganz überlegt vorgehen. Er hat vermutlich allerlei Spuren hinterlassen: Die Bremsspuren am Deich, Lacksplitter an der Unfallstelle oder an Swaantje Ketels' Rad, die Polizei hat jede Menge Möglichkeiten, ihm den Unfall und vor allem die Unfallflucht nachzuweisen. Aber wenn Brodersen dichthält und auch sonst keiner Verdacht schöpft, geht das vielleicht gut. Doch bei Thies Detlefsen kann man nie so genau wissen. Der hat ihn ja sowieso auf dem Kieker. Der pure Neid auf sein geiles Auto, vermutet der Schimmelreiter, dieser Oberspießer Detlefsen in seinem lahmen Escort.

Nach Lacksplittern kann er später immer noch suchen. Erst mal muss er sich um sein Auto kümmern. Eine Spraydose »perlmuttmetallic« hat er für den Notfall immer bereitstehen. Damit fährt er in seinem Corolla langsam, aber auch nicht zu langsam, durch Fredenbüll zur Tankstelle nach Schlütthörn rüber. Die zweimal tausend Watt lässt er ausgeschaltet. Ein alter Kumpel von ihm hat hinter der Tankstelle in einem Schuppen eine kleine Werkstatt. Dort wird schon mal der eine oder andere Wagen frisiert, dessen Papiere nicht unbedingt zu der Fahrgestellnummer passen. Hauke kann die kleine Werkstatt jederzeit benutzen. Er weiß, wo der Schlüssel liegt.

Ohne großes Aufsehen fährt er seinen Wagen in den Schuppen. Er beult die demolierten Bleche aus, spachtelt und schleift sie an und spritzt die betreffenden Karosserieteile. Auf den ersten Blick fällt es kaum auf.

Es verspricht ein warmes, sonniges Maiwochenende zu werden. Der Blütenduft des Weißdorns vor der Kirche wird von dem Güllemief überdeckt, den eine leichte Nordostbrise von Dossmanns Hühnerfarm herüberweht. Als Hauke Schröder ungewöhnlich langsam durch Fredenbüll schleicht, damit nicht gleich hundert Fliegen auf den frisch lackierten Teilen kleben, sieht er in der Einfahrt vom Biohof Brodersens Frau Lara und ihren Bruder, Versicherungsvertreter Leif Ketels, stehen. Die beiden wirken mordsaufgeregt, was Hauke schlagartig in große Unruhe versetzt. Hoffentlich hat Brodersen nichts rumposaunt, und hoffentlich ist das mit Swaantje nichts Ernstes.

Aber was haben die beiden da miteinander zu reden? Geht es um das Verhältnis, das Leifs Swaantje und Laras Biobauer miteinander haben. Davon weiß ja schließlich ganz Fredenbüll. Lara, die sonst wie in Trance durch ihren Kräutergarten schwebt, gestikuliert jetzt wild herum, und Leif nimmt sie beruhigend in den Arm, wogegen sich Lara allerdings vehement zu wehren scheint. Um Duftöle geht es da nicht, hat Hauke den Eindruck. Doch dann fährt er zügig weiter. Er will jetzt auf keinen Fall auffallen.

8

Im Stehimbiss geht es vergleichsweise turbulent zu. Und das nicht nur, weil heute Nachmittag Bundesliga ist. Hier haben alle den Ernst der Lage erkannt. Klaas läuft mit aufgeknöpfter Postjacke zwischen dem Tresen und den beiden Stehtischen hin und her. Piet Paulsen ist die schwere Gleitsichtbrille auf die Nase gerutscht. Bounty trinkt zum Kokosriegel schon das dritte Pils. Und auch Schäfermischling Susi scheinen die Ereignisse auf den Magen geschlagen zu sein. Den Fressnapf mit Kartoffelsalatresten hat sie nicht angerührt. In dem kleinen Raum hängen dick die Rauchschwaden aus der Fritteuse.

»Na, Thies, weißte schon, wer es war?«, fragt Wirtin Antje aufgeregt.

»Nu ma langsam, Antje, Thies steht doch erst am Anfang der Ermittlungen«, funkt Klaas dazwischen. »Oder, Thies? Schon irgendwas Neues.«

»Kiel will 'ne Kommissarin schicken.«

»Oha«, sagt Paulsen und führt sich mit einem lächerlich kleinen, knallgrünen Plastikpiekser ein Stück Currywurst zwischen die großen Zähne.

»Is doch gar nicht schlecht«, meint Antje, »dann hat Thies 'n büschen Unterstützung.«

»Antje, *sie* ist die Kommissarin«, zischt Klaas leise, aber deutlich hinter vorgehaltener Hand, »und Thies is … na ja, hier … Polizei von Fredenbüll.«

»Aber warum soll nich mal 'ne Frau …«, gibt Antje zu Bedenken.

»Frauen sind gute Profiler«, räumt auch Thies ein. »Antje, ich brauch erst mal 'n Kaffee.«

»Geht gleich los, Thies!«

»Dat tut mir jetzt leid, Freunde.« Thies pustet in seinen heißen Kaffee. »Ich weiß, nachher is Bundesliga. Aber ich brauch eure Hilfe. Ich mein, nur so lange, bis die Kommissarin aus Kiel da ist.«

»Kein Thema, Thies, was soll ich machen«, sagt Klaas. »Restliche Post kann ich Montag austragen. Aber halb vier fängt das HSV-Spiel an.«

»Pass auf, Klaas, wir müssen den Tatort sichern, einer muss bei Brodersen Wache schieben, wir müssen Dossmann verhören, das mach ich persönlich. Aber erst mal müssen wir Lara Brodersen die traurige Nachricht übermitteln. Wär mir ganz lieb, wenn ich das nich alleine machen muss.«

»Wie is das, kann ich die Postjacke anbehalten, oder …?« Klaas gefällt die neue Rolle als Assistent des Ermittlers sichtlich.

»Ja, Postjacke is in Ordnung …, aber ohne HSV-Schal.«

»Is schon klar.«

»Ach so, und denn brauchen wir noch 'n Zimmer für die Kommissarin aus Kiel«, fällt Thies ein.

»Renate hat doch Zimmer«, sagt Antje, die sich hinterm Tresen jetzt bei einer gelben Brause vom Frittieren erholt.

»Bleibt ja nix anderes. Jetzt, wo der alte Krog nich mehr is«, sagt Detlefsen.

Der Hof von Brodersen ist verdächtig ruhig. Auf der mit alten Steinen gepflasterten Einfahrt steht außer Brodersens olivgrünem Landrover kein einziges Auto. Die Tafel mit den Worten »Dinkelkissen: Hier!« lehnt verloren vor dem akkurat gestrichenen alten Scheunentor. Die große Kastanie vor dem stolzen Reetdachhof hat die ersten Blütenkerzen.

»Lara!«, ruft Thies und drückt die Klinke an der Tennentür des Wohnhauses. Die Tür ist verschlossen. Aber der Hofladen hat geöffnet.

»Lara, hier spricht die Polizei!« Wieder nichts.

»Lara, wir sind das, Thies und Klaas!«, ruft der Postbote, nachdem die beiden den Laden betreten haben. »Komisch, keiner da. Dat Gespenst is ausgeflogen«, flüstert er.

Die beiden sondieren die Lage und sehen sich im Laden um. Der ganze Raum ist von einem Gemisch verschiedener Düfte erfüllt. »Puh«, macht Klaas und wedelt mit der Hand vor seinem Gesicht. Dabei fällt sein Blick unweigerlich auf ein Schriftstück, das auf dem Ladentisch neben einem Karton mit Duftölen der Note »Wintermärchen« liegt. Klaas meint, den Briefkopf von Laras Bruder, Versicherungsmakler Leif Ketels, entdeckt zu haben und fett gedruckt das Wort LEBENSVERSICHERUNG. Gerade als er Thies darauf aufmerksam machen will, schwebt Lara Ketels im weißen Gewand aus dem benachbarten Büro in den Laden.

»Ach, Lara, bist ja doch da«, sagt Thies

unsicher. »Wir sind sozusagen …« Er blickt hilfesuchend zu Klaas. »Wir sind dienstlich hier.«

Lara sieht erst Thies, dann Klaas an.

»Nee, keine Post, Thies ist dienstlich hier«, sagt Klaas.

»Ja«, beginnt Thies zögernd. »Also, Lara, es ist so, wir haben keine guten Nachrichten.« Thies bekommt seinen Kuhblick.

Lara Brodersen starrt ihn entgeistert an. Ihr Gesicht hängt bleich im Raum wie eine Energiesparbirne.

»Lara, mit Jörn ist was passiert. Wir haben ihn …«

»Herzliches Beileid auch«, platzt es da aus dem kleinen Postboten heraus. »Dein Mann liegt tot in seinem Mähdrescher.«

Lara Brodersen wirkt plötzlich noch blutleerer und zerrupfter als sonst. Jetzt sieht sie wirklich aus wie ein Gespenst.

»Was? Was soll mit Jörn passiert sein?« Laras Stimme kommt wie aus einer fernen, anderen Welt.

»Thies ermittelt noch«, antwortet Klaas eifrig.

»Aber wie es aussieht, müssen wir von einem Tötungsdelikt ausgehen«, sagt Thies.

Lara atmet laut ein und verdreht kurz die Augen. Für einen Moment sieht es aus, als wolle sie hier im Hofladen umkippen. Aber dann hat sie gleich wieder ihren gewohnten Schwebezustand erreicht.

»Lara, brauchst du 'n Arzt? Hast du begriffen, was wir dir eben mitgeteilt haben?«, fragt Thies.

»Kann ich zu ihm?«, flüstert sie.

»Ja, na ja … also, ich würd dir davon abraten«, druckst Thies herum.

Klaas kommt ihm zu Hilfe. »Es ist nicht mehr der Jörn, den du kennst.«

»Ich werde Jörn mit Kräutern schmücken und für ihn tanzen.«

Polizist und Postbote sehen sich kurz an.

»Aber erst mal muss da die Spusi ran«, murmelt Thies und tritt verlegen von einem Bein aufs andere. Klaas lässt seinen Blick über das Holzregal mit den Duftlampen und Klangschalen schweifen. Lara lächelt abwesend vor sich hin.

»Lara, wann hast du Jörn das letzte Mal lebend gesehen?«

»Er ist gestern am frühen Abend mit seinem Wagen weggefahren.«

»Aber jetzt steht der Landrover wieder da.«

»Schon den ganzen Morgen«, haucht sie mit müder Stimme.

»Aber wie ist der Wagen da hingekommen? Jörn hat ihn vermutlich nicht mehr gefahren.«

»Jörn war immer ein Reisender.« Während Lara das sagt, stellt sie wie beiläufig den Karton mit den »Wintermärchen«-Duftölen auf das daneben liegende Schreiben. Ganz so weggetreten ist sie wohl doch nicht, denkt Klaas und wirft Thies einen Blick zu. Doch der ist vollends mit der Formulierung der nächsten Frage beschäftigt.

»Lara, ich muss dir die Frage stellen: Wo warst du in der letzten Nacht zwischen … Todeszeitpunkt wissen wir noch nicht so genau … also, die Nacht über?«

»Im Zustand der Stille«, raunt sie.

»Geschlafen, oder wie?«

»Ganz im Gegenteil, im Zustand äußerster Konzentration.«

»Dann müsstest du doch was mitgekriegt haben«, drängt Thies.

»Ja«, sagt sie deutlich bestimmter, »den Bewusstseinszustand absoluter Stille und Leere.«

»Lara, so kommen wir mit den Ermittlungen nicht weiter.« Seine vagen Erinnerungen an die Fortbildung »Vernehmungstechniken I« helfen Thies auch nicht weiter. »Aber wir müssen später sowieso noch mal kommen.«

»Hast du das gesehen?«, fragt Klaas, als sie wieder in Detlefsens Polizei-Escort sitzen. »Der Versicherungsschein auf 'm Ladentisch. Is doch komisch. Sie weiß angeblich noch nichts von ihrem toten Mann und hat schon den Versicherungsschein rausgekramt? Und den lässt sie dann im Laden rumliegen?«

Detlefsen hat das Versicherungspapier zwar nicht gesehen, aber auch er hat Verdacht geschöpft. »Ja, ja, Klaas, mit Lara stimmt wat nich. Ich dachte, heute wegen dem Trauerfall erst mal Samthandschuhe und so … Aber morgen nehmen wir sie ins Kreuzverhör. Wenn die Kommissarin bis dahin nich da ist, musst du noch mal mit. Und Nachtwache bei dem Toten müssen wir uns ablösen.«

»Geht klar. Aber dann sollten wir uns vorher bei Antje 'n büschen Proviant rausholen.«

Thies stoppt den Wagen an der Dorfstraße, schräg gegenüber der Kirche direkt vor dem Haus von Renate. Das Schild »Zimmer frei« hängt wie immer im Fenster.

»Renate«, sagt Thies geschäftig, »ich brauch dein Zimmer. Heute Abend kommt die Kommissarin aus Kiel ... wahrscheinlich.«

»Ach so, wegen den toten Brodersen. War dat nu Mord, Thies?« Renate hat hastig ihre Kittelschürze ausgezogen und hält sie jetzt in der Hand.

»Renate, wir ermitteln. Und deswegen brauch ich das Zimmer. Vermutlich schon für heute.«

»Tschja, dat is so 'ne Sache, Thies.«

»Was soll das denn heißen?«

»Na ja, dat Zimmer ist eigentlich frei. Aber da stehen die ganzen Koffer von Swaantje drin. Und außerdem is mein Fahrrad weg.«

»Renate, nu ma eins nach dem andern«, sagt Thies. »Was für Koffer?«

»Ich weiß auch nich. Swaantje hat gesagt, ich soll es nicht unbedingt weitererzählen. Sie wollte wohl weg.«

»Was sollst du nich weitererzählen?«, schaltet sich jetzt Postbote Klaas ein.

»Dass sie bei mir drei rote Koffer untergestellt hat. Sie hat ja allerhand Klamotten«, verkündet Renate wichtigtuerisch, als würde dies die Ermittlungen entscheidend weiterbringen. »Und jetzt hat sie mir mein Fahrrad geklaut.«

»Ja, Swaantje is schon seit gestern vermisst gemeldet. Und sie is ja ganz offensichtlich mit deinem Fahrrad weg.«

»Sach ma, Klaas, was hast du eigentlich mit der ganzen Sache zu tun?« Renate wundert sich auf einmal. »Post ist doch durch? Oder?«

»Klaas assistiert mir momentan.«

»Aushilfsweise«, fügt der Postbote hinzu.

»Aber was mich wundert, Renate, wenn sie ihre ganzen Sachen gepackt hat, wieso lässt sie die bei dir stehen?«

»Na ja, die drei großen Koffer konnt sie auf 'm Fahrrad ja schlecht mitnehmen. Das sind ganz schöne Kawenzmänner. Alle rot. So 'n Koffer-Set.«

»Meinst du, Swaantje hat Brodersen auf 'm Gewissen?«, fragt Klaas eifrig.

»Kann ich so noch nich sagen. Aber Tatsache is, Swaantje is flüchtig. Und jetzt wissen wir schon mal das Fahrzeug, mit dem die Vermisste unterwegs ist. Ich geb das gleich mal in die Fahndung.« Thies wühlt in seiner etwas engen Polizeijacke und holt das Handy heraus. »Das haben wir gleich …« Nach wenigen Freizeichen macht Thies Meldung: »POM

Detlefsen, Polizeinebenstelle Fredenbüll. Wir haben hier seit gestern eine Vermisstenanzeige laufen, eine gewisse Swaantje Ketels. Könnte demnächst auch 'ne Fahndung werden. Wir kennen jetzt das Fahrzeug, mit dem die Frau unterwegs ist.«

Klaas und Renate blicken bewundernd zu Thies auf.

»Kennzeichen? … Freunde, dat is 'n Fahrrad! … Renate, beschreib mal das Rad …«

»Na ja, Thies, 'n Fahrrad. So 'n ganz einfaches aus 'm Baumarkt.«

»Ich will nich wissen, wo du das herhast, sondern wie das aussieht.«

»Das war so 'n Schnäppchen.«

»Renate! Farbe?!«, fährt Thies sie an und dann ruhiger ins Telefon: »Klein' Moment, geht gleich weiter …«

»Schwer zu sagen. Das is so geflammt … rot-violett … nee, da is auch grün mit drin …«

Thies Detlefsen wischt sich den Schweiß von der Stirn. »Personenbeschreibung habt ihr ja. Und dann schreib einfach: unterwegs auf einem mehrfarbig geflammten Damenfahrrad.«

9

Huberta von Rissen ordnet in einer Vase einen Strauß noch nicht aufgeblühter Pfingstrosen, die sie grade im Garten geschnitten hat. Durch die hohen Wohnräume des Gutes klingt Mozarts Klaviersonate Nr. 11. Das Dienstmädchen, eine Litauerin, die schon seit fünfzehn Jahren bei den von Rissens ist, hat heute frei. Huberta ist allein zu Haus.

Frau von Rissen fegt durch die weitläufigen Räume. Das Klackern ihrer Stiefelabsätze hallt von den hohen Wänden wider. In dem großen Salon stehen ein Flügel und drei englische Stilsofas mit einem Kirschholzgestell und gestreiften durchgesessenen Polstern. In einer zweitürigen Vitrine, ebenfalls aus Kirschholz, stapelt sich das umfangreiche Familienporzellan, das auch für größere Gesellschaften ausreicht. Durch die große Fensterfront des Wohnraumes hat man, vorbei an einem Staudenbeet, einen weiten Blick auf die Koppel des von-Rissen-Besitzes, auf der drei Pferde weiden. Die Wiese wird durch den Deich begrenzt, dahinter das Deichvorland, ein weiterer Deich und dann die Nordsee. Auf dem Beet blühen verloren ein paar Maiglöckchen, die Tulpen haben ihre Blütenblätter verloren. Auf dem Tischchen vor dem Fenster stehen ein voluminöses Rotweinglas und eine leere und eine halb ausgetrunkene Flasche Bordeaux.

Huberta von Rissen blickt verärgert auf die Weinflaschen und wirft die Rosenschere auf eines der Sofas. Sie trägt Reithosen und ihr obligatorisches tailliertes Tweedjackett mit Lederflicken auf den Ellenbogen, außerdem lederne Gartenhandschuhe. Ihre Stimmung an dem heutigen Nachmittag steht in krassem Gegensatz zu der Ausgelassenheit von Mozarts türkischem Rondo.

Der Biolandwirt Jörn Brodersen hatte sich gestern Abend ziemlich überhastet und ohne viele Worte von Huberta verabschiedet. Er hatte sie ganz schön blöd stehen lassen. Huberta war äußerst verärgert. Und dann platzte heute Morgen Professor Müller-Siemsen mit der Nachricht von Brodersens Tod bei ihr herein. Unglaublich, sie konnte es kaum fassen. Gestern hatte sie Jörn Brodersen noch zum

Teufel gewünscht, aber jetzt war sie erschüttert.

Dass Müller-Siemsen mit ihr jetzt die Details des Kammerkonzertes besprechen wollte, das am nächsten Wochenende im Gut stattfinden soll, passte ihr überhaupt nicht. Sie gab sich alle Mühe, sich ihm gegenüber ihre Betroffenheit nicht anmerken zu lassen. Der HNO-Professor schwadronierte derweil gewichtig über das dramatische Ende des Biobauern. Dazwischen plapperte Huberta geistesabwesend über die Unterbringung des Dresdner Streichquartetts und die Bestuhlung des Veranstaltungsraumes. Als der Professor endlich gegangen war, wusste sie schon nicht mehr, was sie besprochen hatten.

Die sonst so kontrollierte Huberta von Rissen ist reichlich durcheinander. Die blasse Haut ist leicht gerötet. Die ungefärbten grauen Haare sind derangiert. Die Perlenkette hängt schief. Was war da bloß passiert? Jörn Brodersen ist tot. Und dann war ihr Mann auch mal wieder verschwunden.

Am Abend zuvor war es, wie sooft, zu einem heftigen Streit mit Onno gekommen. Onno hatte schon am frühen Nachmittag eineinhalb Flaschen Bordeaux geleert, dann hatte er sich ins Auto gesetzt, um zu Freunden auf ein Gut in die Nähe von Plön zu fahren. Seitdem war er auf dem Fredenbüller Gut nicht wieder aufgetaucht.

Huberta glaubt nicht, dass Onno in Plön ist. Den Gutsherrn zieht es nämlich viel lieber ins Spielkasino nach Travemünde. Mit seiner Spielleidenschaft hat er die Familie immer wieder in finanzielle Schwierigkeiten gebracht. Hubertas Familie musste schon mehrmals einspringen, vor ein paar Jahren sogar mit einer größeren Summe. Dafür hatte ihr Vater aber darauf bestanden, dass das Wiesengrundstück der von Rissens auf Hubertas Namen umgeschrieben wurde.

Huberta, Tochter einer Hamburger Kaffeedynastie, hatte sehr jung den fast zwanzig Jahre älteren Onno von Rissen geheiratet. Besonders glücklich war die Ehe nie gewesen, aber jetzt scheinen sie sich endgültig auseinandergelebt zu haben. Die Kinder sind gerade zum Studieren ins Ausland gegangen. Seitdem haben sich Huberta und Onno noch weniger zu sagen. Sein abnehmendes Interesse an ihr und die gleichzeitig zunehmende Leidenschaft für teure französische Rotweine haben es nicht unbedingt einfacher gemacht. Onno von Rissen trinkt mittlerweile regelmäßig zwei Flaschen Bordeaux am Tag. »Lieber eine Flasche zu früh als eine ganze Kiste zu spät«, lautet Onnos Lieblingszitat des englischen Weinpapstes Hugh Johnson. So können die im Weinkeller des Gutes gelagerten Pomerol immer seltener ihr ganzes Potenzial entfalten.

Wenn der alte von Rissen getrunken hat, wird er oft cholerisch. Aber zu einer Trennung hat sich Huberta bislang nicht entschließen können. Sie hält sich derzeit mit der Organisation von Kulturveranstaltungen, Konzerten und Lesungen im Gut bei Laune. Und dann gibt es ja auch noch die heimlichen Treffen mit Brodersen.

Auf den ersten Blick wirkt Huberta von Rissen immer etwas streng. Ihr dunkler Typ, die strengen grauen Haare und die Perlenkette aus Familienbesitz, die sie auch zur Gartenarbeit trägt, lassen sie etwas unnahbar erscheinen. Aber bei ihren Kulturveranstaltungen kann die Dame aufdrehen. Nach einem Boccherini-Abend waren sie und Brodersen sich spontan nähergekommen. Die Musiker waren gerade dabei, ihre Instrumente zusammenzupacken, und ein paar letzte Konzertgäste saßen noch beim Wein zusammen, da hatte der Biobauer die adlige Veranstalterin des Abends kurz entschlossen in die geräumige Speisekammer gezogen, oder hatte sie ihn gezogen? So genau wussten das nachher beide nicht mehr. Auf jeden Fall standen in null Komma nichts der schöne Brodersen mit heruntergelassenen Hosen und die vornehme Huberta mit hochgerutschtem Tweedrock zwischen den Einmachgläsern und brachten die eingelegten Gurken und Sauerkirschen auf den Borden für einen Moment zum Tanzen.

Sie fühlte sich von seinen antibürgerlichen Machogesten angezogen und er von ihrem Adelstitel und der Tatsache, dass sich hinter aller Etikette eine ganz erstaunliche erotische Direktheit verbarg.

Huberta räumt die Weinflaschen und das Glas in die Küche. Sie macht sich noch einmal auf die Suche nach dem Vorvertrag über den Verkauf der Wiese, den Onno angeblich neu aufgesetzt hatte. Sie weiß nicht, was drinsteht. Sie weiß nur, dass ihr Mann mit Dossmann im Gespräch war, während sie Brodersen die Wiese versprochen hatte. Onno hatte von Bargeld in einem Briefumschlag gemurmelt. Konkretes wusste sie nicht, auch nichts über das angebliche Schriftstück. Sie hatte schon das gesamte Haus durchkämmt, das Schreiben war nirgendwo aufzutreiben.

Huberta macht Tee und genehmigt sich auch einen Sherry. Sie wählt die Telefonnummer ihrer Freunde auf dem Gut in der Holsteinischen Schweiz. Dort erreicht sie nur das Hausmädchen, das angeblich von nichts weiß. Sie versucht noch einmal, Onno auf seinem Handy zu erreichen. Doch es kommt nur immer wieder die Mailbox.

10

»Und, Herr Detlefsen, haben Sie den BS Dossmann schon verhört?«

Das darf doch nicht wahr sein, denkt Thies. Aber es ist tatsächlich die erste Frage, die KHK Stappenbek ihm stellt, Kriminalhauptkommissarin Stappenbek. »BS« heißt Beschuldigter, das war für Thies Detlefsen auch neu. Die Kieler Kommissarin redet gern in solchen Abkürzungen.

Dass er Dossmann noch nicht verhört hat, ist ihm allerdings richtig peinlich. Dossmann ist sein Hauptverdächtiger, ihn hätte er sofort aufsuchen müssen. Aber irgendetwas in ihm hatte ihn daran gehindert. Dossmann hat was zu sagen in Fredenbüll. Er ist hier der größte Arbeitgeber. Seine Beziehungen reichen auch in die Politik, schließlich hat er lange Zeit selbst im Kreistag gesessen. Vor allem ist er ziemlich dicke mit Horst Behrendsen, dem langjährigen Kreistagsabgeordneten, der auch den Fahrradweg nach Neutönningersiel durchgeboxt hat. Und er hat den besten

Draht zur Presse. Wenn Dossmann Petersen anruft, dann ist der Mann vom ›Nordfriesland-Boten‹ sofort zur Stelle, anders als bei Thies heute Morgen. Außerdem ist der Hühnerbaron dafür bekannt, dass er immer mal wieder ausfallend wird. Nein, es war kein Zufall, dass Thies noch nicht bei Dossmann war. Thies hatte einfach Manschetten.

Mit der Ankunft der Kriminalhauptkommissarin kommt deutlich mehr Fahrt in die ganze Sache, das muss Thies zugeben. Und KHK Stappenbek ist vom ersten Augenblick an kollegial, man könnte sogar sagen, sie ist richtig nett.

»Moin, Herr Detlefsen«, ruft sie Thies aus dem Auto zu, als sie am Samstagnachmittag, in der Bundesliga laufen gerade die Schlussminuten der ersten Halbzeit, in ihrem Ford Mondeo vor der Fredenbüller Polizeistation eintrifft. Sie hat genau den Wagen, von dem Thies die ganze Zeit träumt, Zweilitermaschine, zweihundertvierzig PS, beheizbare Außenspiegel, Zivillackierung in Polarsilber und eine Walther P99 im Handschuhfach.

Man merkt sofort, dass sie aus der Stadt kommt. Nicole Stappenbek ist irgendwie anders als die Frauen in Fredenbüll. Das meint

Klaas auch gleich. »Sie sieht ja eigentlich gut aus«, sagt Klaas, »aber man merkt das nich gleich. Sie macht nicht so ’n Brimborium drum.«

Die blonden Haare, in denen auch bei schlechtem Wetter immer eine Sonnenbrille steckt, hat sie einfach mit einem Haargummi zu einem kurzen Pferdeschwanz zusammengebunden, kein Entkrausen, keine falschen Fingernägel, kein Salon Alexandra. Kommissarin Stappenbek ist eher der sportliche Typ. Sie trägt Jeans, vielleicht eine Nummer zu eng, eine taillierte Lederjacke in einem Mokkacremeton und zwei breite Silberringe an den Fingern der rechten Hand, einen davon auf dem Daumen. Und sie raucht diese Zigaretten in der Goldschachtel, Benson & Hedges.

Thies muss Klaas recht geben, sie sieht eigentlich gut aus. Nur die Nase ist ein bisschen lang. Das fällt eigentlich auch nur deshalb auf, weil KHK Stappenbek auffällig durch die Nase spricht. Große Nase, aber offenbar enge Nasengänge. Die Stimme klingt dadurch ein bisschen arrogant. Nachdem sie amüsiert die Porträts des Bankräubertrios auf dem Fahndungsplakat begutachtet hat, streckt sie Thies die Hand entgegen und bietet ihm gleich das Du an.

»Nicole«, sagt sie knapp. Thies steht für einen Moment auf dem Schlauch, deshalb wiederholt sie. »Ich bin Nicole. Auf gute Zusammenarbeit.«

»Ach so, jo: Thies«, sagt Thies und gibt ihr die Hand. »Hast' ja wahrscheinlich schon mitbekommen … Einen drauf trinken können wir ja dann später mal.«

Hauptkommissarin Stappenbek kann sich das Grinsen nicht verkneifen.

»Was ist mit dem Schreibtisch hier, Thies?«, fragt sie und deutet auf den akkurat aufgeräumten Tisch von Knut Boyksen. »Kann ich mich da hinsetzen? Ein paar Tage werden wir uns hier sicher zusammen einrichten müssen. Immer vorausgesetzt, du hast recht und wir haben hier tatsächlich einen Mordfall.«

»Dat is der Platz von Knut Boyksen. Der war vor mir hier der Dienststellenleiter. Ist seit vier Jahren in Pension.«

Die Kommissarin ist etwas irritiert.

»Jo, klar, setz dich ruhig … Nicole.«

KHK Stappenbek holt ihr Notebook aus der Tasche und legt eine goldene Packung Benson & Hedges und ein Nasenspray daneben. Thies beobachtet das ganz genau. So ein Notebook hat er nicht auf der Fredenbüller Wache, nur einen museumsreifen Computer, der sich bei jeder Gelegenheit aufhängt. Und ob Rauchen auf der Wache erlaubt ist, weiß er eigentlich gar nicht.

»Von dem Opfer ist ja nicht mehr viel übrig«, sagt Nicole. Sie hat sich auf dem Weg einen ersten Eindruck von dem toten Biobauern im Mähdrescher gemacht. »Haben wir ein Foto von dem Toten?«

»Foto von Brodersen? Nee!« Thies ist nicht ganz klar, was sie mit einem Foto des Biobauern will. Nachdem er sie kurz auf den Stand seiner Ermittlungen gebracht hat, greift sie zum Telefon.

»Ich bin hier bei DSL Detlefsen in … ähh …«

»Fredenbüll«, assistiert Thies, während er sich fragt, was das DSL vor seinem Namen wohl zu bedeuten hat.

»… Fredenbüll. Wir brauchen hier schnellstens die KTU und den Rechtsmediziner … O-kayyy, aber morgen dann bitte gleich vormittags.« Bei dem »Okay« legt sie die ganze Betonung auf die langgezogene zweite Silbe. Danach zieht sie kurz die Luft durch ihre engen Nasengänge hoch. »… Ich weiß, dass wir morgen Sonntag haben.« Nachdem sie das Gespräch beendet hat, nimmt sie eine Zigarette aus der Packung. »Keine Angst, ich geh nach draußen.«

»Ja, nee, geht auch hier drinnen …«, meint Thies eher lahm als überzeugend. »Ich organisier mal 'n Aschenbecher.«

»Thies, lass man.«

Die lange Auffahrt zu Dossmanns Haus ist von halbhohen Thujen und Kirschlorbeer gesäumt. Zusammen mit der Kieler Kommissarin steuert Thies seinen betagten Escort über die penibel gesäuberten Waschbetonplatten, auf denen kein einziges Blatt liegt. Nur ein paar frische satte Jaucheplacken dümpeln verloren auf dem Waschbeton. Thies versucht, die Scheiße zu umkurven.

»Wir sind auf 'm Land, oder, Thies?« Nicole Stappenbek fasst sich demonstrativ an die Nase und grinst.

Dossmann hat vor zehn Jahren noch mal neu gebaut, am Rande von Fredenbüll zwischen Kirche und seiner Geflügelfarm, kein moderner Bauernhof und auch nichts traditionell Friesisches, eher ein Märchenschloss aus weißem geriffeltem Kunstklinker. An allen unmöglichen Stellen verschnörkelte schmiedeeiserne Gitter, Sprossenfester und eine riesige Terrasse in mehrfarbigem Waschbeton.

Die Türglocke klingt wie Big Ben. Der Geflügelkönig öffnet persönlich.

»Moin, Herr Dossmann.«

»Moin, Thies.«

»Moin, Herr Dossmann, Kriminalhauptkommissarin Stappenbek aus Kiel. POM Detlefsen kennen Sie ja.«

Nicole kommt mit Typen wie Dossmann klar, denkt Thies, als die beiden vor der dreiflügeligen Kunststofftür im Friesenstil mit den gelben Butzenscheiben stehen.

»Frau Kommissarin?!«, sagt Dossmann mit rollendem »R« und gibt ihr die Hand. Thies nickt er nur kurz zu. Der Geflügelbauer ist Mitte sechzig, groß und vital. Er hat einen kräftigen Bürstenhaarschnitt, Bluthochdruck und eine Schweineschnute. Er trägt ein Hemd mit großen bunten Karos und eine Kordweste. Während der Großbauer die beiden hereinbittet, taxiert er die Kommissarin kritisch einmal von oben bis unten.

Dossmann führt die beiden Polizisten in

ein riesiges Wohnzimmer mit beeindruckend großer Sitzlandschaft, Eiche mit ockerfarben gewürfeltem Kunstsamt bezogen. Auf dem Couchtisch stehen ein Bier und eine Schale mit Erdnussflips. Im Fernsehen läuft die Sportschau, und aus den Augenwinkeln sieht Thies, wie der HSV grad ein Tor kassiert. Dossmann stellt mit der Fernbedienung den Ton leise.

»Ich hab schon gehört. Unschöne Sache. So ein Todesfall wirft kein gutes Licht auf die ganze Region.« Dossmann geht breitbeinig mit leicht wiegenden Schritten durch das Wohnzimmer und deutet auf die Sofas und Sessel.

»Setzt euch. Nehmen Sie doch Platz. Frau Stappen… ähh … Stappenbek? Kann ich Ihnen was anbieten? 'ne Tasse Kaffee? Oder Thies, 'n Buddel Bier?«

Thies ist gar nicht so abgeneigt. Aber als die Kommissarin abwinkt, schüttelt auch Thies den Kopf: »Wir sind ja noch im Dienst, Herr Dossmann.« Thies lächelt etwas gequält. Er sinkt in den gewürfelten Samt.

»Herr Dossmann, der Tote ist ja auf der Wiese aufgefunden worden, die zwischen ihren beiden Höfen liegt«, beginnt die Kommissarin mit dem Verhör. »Haben Sie mitbekommen, dass Herr Brodersen dort mit seinem Mähdrescher unterwegs war?«

»Nee«, sagt Dossmann knapp. »Na, Thies, nich' doch 'n Bier?«

»Ja, nee, danke.«

Kommissarin Stappenbek, die auf der vorderen Kante des Sofas sitzt, fragt weiter. »Ich hab mir sagen lassen, Sie und Ihr Nachbar Brodersen waren beide sehr an dieser Wiese interessiert. Und jetzt ist Ihr Konkurrent auf diesem Land mit seinem Mähdrescher unterwegs. Da müssen bei Ihnen doch gleich alle Alarmglocken schrillen.«

»Wissen Sie was, Frau Kommissarin, ich hab wirklich Besseres zu tun, als diesem Bio-Fritzen nachzuspionieren.«

Nicole muss innerlich grinsen. »Sie haben da offensichtlich ein bisschen unterschiedliche Auffassungen.«

»Na ja.« Dossmann macht eine wegwerfende Handbewegung. »Bio is ja die große Mode heutzutage. Hab ich ja auch gar nichts gegen. Wer damit glücklich ist, soll dat ja gerne. Aber ich hab auch zufr-r-riedene Kunden.« Diesmal rollt der Hühnerbaron das »R« ganz besonders. »Und zwar in ganz

Deutschland.« Als könne er seinen Wirkungskreis damit verdeutlichen, umrundet er im breitbeinigen Wiegeschritt noch einmal die Polstergarnitur.

»Herr Dossmann ist der größte Geflügelerzeuger im Nordschleswiger Raum«, erklärt Detlefsen der neben ihm sitzenden Kommissarin.

»Das ist ja alles schön und gut, Herr Dossmann, aber deswegen sind wir nicht hier, wie Sie sich denken können.«

Thies sieht Nicole Stappenbek von der Seite an. Es beeindruckt ihn, wie sie dem Hühnerbaron zu Leibe rückt. Dossmann ist nicht ganz so amüsiert.

»Kann ich mir denken, ich bin ja nich blöd. Aber deswegen geb ich Ihnen trotzdem gern gleich 'n Sechserpack Eier mit. Dann können Sie ja mal vergleichen zwischen Bio und meinen Eiern aus Bodenhaltung.« Dossmann lässt sich in die Polster des voluminösen Dreisitzers gegenüber fallen.

»Aber Sie müssen doch zugeben, ein bisschen merkwürdig ist das schon, dass Ihr Konkurrent Jörn Brodersen ausgerechnet auf dem Stück Land zu Tode kommt, um das sie sich beide bemüht haben.«

»Konkurrent? Dass ich nich lache. Erstens is Brodersen kein Geflügelzüchter, und zweitens ist er eigentlich gar kein Landwirt.«

»Herr Dossmann, so kommen wir nicht weiter.« Kommissarin Stappenbek wird langsam ungeduldig und rutscht noch ein Stück weiter auf die Sofakante.

»Woher wollen Sie eigentlich wissen, dass das nich 'n Mähunfall war?« Dossmann macht es sich jetzt auch im Karopolster gemütlich.

»Mähunfall? Nee! Herr Dossmann«, meldet sich Thies ausnahmsweise zu Wort.

»Zum jetzigen Zeitpunkt können wir gar nichts ausschließen«, sagt Nicole Stappenbek.

In dem Moment öffnet sich die Wohnzimmertür und Frau Dossmann betritt den Raum: »Hans-Werner, hast du den Kommissaren denn gar nichts angeboten? Sie haben ja gar nichts … Hat mein Mann Ihnen gar nichts angeboten? Tasse Kaffee? Oder, Thies …?«

Nicole Stappenbek winkt erneut ab.

»Ich hab schon gehört. Schrecklich. Wie ist das denn überhaupt passiert?« Frau Dossmann wirkt, als wenn sie ganz gern mal Besuch bekommt. »Ich mach Ihnen sonst auch 'n Tee.«

»Erika, die beiden wollen nichts«, fährt Dossmann dazwischen.

»Hans-Werner, mach doch Fußball mal aus …« Sie sieht ihren Mann an und dann Thies. »Ach so, Thies, du willst auch gucken, nä?«

»Nee, nee, Frau Dossmann.« Thies versucht, in den Polstern Haltung anzunehmen, was ihm gründlich misslingt.

»Erika!«, pfeift Dossmann seine Frau zurück, worauf diese beleidigt das Wohnzimmer verlässt.

Nicole rutscht ungeduldig auf ihrem Polster herum. So kommt sie nicht weiter. »Herr Dossmann, ich werde das Gefühl nicht los, dass Sie meinen Fragen ausweichen.«

»Tja, Frau Stappen ähhh …dings, dann müssen Sie erst mal sagen, was Sie überhaupt von mir wollen.«

»Man sagt, Sie hatten zu dem Toten nicht das beste Verhältnis?« Die Kommissarin macht einen kurzen Schniefer. »Es hat da früher schon Auseinandersetzungen zwischen Ihnen gegeben?«

»Was wollen Sie damit denn sagen?«

Die Kommissarin macht eine längere Pause. »Wo waren Sie denn in der letzten Nacht, Herr Dossmann?«

Nach dieser Frage ist es bei Dossmann endgültig vorbei mit der Gemütlichkeit. »Mein liebes Fräulein, jetzt will ich Ihnen mal was sagen: Ein Motiv, diesen Ökoclown umzubringen, hat das halbe Dorf gehabt, was sag ich, dat ganze.«

»Das Frollein lassen Sie mal ruhig weg.« Nicole Stappenbek steigt leichte Zornesröte ins Gesicht. Aber vielleicht liegt es auch an der Temperatur in dem Wohnzimmer, die mittlere Saunagrade erreicht. Thies sieht auf dem Bildschirm, wie der Pfosten den HSV vor einem weiteren Rückstand bewahrt. Er mag gar nicht hinsehen.

Dossmann hat sich inzwischen wieder erhoben und steht breitbeinig wie ein echter Rancher neben seiner Polsterlandschaft, mit der Fernbedienung in der Rechten zeigt er auf die Kommissarin. »Ich kann Ihnen ganz genau sagen, wo ich gestern war ...«

Frau Dossmann betritt erneut das Wohnzimmer, diesmal mit einer dreistöckigen Kristalletagere voller Salzgebäck. Sie kommt gar nicht dazu, den Knabberkram abzustellen.

»Hier, du kannst unserer jungen Kommissarin gleich mal wat bestätigen. War ich gestern Nacht hier in Fredenbüll?«

»Nee, du warst nich da«, sagt Frau Dossmann.

»Und wo war Ihr Mann?«

»Ja, Hans-Werner, wo warst du? In Rendsburg beim Zentralverband, oder?«

»Ja, bitte, da ham Sie's.« Dossmann macht eine ausladende Handbewegung.

»Zentralverband …?«, fragt die Kommissarin.

»Zentralverband der Deutschen Geflügelwirtschaft!«, blökt Dossmann, dessen Laune sich merklich verschlechtert.

»Aber da waren *Sie* nicht dabei, Frau Dossmann?«

»Nee, was soll ich da?« Frau Dossmann stellt die Etagere auf dem Couchtisch ab. »Aber eins kann ich Ihnen mit Sicherheit sagen, mein Mann ist erst morgens wieder zu Hause gewesen.«

Nicole Stappenbek zieht die Augenbrauen hoch. »Herr Dossmann, das beweist aber noch nicht, dass Sie nicht in Fredenbüll waren.«

»Tja, verehrte Kommissarin, da mögen Sie

wohl recht haben, es beweist aber auch nicht, dass ich den Biofritzen auf dem Gewissen hab. Und jetzt würd ich gern meine Sportschau weitergucken.«

»HSV hat sowieso wieder verloren.« Thies setzt seinen traurigen Kuhblick auf und kämpft sich mühevoll aus dem Samtpolster heraus.

Thies muss zugeben, es ist doch ein bisschen was anderes, wenn die Kieler Mordkommission ermittelt. Wie Nicole den Geflügelkönig aus der Reserve gelockt hat, hat ihm gefallen. Andererseits, so schrecklich viel ist dabei auch nicht herausgekommen. Als die beiden Beamten wieder im Auto sitzen, sind sie sich einig: Dossmann hat etwas zu verbergen. Ob die Geschichte mit dem Zentralverband der Deutschen Geflügelwirtschaft stimmt? Aber das konnte man ja schnell klären.

Nicole und er könnten ein gutes Team werden, denkt sich Thies, als er die Kommissarin bei Pensionswirtin Renate vorbeifährt. Nur in die vielen Abkürzungen muss er sich erst noch einarbeiten. DSL, jetzt ist bei Thies der Groschen gefallenen. Er ist hier in Fredenbüll schließlich der Dienststellenleiter.

»KHK Stappenbek«, stellt Thies die Kommissarin der Zimmerwirtin Renate vor.

»KH … Entschuldigung, wie war das?«

»Nicole Stappenbek.« Sie reicht Renate die Hand.

»Ja, Tach, denn will ich Ihnen mal das Zimmer zeigen. Siebenunddreißig Euro … mit Frühstück, wenn Sie wollen.«

In dem kleinen Flur steht unübersehbar und so, dass man darüber stolpert, ein dreiteiliges rotes Kofferset.

»Ja, Thies, wie gesagt … Übrigens, Fahrrad ist wieder da.«

»Wo hast du das denn versteckt gehabt?«

KHK Stappenbek blickt verständnislos.

»Von wegen!« Renate ist entrüstet. »Nee, dat hat Leif vorbeigebracht. Hatte wohl Angst, dass seine Versicherung zahlen muss. War nämlich bei ihm versichert. Er ist ja immer mächtig drauf aus, dass kein Versicherungsfall eintritt.«

»Das hat Leif zurückgebracht?«, fragt Thies erstaunt.

»Aber hier, das eine Schutzblech war total verbogen, und im Vorderrad is ’ne gewaltige Acht drin. Is zwar so ’n einfaches Rad aus ’m Baumarkt, aber trotzdem.«

»Sachschäden am Fluchtfahrzeug!«, konstatiert Thies offiziell.

Nicole Stappenbek versteht kein Wort.

»Renate, dat Fahrrad müssen wir uns mal angucken.«

»Vielleicht können wir das morgen …«, wendet die Kieler Kommissarin ein, »ich würde gern eine Kleinigkeit essen und dann nur noch ins Bett. War 'n langer Tag.«

»Nicole, geht ganz schnell«, sagt Thies, wobei ihm das »Nicole« noch etwas schwer über die Lippen geht.

»Tolle Farbe«, würdigt Nicole mit unüberhörbar ironischem Unterton die in sämtlichen Farben geflammte Lackierung des Rades.

Auf dem Rahmen prangt unübersehbar eine Plakette: »Dieses Fahrrad ist registriert.« Darunter der Schriftzug der Nürnberger Versicherung. Thies zeigt auf eine beschädigte Stelle am Kettenschutz des Rades.

»Hier, das sind fremde Lackspuren. Und was ist das für eine Farbe?«

»Weiß«, sagt Renate wie aus der Pistole geschossen. Die Kommissarin nickt bestätigend.

»Ja, ja, ja«, stößt Thies triumphierend aus, »auf den ersten Blick vielleicht. Aber das ist Perlmuttmetallic.« Er macht eine Kunstpause. »Das Fahrzeug war in einen Unfall verwickelt, und ich weiß auch ganz genau, mit wem.«

»Thies, können wir das nicht später klären.« Nicole wird ungeduldig. Wegen eines Blechschadens am Fahrrad ist sie nicht am Samstagnachmittag aus Kiel angereist.

Thies dagegen macht sich so seine Gedanken. Was hat der Perlmuttlack von Hauke Schröders tiefergelegtem Corolla auf Renates Fahrrad zu suchen? Hat der Schimmelreiter etwas mit dem Verschwinden von Swaantje zu tun? Ist Swaantje tatsächlich entführt worden? Und hängt der Entführungsfall mit dem Tod des Biobauern zusammen?

»Wo bekomm ich denn noch 'ne Kleinigkeit zu essen?« Nicole Stappenbek hat seit dem Frühstück nichts in den Magen bekommen.

»Hier gibt es eigentlich nur die ›Hidde Kist‹. Aber bei Antje isst man an und für sich sehr gut. Neuerdings hat sie auch Croque. Aber ihre Spezialität ist die selbstgemachte Grütze. Holt sich sogar der alte von Rissen immer bei ihr. Rote Grütze mit Schuss.«

»Mit Schuss?«

»Spezialrezept von Heike. In die roten

Früchte macht sie ’n Schuss roten Genever. Und dann gibt’s auch noch die ›Rote Grütze mit Doppelschuss‹. Da is in der Vanillesoße noch mal ’n büschen Eierlikör drin.«

»O-kayyy«, sagt Nicole. »Hört sich ja echt interessant an.«

»Ja, is richtig lecker!«

11

Leif Ketels hat keine Ahnung, wie oft er die Strecke jetzt abgefahren ist. Schon mitten in der Nacht ist er immer wieder durch Fredenbüll und die ganze Umgebung gefahren, am Gut der von Rissens vorbei, an der alten Remise, an Dossmanns Geflügelhof, die Landstraße Richtung Bredstedt, nach Neutönningersiel. Immer wieder. Aber von Swaantje keine Spur.

Am frühen Morgen hat er versucht, wenigstens für zwei, drei Stunden zu schlafen. Aber er hat kein Auge zugetan. Und jetzt hat er sich wieder ins Auto gesetzt. Den halben Tank hat er leer gefahren. Die Sache mit dem toten Brodersen hatten sie ja ganz gut hinbekommen, denkt Ketels. Aber wo, verdammt noch mal, ist Swaantje?

Langsam muss das auffallen, dass er hier ständig unterwegs ist, befürchtet Ketels, besonders jetzt, wo die Polizei mit ihren Ermittlungen begonnen hat. Thies Detlefsen kann er ja vielleicht noch irgendeine Geschichte erzählen. Aber wenn es stimmte, dass jetzt die Mordkommission aus Kiel angerückt ist, dann musste er aufpassen. Er muss Swaantje unbedingt finden, bevor die Polizei das tut.

Warum ist in dieser letzten Nacht nur alles so schrecklich schiefgelaufen? Bis vor Kurzem war sein Leben in geordneten Bahnen verlaufen. Na ja, weitgehend. Er ist mit der schönsten Frau im ganzen Kreis Südtondern verheiratet. Um Swaantje wird er von allen beneidet. Allmählich hat er sich auch damit abgefunden, dass ihr alle Männer hinterhergucken und auf den Schützenfesten mit ihr tanzen wollen. Er hat sich damit abgefunden, dass sie beide keine Kinder bekommen konnten und dass sie ihn immer etwas von oben herab behandelt.

Die Fredenbüller dagegen respektieren den Mann von der Nürnberger, Sektion Nord. Schließlich ist jeder im Dorf bei ihm versichert. Die unkonventionelle Methode, die Policen seiner Kunden zu handhaben, hat Leif Ketels zu erstaunlichem Wohlstand verholfen. Bislang ist das glattgegangen. Größere Schadensfälle waren glücklicherweise ausgeblieben.

Auch die Affäre, die er seit einigen Monaten hat, stärkt sein Selbstvertrauen. Bei ihren heimlichen Treffen in der alten Remise hatte Alexandra ihm ihr Tatoo mit dem japanischen Schriftzeichen gezeigt. Die rotgelockte Salonbesitzerin mit dem Pantherblick und der weißhäutige Versicherungsvertreter mit dem zarten Oberlippenbärtchen hatten Leibesübungen veranstaltet, die mit der kühlen blonden Swaantje undenkbar wären.

Auch gestern hatte er gehofft, Alexandra abends in der Remise zu treffen. Stattdessen hat sie ihn mittags hochkant aus ihrem Friseursalon rausgeworfen. Und dann war auch noch Swaantje verschwunden. Kaum zu fassen, an einem Nachmittag waren ihm beide Frauen abhandengekommen.

Als er dann nachts die Suche nach seiner Frau schon fast aufgegeben hatte, war er noch einmal zur alten Remise gefahren. Wenn die Affäre mit der Fredenbüller Friseuse jetzt wirklich vorbei sein sollte, dann mussten die Zeugnisse ihrer gemeinsamen Nächte nicht auch noch entdeckt werden. Zumindest die verräterischen Hilfsutensilien wollte Leif aus seinem Fach in dem antiken Postschrank holen. Er hatte das Fach mit dem Hasen.

Dass etwas nicht stimmte, merkte er schon, als er vorfuhr. Vorsichtshalber parkte er sein Auto ein Stück weiter hinter einem großen Holzstapel. In der Remise brannte kein Licht. Aber er hatte das Gefühl, dass jemand da war. Zu sehen war niemand. Leif schlich vorsichtig ums Haus, als ein Auto vorfuhr. Er erkannte sofort die hochstehenden Scheinwerfer des Landrovers von Jörn Brodersen. Es war in Fredenbüll zwar nicht das einzige Fahrzeug dieses Modells, aber Ketels erkannte das Kennzeichen. Schließlich hatte er den Wagen versichert. Er drückte sich hinter einen Fliederbeerbusch. Und dann traute er seinen Augen nicht. Brodersen öffnete die Beifahrertür und hievte eine Person aus dem Auto: Eine schlafende oder bewusstlose Frau.

Oder war das eine Tote!? Das konnte doch alles nicht wahr sein!

Ketels blieb wie erstarrt hinter seinem Fliederbeerbusch stehen. Die blonde Frau, die sein Schwager Brodersen auf den Armen von seinem Auto in die Remise trug, war seine Ehefrau Swaantje. Dass Swaantje etwas mit Brodersen hatte, wusste er, wenn er ehrlich war, schon seit Längerem. Ganz sicher war das nicht die einzige Affäre, die der Biobauer hatte. Brodersen gehörte angeblich auch eines der Schließfächer in dem alten Postschrank. Und Postbote Klaas machte immer wieder so blöde Bemerkungen. Allerdings machte Klaas immer blöde Bemerkungen.

Aber was hatte dies hier alles zu bedeuten? Leif riss sich zusammen und wagte sich hinter dem Strauch hervor. Vorsichtig näherte er sich dem alten Gemäuer. Durch das Sprossenfenster konnte er einen Blick nach drinnen werfen. Es war stockdunkel, doch als sich seine Augen an die Dunkelheit gewöhnt hatten, sah er die beiden auf dem alten Bett liegen. Erst konnte er die Situation gar nicht richtig deuten. Doch dann prallte er vor Schreck zurück. Brodersen kniete über Swantje und drückte ihr gerade das knallgrüne, mit Stroh gefüllte Kopfkissen, das Leif aus seinen Nächten in der Remise sehr vertraut war, mit voller Kraft ins Gesicht.

Leif Ketels schoss das Blut in den Kopf, in seinen Ohren pulsierte es dumpf. Er raste zur Tür des Kutscherhauses. Doch die Tür war verschlossen. Hektisch rüttelte er an der Klinke. »Verdammte Scheiße, was geht da drinnen vor«, rief er und schlug mit der flachen Hand auf die Tür, dass das Holz schepperte. Doch das Tor gab keinen Millimeter nach.

Ketels rüttelte immer panischer an dem Holztor. Dann hastete er wieder zu dem Fenster zurück. Er sah Brodersen erschreckt zur Tür starren, während er immer noch mit seinem ganzen Körpergewicht auf Swaantje kniete. Dieses Arschloch wollte doch tatsächlich seine Frau ermorden! Und er konnte es nicht verhindern!

In seiner Verzweiflung tastete Leif nach einem Stein unter dem Fenster und zerschlug damit eine Scheibe des Sprossenfensters. Die dünne Einfachverglasung zersprang sofort. Als das Glas aus dem eisernen Fensterrahmen fiel und die einzelnen Scherben auf dem Steinboden zersplitterten, drehte sich Brodersen zu ihm um. Blitzschnell schlug Leif mit dem Ellenbogen notdürftig einige Glassplitter aus dem Rahmen, langte nach innen zu dem Fenstergriff, um das Fenster zu öffnen, und zwängte sich durch die schmale Öffnung.

»Was, verdammt noch mal, hast du mit ihr gemacht«, schrie er Brodersen an.

Brodersen hatte sich vom Bett erhoben und stand mit dem Kissen in der Hand fast etwas erstaunt vor ihm.

»Ketels, was hast du denn hier verloren?«, blaffte er Leif an.

»Bist du vollkommen durchgedreht?«, kreischte Leif.

»Nicht ich, deine Swaantje ist durchgedreht!« Der sonst immer so souveräne Ökolandwirt wirkte jetzt reichlich echauffiert. Seine Müller-Wohlfahrt-Frisur war gründlich durcheinandergeraten.

»Was soll das heißen? Was ist los mit ihr?« Leifs Stimme überschlug sich vor Angst und Panik. Er wollte zu der leblos daliegenden Swaantje, aber Brodersen versperrte ihm angriffslustig den Weg.

»Meine Güte! Wir hatten ein bisschen Spaß, und dann steht diese dumme Gans gleich mit gepackten Koffern bei mir vor der Tür.«

»Du hast Sie umgebracht, du Schwein!«, schrie Leif mit bebender Stimme.

»Von dir will sie sowieso nichts mehr!« Brodersen stieß ein kurzes hysterisches Lachen aus und schubste Ketels zurück in Richtung Fenster. Im Stolpern sah Ketels zum Bett hinüber. Swaantje regte sich nicht, aber sie sah besonders schön aus, sein blonder Engel, so wie damals, als sie sich kennengelernt hatten. Es war wirklich ein Wunder, dass sie ihn erwählt hatte, den blasshäutigen, immer etwas schwächlichen Leif Ketels, der jeder Schützenfestschlägerei aus dem Wege ging. Nein! Er wollte seine Swaantje nicht verlieren! Jetzt wollte er um sie kämpfen!

Leif rappelte sich hoch. Dabei fasste er in den Fensterrahmen. Ein Glassplitter zerschnitt ihm die linke Hand, ein tiefer sauberer Schnitt, aus dem sofort ein satter Blutstrich hervorquoll. Leif nahm die Verletzung überhaupt nicht richtig wahr. Er griff sich, ohne zu überlegen, die Schaufel, die neben dem Fenster stand, und versuchte, sich sein Gegenüber mit der Schippe vom Leib zu halten.

»Lass mich sofort zu ihr, du Sau!«, brüllte Ketels. Doch Brodersen hatte plötzlich eine Heugabel in seiner Rechten und einen antiken Dreschflegel in der Linken und stellte sich dem kleinen Versicherungsvertreter in den Weg.

Wie Kampfhähne standen sich die beiden Männer gegenüber. Der Biobauer überragte den Mann von der Nürnberger fast um einen ganzen Kopf. Brodersen hatten die Ereignisse dieser Nacht die Röte ins Gesicht getrieben.

Leif Ketels dagegen war bleich wie eh und je, nur in seinen Augen funkelte der Hass. »Was ist das für ein verdammtes Ding?«, schrie er und stierte irritiert auf das altertümliche Gerät, das der Landwirt jetzt mehrmals über seinem Kopf kreisen ließ.

»Ja, was ist das wohl?«, brüllte Brodersen zurück. »Lebt hier auf dem Lande, schwatzt den Leuten Versicherungen auf, hat aber keine Ahnung, wofür!« Der erste Schlag mit dem beweglichen Holzknüppel ging neben Leif auf den Boden. Dieser wich aus, so gut es in der Dunkelheit ging. Aber der zweite Schlag traf ihn am Ohr. Sein ganzer Kopf dröhnte, bis das Brummen einem tauben Gefühl wich. Ketels taumelte.

»Na, wat los, edler Ritter«, höhnte Brodersen und pikste ihn mit der rostigen Heugabel.

Er stach zwar nicht richtig zu, aber Ketels spürte die drei Zinken auf seinem Bauch. Augenblicklich schwang Ketels die Schaufel wie ein Schwertkämpfer und drückte die Forke zur Seite. Die Heugabel stieß ins Leere. Mit seiner blutenden Hand strich er sich eine Haarsträhne aus dem Gesicht. Dabei schien Brodersen fast zu erschrecken bei seinem Anblick.

Diesen Moment der Irritation nutzte Ketels, um nach dem alten Jagdgewehr zu tasten, das er in der Dunkelheit erahnte. Doch Brodersen war schon wieder zum Angriff übergegangen, und Ketels musste seine Schaufel jetzt in beide Hände nehmen, um die Attacken abzuwehren.

»Fechtunterricht gehabt, oder was?« Brodersen schien das kleine Duell jetzt richtig Spaß zu machen.

Immer wieder wich Leif seinen Angriffen aus. Zur Abwechslung ließ Brodersen mal wieder den Dreschflegel kreisen, der ein unheimliches Pfeifen von sich gab. Doch das antike Gerät glitt ihm plötzlich aus der Hand und landete polternd in einer Ecke.

»Jetzt bist du fällig, du Albino«, rief Brodersen und trieb Ketels mit der Mistgabel vor sich her in den Geräteraum der Remise. Fast wäre Ketels über die alte Dreschmaschine gestolpert. Für Brodersen überraschend, sprang Ketels plötzlich mit einem Satz auf den Fahrerbock der historischen Kutsche.

»Du Kasper! Wo willst du denn hin?«, rief Brodersen hämisch.

Ketels wusste es selbst nicht. Er holte zu einem Schlag mit der Schaufel aus, traf Brodersen aus dieser Position aber nicht. Er warf die Schaufel weg und sprang wieder auf den Boden, wo er sich geistesgegenwärtig eine alte Sense griff, die in der Ecke lehnte. Ganz schön schwer und unhandlich, dachte sich Leif. Da sah er, wie Brodersen, die Heugabel immer noch fest in der Hand, auf einen Strohballen gesprungen war, der aber unter seinem Gewicht halb zusammenfiel. Die Forke verfing sich im Stroh. Ganze Schwaden von Strohstaub wirbelten durch die Luft. Ketels musste niesen.

»Auch noch ’ne Heuallergie, was?«, grölte Brodersen. Wütend reckte er die Forke in die staubige Luft. Ketels drehte sich keuchend zu ihm um und schwang unbeholfen die Sense. In dem Moment löste sich der Heuballen, auf dem Brodersen stand, vollends in seine Bestandteile auf. Brodersen stieß einen überraschten Schrei aus, ruderte unbeholfen mit den Armen und stürzte mit einer Drehung des Körpers zu Boden. Der Sense konnte er dabei nicht mehr ausweichen. Das rostige Sensenblatt durchschnitt mühelos die olivgrüne Wachsjacke und bohrte sich in seinen Bauch. Für einen kurzen Moment sah es so aus, als würde er sich noch einmal aufrichten, dann sackte Brodersen mit einem Ächzen zusammen.

Leif Ketels bekam auf einmal butterweiche Knie und ihm wurde speiübel. Entsetzt ließ er den Stiel der Sense los, den er immer noch umklammert hielt, er versuchte krampfhaft, nicht zu dem toten Mann auf dem Boden zu sehen, dann stürzte er in die Kutscherwohnung.

Swaantje lag immer noch unverändert reglos auf dem Bett. »Swaantje, Swaantje … Was ist mit dir los?« Leif berührte erst zaghaft ihre Schulter, dann schüttelte er energisch die leblose Gestalt.

»Swaantje!?« Immer wieder rief er ihren Namen. Eigentlich wusste er, dass seine Frau tot war. Wenn er ehrlich war, dann hatte er es in dem Moment gewusst, als er diesen Raum betreten hatte.

Plötzlich hörte man draußen das Motorengeräusch eines Autos. Dann huschte Scheinwerferlicht durch das zerbrochene Fenster und tauchte das Chaos in gespenstisches Licht. Leif Ketels ging in Deckung.

Es klang, als würde das Auto wenden und auf die andere Seite der Remise fahren. Im

Raum war es wieder dunkel. Leif hörte eine Autotür blechern schlagen. Eilig stieg er durch den zerbrochenen Fensterrahmen wieder nach draußen in die Dunkelheit und rannte in gebückter Haltung zu der Baumgruppe hinüber. Ganz sicher war sich Leif Ketels nicht, aber er hatte eine Ahnung, wem das Auto mit den eng beieinanderliegenden Scheinwerfern und der blechern klingenden Autotür gehörte.

12

»Thies, ich glaub, da is wirklich was passiert. Weißt warum?«

»Nee.«

»Swaantje war ganz verrückt auf die Queen Mary. Das wollte sie auf keinen Fall verpassen. Und jetzt is sie einfach weg.« Heike pustet in ihren Kaffeebecher. »Kein Flachs, da stimmt was nich.«

»Meine Rede. Swaantje is entführt worden. Und bei Brodersen, das war Mord! Hundertpro!«

Während Heike Detlefsen am Sonntagmorgen noch Nachthemd trägt, hat Thies schon frisch geduscht, den Frontspoiler geföhnt und die Uniform angezogen. Die oberen drei Knöpfe des Polizeihemdes sind noch nicht zugeknöpft. Und offensichtlich hat Thies etwas mehr Rasierwasser als sonst aufgelegt.

»Und was sollen wir jetzt machen? Ohne Swaantje zur Queen Mary fahren?«

»Hör mir bloß auf mit deiner blöden

Queen Mary.« Thies winkt ab, er schenkt sich Kaffee ein und beißt in ein lappiges Mehrkornbrötchen vom Vortag.

»Dann fahren wir eben nich. Is mir auch egal. Ich war schon dreimal da, aber Swaantje hat die Queen Mary noch nie gesehen.« Heike blickt ihn mitleidig an und fasst sich prüfend in ihre Haare. »Du übrigens auch nicht.«

»Ich werd's überleben.«

Die Zwillinge Telje und Tadje tapern in identischen Teddybär-Schlafanzügen schlaftrunken in die Küche. »Mama, is Schule heute?«

»Quatsch, heut is Sonntag, ab, zurück ins Bett.« Heike schüttelt angesichts der Dösigkeit der Zwillinge den Kopf und nimmt einen kräftigen Schluck aus dem Kaffeebecher.

Einträchtig trotten die Mädchen wieder Richtung Kinderzimmer, und Heike wendet sich ihrem Mann zu. »Aber das eine sag ich dir: Im Sommer geht das mit uns beiden auf Kreuzfahrt. Ich hab aus 'm Prospekt schon was rausgesucht. Vierzehn Tage. *Auf den Spuren von Odysseus.*«

»Odysseus? Ich glaub, ich spinne.«

»Komm, Thies, das is Griechenland, so die

Gegend, dat muss ein Traum sein. Ein Kreuzfahrtschiff mit Käptns Dinner, dat is was anderes als mit der Fähre nach Amrum rüber.«

»Ja, ja.« Thies ist an diesem Sonntagmorgen mit seinen Gedanken schon bei seinem Fall. »Heike, sei mir nich böse, aber ich hab 'n Mordfall aufzuklären.«

»Sag mal, Thies, is wohl 'n büschen viel Rasierwasser heute Morgen. Hast dich schön gemacht?«

»Wieso, wat denn?« Leichter Kuhblick.

»Etwa für deine Kieler Kommissarin?« Heike blickt betont streng, und Thies knöpft die drei oberen Hemdknöpfe zu.

Nicole Stappenbek ist auch noch beim Frühstück, als Thies sie bei Renate abholen will.

»Aber sie hat überhaupt nichts gefrühstückt«, raunt Renate Thies im Eingang zu. »Nu hab ich mal 'n Feriengast, aber sie hat nix angerührt, keine Mettwurst, kein weichgekochtes Ei, nur 'ne Tasse Kaffee.«

»Renate, wir ham heute volles Programm. Erst mal müssen wir Klaas ablösen, der hat Nachtwache gehalten. Gleich kommt die Spusi aus Kiel, Gerichtsmedizin und so weiter.«

»Willst du nich noch das Ei, Thies?«

»Nee, wirklich nich!«, wehrt Thies energisch ab.

»Moin, Thies.« Kommissarin Stappenbek spricht heute Morgen noch mehr durch die Nase als sonst. Sie sieht noch ziemlich verschlafen aus. Das steht ihr aber irgendwie gut, findet Thies.

»Moin … Nicole.« Das Du geht ihm immer noch nicht so selbstverständlich über die Lippen. Er überlegt kurz, ob er ihr die Hand geben soll, lässt es dann aber sein.

»Na, Thies, denn wollen wir mal ran an den Fall.« Sie steckt sich ihre Sonnenbrille ins Haar.

In der Dorfstraße bei Renate vor der Tür hängt der schwere Blütenduft der Kastanien in der Luft. Für einen Maimorgen an der Nordsee ist es erstaunlich warm, fast schwül. KHK Nicole Stappenbek muss niesen.

»Gesundheit. Hast dir was aufgesackt?«

»Nee, bin allergisch. Frühblüher, Getreide, Katzen, das volle Programm«, schnieft sie.

»Alle Achtung … aber Nordsee soll dann eigentlich gut sein.«

»Fährst du?«

Thies nickt wenig begeistert.

»Wollen wir meinen nehmen?« Nicole hält die Autoschlüssel in die Luft. Thies' Stimmung hellt sich augenblicklich auf. Sie wirft ihm die Schlüssel zu.

Thies betätigt den automatischen Türöffner und schmiegt sich in den strammen Fahrersitz. Der Mondeo riecht drinnen noch richtig neu. Die Servolenkung und die zweihundertvierzig PS fühlen sich gut an. Majestätisch lässt Thies den Ford durch Fredenbüll Richtung Tatort gleiten.

»Wir sollten die KTU zügig durchziehen«, sagt Thies wichtig, »soll heute noch Gewitter geben. Dann kannst du die Spuren vergessen, oder?« Er sieht fragend zu Nicole auf dem Beifahrersitz hinüber.

»Hab ich auch schon gehört. Wär gar nicht gut.« Sie sprüht sich Spray in die Nase und zieht zweimal die Luft hoch.

Auf der Tatortwiese scheint alles unverändert zu sein. Das rot-weiße Absperrband, das Thies gestern um den Mähdrescher mit dem Toten gespannt hat, flattert müde in der Frühlingsluft. Vor der Wiese sind schon die ersten Fahrzeuge aus Kiel eingetroffen, der Kleinbus der Spurensicherung und mehrere Kombis. Mike Börnsen, der junge Kriminaltechniker, läuft in seinem weißen Einmalanzug schon um den Mähdrescher herum. Gerichtsmediziner Dr. Carstensen steigt grade aus seinem Auto. Auch die ersten Fredenbüller haben sich auf dem Brachland zwischen Brodersens Biohof und Dossmanns Geflügelfarm versammelt und warten zusammen mit Brodersens polnischen Saisonarbeitern einträchtig auf Neuigkeiten.

»Hi, Nicole«, ruft Mike Börnsen zu ihnen herüber. »Ich hab grad versucht, dich anzurufen. Aber ich hab hier …« Er hält schulterzuckend sein Smartphone hoch.

»Ja, ja, is Funkloch hier«, ruft Thies.

»Mike Börnsen … Thies Detlefsen«, stellt Nicole die beiden einander vor.

»Moin.« Thies Detlefsen streckt ihm die Hand entgegen.

»Ich mach mal so«, sagt Börnsen und grüßt mit seinem weißen Plastikhandschuh. »Sorry.«

Aus einem anderen Wagen steigen drei weitere Leute in weißen Overalls mit Kapuze und dem Schriftzug »POLIZEI« auf dem Rücken. Mike Börnsen holt geschäftig einen Metallkoffer und eine Kiste mit allerlei Gerätschaften, Dosen und Plastiktüten aus dem

Kleinbus, den er vor dem Schild »Stoppt die Öko-Diktatur« geparkt hat.

»Mike, wir müssen heute ein bisschen Tempo machen«, ruft ihm Nicole zu.

»Hast wohl noch was vor?« Ganz schön kiebig, dieser junge Spund von der Spusi, denkt Thies.

»Der Wetterbericht sagt für den frühen Nachmittag starke Gewitter voraus, gefolgt von einer stürmischen Westfront. Danach kannst du die Spuren hier knicken.«

Während Börnsen mit seiner Kiste abzieht und einer seiner Leute eine Fotoausrüstung Richtung Mähdrescher schleppt, begrüßt die Kriminalhauptkommissarin den Gerichtsmediziner Carstensen. »Sieht nicht mehr so schön aus, Doktor.«

»Ich bin ja Kummer gewöhnt, Frau Stappenbek. Aber musstet ihr euch unbedingt wieder den Sonntag aussuchen?«

»Das Ganze sollte wohl wie ein Unfall aussehen. Aber unser Fredenbüller Kollege POM Detlefsen geht von Mord aus.«

Hört Thies da einen ironischen Unterton bei Nicole Stappenbek heraus?

Gemeinsam mit Carstensen, der seit dreißig Jahren bei der Kieler Gerichtsmedizin ist, laufen sie die sauber gemähte Schneise, die der Mähdrescher in das frische Gras geschlagen hat, zum Tatort. Thies hält das Absperrband hoch, damit Nicole und der Doktor drunter durchlaufen können.

Der tote Brodersen sieht heute nicht unbedingt appetitlicher aus.

»Einer der weniger schönen Fälle«, sagt Nicole Stappenbek und zieht die Luft die enge Nase hoch.

»So ganz frisch ist er wirklich nicht mehr«, konstatiert der Doktor.

»Und das is sein eigener Mähdrescher«, ergänzt Thies. »Schon irgendwie tragisch. Hat Piet Paulsen ihm noch verkauft.«

Thies zwingt sich, einen Blick auf Brodersen zu werfen. Gestern war nicht erkennbar gewesen, dass der Arm des Toten vom Körper getrennt worden war. Nicht nur die irische Wachsjacke, auch den Arm haben die Messerbalken fein säuberlich in Streifen geschnitten. Auf dem Bauch des Opfers ist ein langer Schnitt erkennbar, umrahmt von dicken angetrockneten Blutplacken. Und in dem Schuh, der bis zum Strohhäcksler transportiert wurde, steckt in blutdurchtränkten selbstgestrickten Wollsocken sein rechter Fuß.

»Das ist ja ein echtes Folterinstrument.« Nicole ist ziemlich blass um die Nase.

Mike Börnsen und seine Kollegen machen sich gleich an die Arbeit. Sie lassen Kleidungsreste und den Schuh mitsamt Fuß in Plastiktüten verschwinden und suchen den Mähdrescher mit einer Speziallampe nach Spuren ab.

Vor dem Absperrband hat sich inzwischen fast das ganze Dorf versammelt. Der Sonntagmorgen ist natürlich ein günstiger Termin. Alle haben Zeit oder nehmen sie sich. Sogar Antje hat die »Hidde Kist« ausnahmsweise kurz dichtgemacht. Sie hat die Kittelschürze abgelegt und mit Schäfermischling Susi einen der besten Plätze in der ersten Reihe, gleich hinter dem Absperrband, ergattert. Susi muss immer wieder ermahnt werden, nicht auf den Tatort zu laufen.

Heike winkt Thies zu. Die Frau des Polizisten und ihre Freundinnen Sandra und Marret haben die Fahrt nach Hamburg aus gegebenem Anlass verschoben. Das Verschwinden von Swaantje hat ihre Unternehmungslust eindeutig gebremst. Und was ist schon die Queen Mary gegen den toten Brodersen im Häcksler?

»So, meine Herrschaften, hier gibt es überhaupt nichts zu sehen!«, ruft einer der Weißkittel von der Kriminaltechnik, der mit seiner Kapuze von den Umstehenden nicht ganz ernst genommen wird.

»Da haben wir aber einen ganz anderen Eindruck«, gibt Salonbesitzerin Alexandra zurück und stößt einen kurzen kehligen Lacher aus.

»Susi, Platz!«, ermahnt Antje ihren Hund, der schon wieder Richtung Mähdrescher will.

Einige tuscheln. Die Saisonarbeiter von Brodersen unterhalten sich auf Polnisch. Dossmann rollt in seinem Landrover im Schritttempo vorbei, steigt kurz aus und fährt dann weiter. Auch die vier Kirchgänger kommen nach dem Gottesdienst auf einen Sprung vorbei.

»Für dich auch was Neues, Thies, oder?«, flüstert Nicole ihm verschwörerisch zu. Sie zündet sich eine Benson & Hedges an.

»Ja, Supersache!«

Sie sieht ihn leicht irritiert an.

»Ja, nee, also, ich mein … interessant … aber schlimm natürlich.« Thies wirkt verlegen.

Als Klaas, der trotz der Nachtwache bei

dem Toten erstaunlich munter ist, behände unter dem rot-weißen Band hindurchtaucht, stürzt einer der weißen Overalls auf ihn zu. »Halt, Moment, wir führen hier polizeiliche Ermittlungen durch.«

»Das geht schon in Ordnung«, ruft Thies ihm zu, »er arbeitet hier bei den Ermittlungen mit.«

»Wie jetzt? Als Postbote?!« Der Mann im Overall wundert sich.

»Moin, Thies, Frau Kommissarin, wie sieht's aus?« Klaas gibt den beiden die Hand. Irgendwie tut er so, als wäre er hier der Chefermittler. Nicole Stappenbek muss sich schon wieder das Grinsen verkneifen, während sie den inhalierten Rauch stoßweise in die Frühlingsluft pustet.

Klaas zeigt auf den Mähdrescher mit dem zerstückelten Brodersen. »Dat ist doch der Drescher, den Piet Paulsen ihm noch verkauft hat.«

»Jo«, bestätigt Thies knapp.

»Und bis zum Schluss immer in seinen irischen Wachsklamotten«, sagt Klaas.

»Voll Vintage.« Spusi-Mann Börnsen grinst frech.

»Aber das Hemd bis oben zugeknöpft«,

fällt Thies auf. »Komisch, dat passt doch gar nicht zu ihm.«

»Und wer sind Sie?«, fragt der KTU-Mann im weißen Overall, als eine junge Frau unter dem Absperrband wegtaucht.

»Ich bin die Praktikantin.«

Der Mann im Overall blickt fragend.

»Vom ›Nordfriesland-Boten‹. Ich soll mich bei Herrn … ähh … Detlefsen melden.«

»Bei Hauptkommissarin Stappenbek, meinen Sie? Frau Stappenbek«, schreit der Mann quer über die Wiese, »hier ist die Presse!«

»Ganz schön viele Polizisten … für so einen Mähunfall«, wundert sich die Praktikantin.

»Mähunfall?«, fragt Thies verächtlich. »Sie sehen ja, wir haben hier grad alle Hände voll zu tun. Müssen Sie sich ’n Augenblick gedulden.«

Die Wiese ist jetzt von der Mittagssonne hell erleuchtet. Aber Richtung Neutönningersiel und Nordsee türmt sich eine dunkle Wolkenwand auf. Vor dem fast schwarzen Himmel leuchten der rot-grüne Mähdrescher und die Kriminaltechniker in ihren weißen Anzügen besonders grell.

»Junger Mann, Sie sind doch sicher von der Spusi, oder wie das heißt«, ruft Heikes Freundin Sandra dem jungen Kriminaltechniker Mike Börnsen hinterher, als er mit seinem Metallkoffer und einer Plastiktüte Richtung Kleinbus stapft.

Spusi-Mann Mike grinst breit unter seiner blonden Jungsfrisur. Heike und ihre Freundinnen kichern. Gleichzeitig läuft es ihnen kalt den Rücken hinunter. Von dem grauhaarigen Kieler Pathologen kurz vor der Rente sind die Fredenbüller Damen allerdings enttäuscht.

»Im Fernsehen sehen die Pathologen doch eigentlich immer ganz schnuckelig aus«, meint Marret.

»Ein Mann muss heutzutage auch keine grauen Haare mehr haben«, meint Friseurmeisterin Alexandra mit Kennermiene.

Aber den Jungen von der Spusi finden sie alle »echt süß«. »Noch 'n büschen picklig, aber goldig«, sagt Marret.

Die Kieler Kommissarin haben die Damen natürlich besonders im Blick.

»Sie is noch keinen Tag da«, ereifert sich Heike. »Aber musst meinen Thies mal hören: Nicole hier, Nicole da.«

»Mensch, Heike, pass bloß auf«, warnt Sandra.

Jede der Fredenbüller Frauen hat etwas anderes an Nicole Stappenbek auszusetzen. »Wie sie schon redet, immer so durch die Nase«, meint Marret.

»Dabei ist die Nase ja nu eigentlich groß genug.« Alexandra lässt ihre raue Lache hören. »Nee wirklich, hätt ich längst mal operiert. Das ist doch heute kein Thema mehr.«

»Ehrlich gesagt, sie hat 'n ziemlich dicken Hintern«, findet Heike.

»Und mit ihren Haaren könnt sie auch mal was machen.« Friseurin Alexandra streicht sich mit den grün lackierten Fingernägeln durch die rote Mähne.

»Sagt mal, was meint ihr, was dieses rotweiße Band wohl zu bedeuten hat?« Der Kriminaltechniker im weißen Overall wird allmählich sauer, als schon wieder jemand in den abgesperrten Bereich läuft. »Können Sie nicht hören?! Sie stören die polizeilichen Ermittlungen!«

»Da kommt der Bürgermeister, Hans-Jürgen Ahlbeck«, raunt Thies der Kommissarin zu, während der Mann auf die beiden zustürmt. »Ihm gehört der Edeka-Markt hier.«

»Moin, ich hab schon gehört, dass wir Besuch aus Kiel haben.« Ahlbeck streckt Nicole Stappenbek feierlich die Hand entgegen, als wäre sie ein Staatsgast. »Kein schöner Anlass. Aber ich wollte doch mal Tach sagen. Haben Sie schon Erkenntnisse?«

»Na ja, Sie sehen ja, wir stehen am Anfang unserer Ermittlungen.« Nicole zieht die Luft hoch. Thies guckt wichtig. Und die Praktikantin vom ›Nordfriesland-Boten‹ zückt die Kamera.

»Vielleicht müssen wir diesen tragischen Unfall nicht so an die ganz große Glocke hängen.« Bürgermeister Ahlbeck macht eine Kunstpause. »Es ist nämlich so: Fredenbüll soll Kurort werden!«

Ohne Vorwarnung, die Sonne beleuchtet gerade noch einen Teil der Wiese, beginnt es heftig zu regnen. Die ersten dicken Tropfen platschen satt auf die Autos. Von Westen kommt böiger Wind auf. In den Pappeln am Rand der Wiese rascheln die Blätter, als würden Folien in den Zweigen hängen, die während der Obsternte die Vögel vertreiben sollen. Über dem Mähdrescher bildet sich kurz ein kleiner Regenbogen. Eilig räumen die Kriminaltechniker ihre Utensilien in die Autos. Einige Schaulustige zücken die Regenschirme, die meisten suchen hektisch das Weite. Heike winkt noch mal zu Thies hinüber.

»Ich ruf morgen an«, ruft Börnsen der Kommissarin zu.

»Aber auf 'm Handy, Mike. Ich bleib hier noch vor Ort.«

»Wenn hinterm Deich kein Funkloch is.« Börnsen lacht. »Willkommen in der Provinz, Nicole!«

»Doktor, können Sie schon irgendwas sagen?«, fragt Detlefsen selbstbewusst.

»Nu wartet mal erst die Obduktion ab. Morgen Abend sind wir schlauer.« Carstensen wechselt den Arztkoffer von der einen in die andere Hand und zückt seinen Autoschlüssel.

»Ist schon klar«, sagt Thies.

»Aber eins kann ich euch jetzt schon sagen: In seinem Mähdrescher ist er wahrscheinlich nicht zu Tode gekommen. Auf den Toten ist geschossen worden. Großes Kaliber. Jagdgewehr oder so.«

»Geschossen?« KHK Stappenbek blickt erstaunt hoch.

»Schussverletzung?!«, ruft Thies begeistert.

13

An den Fenstern der kleinen Wache in dem roten Backsteinbau fließt ein Frühlingsgewitter herunter. Das Donnern ist ziemlich nahe und will nicht abziehen. Immer wieder erhellt ein Blitz die Fredenbüller Dorfstraße. Nach dem sonnigen Vormittag ist es innerhalb kürzester Zeit stockdunkel geworden. Die beiden Polizisten sitzen sich an den schweren Schreibtischen gegenüber. Thies hat das Licht in der Amtsstube eingeschaltet. Die Neonröhren an der Decke leuchten den Raum erbarmungslos aus. In dem kalten Licht sieht Thies die überschminkte großporige Haut auf den Wangen der Kommissarin. Nicole Stappenbek fährt ihr Notebook hoch. Die mokkabraune Lederjacke hat sie anbehalten. Sinsic grinst von dem Plakat an der Wand auf die beiden herunter.

»Sach mal, was hat der Doktor eben gesagt?« Thies schaut zu Nicole, die mit ihrem Laptop beschäftigt ist. »Aufgesetzter Schuss. Aber kein Einschussloch in der Jacke.«

Das Notebook von KHK Stappenbek gibt verdächtige Pieptöne von sich. Sie blickt besorgt auf den Bildschirm, auf dem jetzt das Landeswappen in einem Polizeistern erscheint.

»Gibt's doch gar nich«, wundert sich Thies. »Der hat 'ne Kugel zwischen den Rippen, und in seinen Klamotten ist nichts zu sehen? Haben sie den vorher ausgezogen, bevor sie ihn erschossen haben, und dann wieder angezogen, oder was?«

Die Kommissarin blickt von ihrem Laptop auf und sieht Thies prüfend an. »Vielleicht war er vorher schon nackt und ist irgendwie überrascht worden.« Nicole grinst.

»Du meinst ...?«

»Du hast doch erzählt, dass er so einiges am Laufen hatte. Brodersen war doch 'n Frauentyp, oder?«

»Na ja, weiß nich ... Es gibt eigentlich keine, die er nich angegraben hat, bis auf 'n paar Ausnahmen natürlich.« Thies ist Brodersens Erfolg bei der Fredenbüller Damenwelt schon immer suspekt gewesen. »Du denkst jetzt an eine Eifersuchtstat?«

Nicole zuckt die Achseln. »Wir müssen in alle Richtungen ermitteln.«

»Meinst du, Lara hat ihn mit 'ner andern überrascht?«

»Keine Ahnung.«

»Schusswaffe kann ich mir bei Lara ja gar nicht vorstellen. Dat passt doch nicht zu ihren Duftölen und Meditation und so. Andererseits, verrückt genug ist sie ja.«

»Und was war mit dieser Versicherungspolice?« Die Kommissarin zieht geräuschvoll die Luft durch die Nase.

»Ja klar, bei Lara müssen wir sowieso noch mal längs und bei Hauke Schröder auch.«

»Thies, wir müssen mit einigen reden: mit von Rissen, mit den polnischen Arbeitern und mit Dossmann. Mit dem sind wir auch noch nicht durch.«

Das Gewitterdonnern ist Richtung Schleswig abgezogen. Dafür ist der Regen noch stärker geworden. Das Wasser wird jetzt so heftig gegen die Fenster gedrückt, dass die Dorfstraße kaum noch durch die Scheiben zu erkennen ist.

Thies blickt versonnen auf den strömenden Regen. »Sach mal, Nicole, müssen wir eigentlich auch 'ne Pressekonferenz machen?«

»Is vielleicht noch ein bisschen früh. Außer

der Schussverletzung haben wir ja noch nicht so viel zu bieten.«

Die Kommissarin tippt etwas in ihr Notebook. Thies guckt.

»Eigentlich bräuchte ich jetzt erst mal ’n Kaffee. Gibt’s hier so was, Thies?« Sie sieht ihn auffordernd an.

»Ja … das is nu blöd, die Maschine hat letzte Woche ihren Geist aufgegeben. Hat nur einmal puff gemacht, und das war’s dann.«

»Kein Kaffee?« Nicole spielt die Enttäuschte. »Oh, schade!«

Thies zeigt Ansätze seines Kuhblicks.

»He, das war ’n Witz«, lacht Nicole.

»Is schon klar.« Trotzdem fragt er hastig: »Soll ich uns ’n Kaffee aus ›De Hidde Kist‹ holen.«

»Wär nich schlecht, würdst das machen?« Nicole setzt ihren Unschuldsblick auf. »Ich hatte heute Morgen noch gar kein Frühstück.«

»Was soll ich mitbringen? Schaschlik, Pommes und hinterher Rote Grütze.«

»Da gibt es doch auch Croque?«

»Hat Antje jetzt ganz neu«, bestätigt Thies voller Stolz.

»Einfach einen Croque und ’n Coffee to go.«

»Coffee …«

»… to go.« Die Kommissarin bleibt todernst.

»Is schon klar«, sagt Thies schnell und ist bereits fast aus der Tür.

»Wart doch erst mal den Regen ab. Hört doch vielleicht gleich auf.«

Aber Thies Detlefsen ist schon draußen und läuft mit leicht eingezogenem Kopf die paar Meter zu seinem Auto.

»Na, Thies, alle wieder weg?«, fragt Klaas, als der Fredenbüller Polizist durch den Regen in den Imbiss gestürmt kommt.

»Täter schon gefasst?«, höhnt Paulsen und lässt den Drehverschluss eines Jägermeisterfläschchens knacken.

In der Imbissbude steht der Fritteusenqualm. Die neuen Energiesparröhren werfen ihr kaltes Licht durch die Rauchschwaden. Dieses neue Licht ist tatsächlich ungemütlich, denkt Thies. Klaas und Piet Paulsen haben an Stehtisch zwei ein Sonntagnachmittagsbierchen in Arbeit. Nur Bounty fehlt heute. Schäfermischling Susi döst gelangweilt unter

Stehtisch eins, während Frauchen schwer in Aktion ist. Wirtin Antje räumt mit hochrotem Kopf schmutziges Geschirr zusammen, entsorgt Essensreste und spült Gläser.

»Thies, so was hab ich hier noch nich erlebt. Als das mit dem Gewitter losging, sind die hier auf einmal alle reingestürmt, die meisten noch in ihre weißen Anzüge.«

»Wir ham hier mit acht Leuten am Tisch gestanden«, sagt Klaas.

»Wollten alle gleichzeitig was zu essen. Pommes, Schaschlik, Rote Grütze, alles weg. Nachdem der Professor 'ne Schale Rote Grütze hatte, wollten die Kieler auch alle.« Vorwurfsvoll stellt Antje einen Schwung Teller in die Spülmaschine.

»Und dann waren auch noch die ganzen Damen da«, brummt Piet Paulsen dazwischen.

»Aber die wollten bloß die Kieler Polizisten begucken.«

»Deine Heike war auch dabei«, petzt Antje.

»Heike?« Thies wundert sich.

»Ja, Alexandra, Marret, Sandra, der ganze Verein. Die wollten nichts essen, sondern Prosecco trinken.«

»Sonntagmittag?« Thies kommt aus dem Staunen nicht raus.

»Ich kann in dem kleinen Lokal nicht alles vorrätig halten. Zwei Piccolo hatte ich noch da. Sekt geht bei mir normal gar nicht. Wir sind hier nicht auf Sylt … Na ja, der alte Dossmann holt immer mal 'ne Flasche, grad vorgestern wieder.«

»Ich brauch auch was zum Mitnehmen.« Thies ist es fast unangenehm.

»Ich sach doch: Die ham mich hier komplett leergefuttert. Siehst ja selbst. Zwei Schaschlik hätte ich noch da, aber ohne Pommes.«

Schäfermischling Susi sieht traurig zu Thies hoch.

»Was ist mit Croque? Nicole wollte am liebsten Croque …«

»Ja, hab ich noch. Was möchte …«, Antje macht eine kurze Pause, um den Namen besonders zu betonen, »… N-i-c-o-l-e denn auf ihrem Croque draufhaben?«

Klaas grinst breit.

»Irgendwas, is egal, mach mir einfach zwei Croque und zwei Coffee … ähh … to go.«

»Wat is dat denn?« Piet Paulsen rutscht die Gleitsichtbrille ein Stück von der Nase.

»Haben sie jetzt sogar schon in Bredstedt«, trumpft Klaas auf. »Latte macchiato, Coffee to go und dieses ganze Zeugs.«

»Ja, nee, da kann ich nich mit dienen.« Antje wird langsam etwas ungehalten. »Weißt was, Thies, ich geb dir einfach zwei Becher Kaffee mit und tu zwei Deckel drauf.«

Als Thies mit den Broten und dem Kaffee in die Wache zurückkommt, hat Nicole zwischenzeitlich umdekoriert. Neben dem Fahndungsplakat hängt jetzt eine Landkarte von Fredenbüll und Umgebung. Die ersten Stecknadeln mit bunten Köpfen stecken schon: Auf der von-Rissen-Wiese, auf Dossmanns Geflügelhof und auf der Polizeistation. Die meisten Nadeln stecken noch etwas verloren in der Nordsee neben der Badestelle Neutönningersiel. Aber es sieht schon richtig nach Einsatzzentrale aus. Thies ist beeindruckt.

Nicole macht sich gierig über den Croque her, und Thies versucht, den Deckel von den Kaffeebechern herunterzubekommen.

»Echt cool, der Croque.« Nicole wischt sich die herauslaufende Mayonnaise aus dem Mundwinkel. »Was ist da eigentlich drauf?«

»Spezialrezept von Antje. Lecker, oder?«

Als die beiden in dem Zivil-Mondeo der Kommissarin zum Gut von Brodersen fahren, hat es aufgehört zu regnen. Ein kräftiger Nordwest treibt ein paar hellviolette Wolkentürme über den Deich. Ein Schwarm Eiderenten zieht lauthals schnatternd über Fredenbüll hinweg. Das Thermometer ist um die Hälfte gefallen. Der Gestank der Gülle von heute Morgen ist wie weggeblasen.

Die Schiefertafel mit der Aufschrift »Dinkelkissen: Hier!« ist in den Graben geweht. Durch das heftige Gewitter sind die Blüten von der alten Kastanie heruntergeregnet. Auf dem Kopfsteinpflaster vor dem Hof stehen Pfützen. Etwas abseits ist Brodersens Landrover geparkt. Der Hofladen sieht geschlossen aus.

»Toller alter Hof.« Nicole ist beeindruckt. »Das ist ja wirklich ein gewaltiges Reetdach. Alles so hübsch restauriert.« Sie schiebt ihre Sonnenbrille ins Haar.

»Ja, schöner Hof«, stimmt Thies ihr zu und senkt gleich darauf die Stimme: »Aber über Lara Brodersen darfst dich nich wundern. Sie ist 'n büschen … weißt schon.«

KHK Stappenbek klopft an der großen Tennentür. Keine Reaktion.

»Normal ist offen«, sagt Thies und drückt die alte schmiedeeiserne Klinke. Die Tür ist tatsächlich offen, die beiden Polizisten stehen in einer großen, mit roten Backsteinen gefliesten Diele. Mitten im Raum steht ein alter Pflug. An den Fachwerkwänden hängt traditionelles landwirtschaftliches Gerät. Auf den Holzbänken davor liegen Zierkürbisse. Aus einem Nebenraum kommen sphärische Harfenklänge. Ein undefinierbares Duftgemisch wabert durch den Raum. Nicole zieht zweimal die Luft durch die Nase und macht ein Gesicht, als ob sie gleich niesen muss.

»Lara, bist du da?«, ruft Thies. »Hier spricht die Polizei … also, ich bin das … Thies.«

Thies und Nicole Stappenbek stehen etwas unschlüssig in der Diele.

»Meditiert wahrscheinlich grad.« Thies klopft an der Tür zu den Wohnräumen. »Lara?!«

In dem Moment öffnet sich die Tür, die zu der kleinen Werkstatt führt. Kalkweiß im Gesicht und mit wirrem Haar schwebt Lara Brodersen in die Diele. Unter ihrem weißen Gewand trägt sie heute purpurrote Pluderhosen.

»Was wollt ihr denn jetzt hier?«, säuselt sie. »Wann bringt ihr mir Jörn?«

»Lara, wir haben noch ein paar Fragen. Das ist KHK Stappenbek aus Kiel.«

»Stappenbek«, stellt sich Nicole vor. Sie bemüht sich um ein freundliches Lächeln und reicht Lara Brodersen die Hand. Lara ignoriert sie.

»Was bilden Sie sich eigentlich ein. Mein Mann ist verunglückt, ich habe ein Recht darauf, in aller Stille zu trauern.« Laras Stimme ist auf einmal ungewohnt laut. Von Stille kann so oder so keine Rede sein, findet Thies, in Anbetracht der Harfenklänge, die aus dem Nebenzimmer ertönen.

»Es tut uns leid, dass wir Sie stören«, sagt die Kommissarin. »Wir wollen es möglichst kurz machen. Eine Erkenntnis haben wir schon. Es war kein Unfall, durch den Ihr Mann ...«

»Jörn ist erschossen worden«, funkt Thies dazwischen. »Großes Kaliber, wahrscheinlich Jagdgewehr.«

Nicole sieht zu Thies und schnupft einmal kurz.

»Erschossen?« Lara Brodersen starrt ins Leere. Zur Harfenmusik setzen dumpfe, leicht verzerrte Trommelschläge ein. »Wann bekomme ich Jörn? Ich möchte ihn mit Kräutern schmücken und eine Totenwache halten, das ist mein gutes Recht.«

»Lara, du machst dir da falsche Vorstellungen, der Mähdrescher hat ihn, wie soll ich sagen …?«

Nicole wirft Thies einen ermahnenden Blick zu.

»Erschossen? Im Mähdrescher? … Wo ist Jörn?« Lara blickt entsetzt.

»In Kiel«, antwortet Thies prompt.

»Was der Kollege meint, wir müssen noch die Untersuchungen der Kriminaltechnik abwarten.« Die Kommissarin bemüht sich, mit der Witwe etwas schonend umzugehen. »Wie gesagt, wir ermitteln hier in einem Mordfall, und da haben wir noch ein paar Fragen.«

»Ich kann Ihnen nicht weiterhelfen. Das hab ich Thies schon gesagt.«

»Herr Detlefsen hat mir erzählt, Sie haben Ihren Mann zuletzt am Freitagabend gesehen.«

»Wenn ich das gesagt habe, war es wohl so.« Lara schwebt wieder, trotzdem wirkt sie erstaunlich wach.

Nicole niest in den Ärmel ihrer Lederjacke.

»So genau erinnern Sie sich aber offensichtlich nicht mehr?«

»Thies weiß das, Jörn war immer ein Reisender.« Mit ihrem Nuscheln gibt Lara den Polizisten zu verstehen, dass sie jede Frage als Zumutung empfindet. »Was sage ich, er ist ja wieder auf einer Reise.«

»Ja, ja, Lara, aber wie ist Jörn in den Mähdrescher gekommen? Kannst du uns das erklären?«

»Wieso fragt ihr mich das?«

»Aber wenigstens sind Sie nach dem Tod Ihres Mannes finanziell abgesichert«, setzt Nicole Stappenbek nach. »Der Kollege Detlefsen hat von einer Versicherungspolice berichtet, die Sie hier gestern auf Ihrem Ladentisch liegen hatten.«

Für einen kurzen Moment geht ein Ruck durch Lara Brodersen, als wäre sie aus ihrem Schwebezustand plötzlich und heftig auf den Boden aufgesetzt. »Ich weiß gar nicht, wovon Sie reden«, zischt sie mit stechendem Blick.

»Lara, die Police von deinem Bruder lag doch gestern neben deinen Duftflaschen.« Thies blickt hilfesuchend zu Nicole.

»Ich weiß wirklich nicht, was du meinst«, schnaubt Lara.

»Es ist doch gar nichts Böses dabei, dass der Tote eine Lebensversicherung hatte. Uns wundert nur der Zeitpunkt, dass dieser Schein ...«

»Ich weiß nichts von einem Schein!« In Laras bleiches Gesicht steigt ein Anflug von Röte. »Diesen Schein müssen Sie mir erst mal zeigen.«

»Na, der wird hier doch irgendwo rumliegen.« Detlefsen wird langsam ungeduldig.

»Da wollen wir uns jetzt gar nicht auf die Suche machen. Dazu fehlen uns zu diesem Zeitpunkt die rechtlichen Grundlagen«, beschwichtigt die Kommissarin. »Aber das Fahrzeug des Toten müssten wir uns einmal ansehen.« Nicole wirft Thies einen warnenden Blick zu.

»Jörns Auto?«, fragt Lara erstaunt.

»Meine Güte, wir machen hier auch nur unsere Arbeit. Du solltest wenigstens 'n büschen kooperativ sein, Lara.« Thies wird das hier alles langsam zu bunt.

»Was ist das für ein warmer und erdiger Duft hier?«, versucht Nicole die Situation zu entspannen.

Thies fällt sofort seine Fortbildung »Vernehmungstechniken I« ein: Der vernehmende Beamte sollte sich bemühen, eine vertrauensvolle Atmosphäre zu schaffen.

»Amyris«, haucht Lara sichtbar entspannt. »Das ist westindisches Sandelholz, das hat sehr, sehr hohe Schwingungen und sorgt für energetische Reinigung.«

Thies nickt. »Riecht 'n büschen nach Moos. So, Lara, und jetzt bräuchten wir mal den Autoschlüssel von Jörns Landrover. Und noch was: Wo ist eigentlich dein Bruder? Den kriegen wir irgendwie nich zu fassen, dabei müssten wir ihn dringend sprechen. «

»Woher soll ich das bitte wissen? Ich bin nicht die Aufpasserin meines Bruders.«

Jörn Brodersens olivgrüner Landrover wirkt penibel aufgeräumt und für das Auto eines Landwirtes erstaunlich sauber. Warndreieck, Verbandskasten und Sicherheitsweste sind fein säuberlich aufgereiht, als müsste der Wagen morgen zum TÜV.

»Hier is grad einer mit 'm Staubsauger durch, wetten?« Da ist sich Detlefsen sicher. »Wenn du Landwirt bist, dann sieht dein Wagen anders aus. Dazu hat er schließlich Allrad. Da stimmt was nich.«

»Und jetzt haben wir die Spurensicherung nach Haus geschickt.«

»Hier, Nicole … siehst du was.«

»Lacksplitter.«

»Wenn das nich perlmuttmetallic ist!« Thies triumphiert.

»Der hier ist aber bunt«, die Kommissarin zeigt auf ein anderes Lackteilchen und zieht zwei durchsichtige Plastiktütchen aus ihrer Lederjacke. »Thies, wie hast du das genannt? Mehrfarbig geflammt?«

»Nicole, ich hab das gleich gesagt: Die beiden Fälle hängen zusammen!« Thies wird immer aufgeregter. »Aber wie kommt der ganze Lack hier in Brodersens Kofferraum?«

14

Es hat aufgehört zu regnen. Von der Windschutzscheibe werden ein paar letzte dicke, von den Bäumen herabfallende Tropfen gewischt. Das Wasser der tiefen Pfützen spritzt laut gegen die Frontspoiler des tiefergelegten Corolla. Hauke Schröder hat AC/DC auf die niedrigste Lautstärke heruntergeregelt. Hauke ist fertig mit den Nerven. Er hat den ganzen Tag nichts gegessen, und die drei Tassen Kaffee heute Morgen stoßen ihm immer wieder auf.

Den ganzen Tag ist er schon in seinem Auto unterwegs. Der Polizeieinsatz auf der von-Rissen-Wiese und der Menschenauflauf davor sind ihm natürlich nicht entgangen. Aber er hat es nicht gewagt, anzuhalten, sich dazuzustellen und nachzufragen. Was, verdammte Scheiße, ist da passiert? Hauke Schröder kann sich absolut keinen Reim darauf machen.

Unterwegs hat er heute Morgen vom Handy aus die Krankenhäuser der Gegend abtelefoniert, in Husum, Flensburg und Schleswig: Eine Swaantje Ketels war nirgendwo stationär aufgenommen worden. Was hatte Brodersen mit ihr gemacht? Er wollte sie doch ins Krankenhaus fahren, nach Husum. So hatte Hauke ihn verstanden. Aber da ist sie nie angekommen. Das schlechte Gewissen nagt an ihm. Schließlich hatte *er* Swaantje angefahren. Sie ist doch nicht etwa tot? Das Schlimme ist, dass er sich an vieles nicht mehr erinnern kann. Die Joints aus Bountys neuer Ernte hatten wirklich eine nachhaltige Wirkung gehabt.

Heute Morgen hatte er sich noch gefragt, ob die Polizei auf der von-Rissen-Wiese wegen Swaantje angerückt war. Als seine Tante Telse ihm dann erzählte, dass man Brodersen tot in seinem Häcksler aufgefunden hatte, verstand er gar nichts mehr. Irgendwie wurde ihm die Sache langsam unheimlich. Zuhause fiel ihm die Decke auf den Kopf. Außerdem befürchtete er, dass sein spezieller Freund, Dorfbulle Thies Detlefsen, bei ihm aufkreuzen würde. So zog der Schimmelreiter es vor, ziellos durch das Gewitter zu fahren, Richtung Dänemark und wieder zurück.

Nach Hause wagt sich Hauke jetzt nicht.

So fährt er erst mal bei Bounty vorbei. Bounty guckt zwar in »De Hidde Kist« regelmäßig zusammen mit Thies Fußball, aber gegenüber dem Polizeibeamten Thies ist er verschwiegen wie ein Grab. Dafür hat er selbst zu viel zu befürchten wegen seiner illegalen gärtnerischen Betätigung.

Die alte Kate von Bounty liegt außerhalb des Ortes an der schmalen, wenig befahrenen Straße in Richtung Reusenbüll. Früher hatte hier mal eine berühmte Kommune gewohnt, deren ständig wechselnde Besetzung von den Fredenbüllern mit wachem Interesse registriert wurde. Bis zu fünfzehn Leute hatten in der Kate mit dem hohen Heuboden gehaust. Nach einigen Jahren hatte sich die Landkommune dann aufgelöst. Die einzelnen Mitglieder waren in alle Winde zerstreut, nach Indien oder ins Schanzenviertel, sie waren Lehrer geworden, Heilpraktiker oder Verwaltungsangestellte, was ehemalige Hippies eben so werden. Bounty ist als einziger übrig geblieben.

Der Altkommunarde geht keiner geregelten Tätigkeit nach, aber er ist immer schwer beschäftigt. Das Haus befindet sich seit Jahren im permanenten Umbau. Eine Palette mit Steinen oder Sandsäcken hat er eigentlich immer im Flur stehen. Seit zwei Jahren gammeln drei Nachtspeicherheizungen im Vorgarten vor sich hin. Die Fredenbüller sehen es gelassen. »Dat büschen Asbest verweht sich in der frischen Nordseeluft«, sagt Piet Paulsen.

Die letzten beiden Ernten und vor allem deren Direktvermarktung im gesamten norddeutschen Raum haben seinen ganzen Einsatz gefordert. Bounty hält sich bei der Gärtnerei nicht mit Topfpflanzengröße auf. In dem luftigen Dachboden hängt eine ganze Plantage abgeernteter meterhoher Hanf*bäume* zum Trocknen.

Als Hauke Schröder seinen Wagen vor der Kate an der Reusenbüller Drift stoppt, kommt psychedelischer Synthesound aus dem Haus. Hauke ist beruhigt, weil Bounty zu Hause zu sein scheint.

Der Gitarrist von »Stormy Weather« lötet gerade die Stecker seiner Verstärkerkabel, als Hauke sich durch eine Batterie von Müllsäcken ins Haus kämpft.

»Bounty, ich muss mal kurz bei dir abtauchen für heute.« So cool, wie er es selbst gern hätte, klingt der Schimmelreiter nicht.

»Alles easy, komm rein.«

»Vor allen Dingen müsste meine Kiste mal zügig von der Straße verschwinden.«

»Oha, was is 'n passiert?«

»Echt krasse Geschichte. Weiß auch nicht. Ich blick irgendwie nich durch ...«

»Ist jetzt nich unbedingt was Neues.«

»Auf alle Fälle muss der Wagen verschwinden.« Hauke klingt panisch.

Bounty, im gestreiften Overall, den Lötkolben in der einen, die Zigarette in der anderen Hand, ist die Ruhe selbst. »Fahr einfach in die Scheune ... is offen.«

Das schief hängende Holztor knarrt bedenklich, als Hauke den Schuppen öffnet. Drinnen stehen haufenweise Sperrmüll und Bountys blassblaue Zündapp-Zweigang aus den Sechzigern. Er sieht sich unsicher um, ob er beobachtet wird. Besonders wahrscheinlich ist das hier draußen bei der alten Kate nicht. Als er aus dem Schuppen zurückkommt, ist Bounty immer noch mit dem Verstärkerkabel beschäftigt.

»Sach mal, Alter, können wir die Musik ausmachen?« Der Schimmelreiter ist fertig mit den Nerven.

»Zu laut, oder was?« Bounty muss grinsen.

»Nee, is der Sound … diese Hippie-Mucke macht mich irgendwie nervös.«

»Lieber die Stones? ›Sticky Finger‹ und 'n schönes Sonntagnachmittags-Tütchen dazu?«

»Weiß nich.«

So unentschlossen und nervös kennt Bounty den Schimmelreiter gar nicht. »Klar doch«, ermuntert er ihn und legt den Lötkolben beiseite, wechselt die Musik und holt das Zigarettenpapier heraus. »Sag mal, Hauke, du hast doch nicht etwa mit dieser Geschichte mit Brodersen zu tun?«

»Ja, nee, wirklich nich … nee, echt nicht. Aber die Bullen sind hinter mir her. Weiß auch nicht, was da gelaufen ist.«

Der Muffgeruch in der Küche und der dezente Güllemief von draußen werden jetzt von süßlichen Nebelschwaden überdeckt, die die beiden Raucher umhüllen. Die Stones spielen ›Wild Horses‹ und der Schimmelreiter fühlt sich gerade wieder herrlich entspannt, als draußen am Deich ein Auto vorfährt. Elektrisiert springt Hauke auf. Er rennt zum Fenster und sieht draußen Detlefsens alten Escort stehen.

»Verdammte Scheiße, ich hab's doch gleich

gesagt«, zischt er und schwankt dabei bedenklich. »O Mann, haut wieder ziemlich rein, dein Zeug. Du musst ihn ablenken, okay?« Hauke taumelt aus der Küche und verkrümelt sich in den Räumen, die nach hinten zum Garten hinausgehen.

Bounty drückt behutsam den Joint aus und verstaut den Rest in einer Blechdose. Durch das Küchenfenster sieht er Thies Detlefsen und die blonde Kommissarin auf das Haus zugehen. Er geht an die Tür und öffnet.

»Was läuft so, Thies?«, ruft er dem Dorfpolizisten zu.

»Bounty, das hier ist Kriminalhauptkommissarin Stappenbek, und das ist ... ähh ... Hans-Jürgen Warncke? Is doch richtig, Bounty, oder?«

Nicole Stappenbek muss schmunzeln.

»Moin, hier nennen mich alle Bounty, können Sie auch gern machen.« Seine Sprache ist leicht verlangsamt.

Nicole übergeht das Angebot. »Wir sind auf der Suche nach Herrn Schröder ...«

»Nach Hauke? Da kann ich, glaube ich, nich mit dienen.«

»Soll sich möglicherweise bei dir aufhalten«, sagt Thies.

»Wie kommst denn darauf?«

»Der Tipp kam von Haukes Tante Telje. Sach mal, Bounty, willst uns nich reinlassen?«

»Grad schlecht … is nich so aufgeräumt.«

»Nur kurz unterstellen.« Um vor dem gerade wieder einsetzenden Regen ins Trockene zu flüchten, machen die beiden Polizisten einen Schritt in den Flur.

Sie bleiben zwischen den Mülltüten stehen. Nicole sieht sich um und zieht die Luft durch die Nase. Es riecht nach Zementstaub und Marihuana. Sie sieht sich in dem engen Flur um. Sie befragen den Althippie nach Brodersen, nach Swaantje und Dossmann, ob ihm irgendetwas aufgefallen ist. Viel kommt dabei nicht raus, eigentlich gar nichts. Nicole deutet Thies mit einer Geste, dass sie weiterwill. Aber der hat noch eine wichtige Frage.

»Wir müssen dich das auch fragen.« Thies setzt eine wichtige Miene auf. »Wo warst du am Abend und in der Nacht von Freitag auf Sonnabend?«

»Ja, wieso, was soll das denn jetzt, Thies? Das weißt du doch: in ›De Hidde Kist‹. Wir haben zusammen Fußball geguckt, das heißt, du warst die meiste Zeit hektisch in der Gegend unterwegs. Warum eigentlich? Ach so, ja, Swaantje war weg.«

In dem Moment ist von draußen das Motorengeräusch eines anfahrenden Wagens zu hören. Der Corolla schlittert die Auffahrt neben dem Haus entlang. Der tief in seinem Schalensitz hängende Hauke würdigt sie keines Blickes. Auf dem nassen, überschwemmten Weg drehen die Räder zwitschernd durch. Thies und Nicole sehen sich das eine Schrecksekunde lang an.

»Herr … ähh, Warncke …?«, entrüstet sich die Kommissarin.

»Hey, Bounty, das darf doch nicht wahr sein!« Thies kann es nicht fassen.

»Ja, das weiß ich jetzt auch nicht, wo der auf einmal herkommt«, nuschelt Bounty.

Die beiden Polizisten werfen dem Althippie noch einen bösen Blick zu, dann hetzen sie durch den Regen zu ihrem Wagen zurück. Der alte Escort kommt nicht ganz so schwungvoll aus den Startlöchern wie der Schimmelreiter, der mit seinem Toyota grade in einer Kurve Richtung Fredenbüll verschwindet.

Thies fährt die Gänge voll aus. Beim Schalten gibt es ein kurzes Knirschen aus dem Getriebe. Nicole wirft einen kritischen Blick zur Seite. Auf der kurzen Geraden bringt Thies das Auto auf hundert, vor der Kurve muss er aber wieder scharf abbremsen. Er hat beide Hände fest am Steuer. Mit einem Fingerschnippen stellt er den Scheibenwischer auf die schnellste Stufe. Inzwischen schüttet es wieder, kein Gewitter mehr, sondern ein sintflutartiger Guss mit heftigen Sturmböen von Nordwest. In der Kurve gerät der Ford auf der nassen Fahrbahn bedenklich ins Rutschen.

In der Ferne hat Thies für einen Moment undeutlich verschwommen den Corolla wieder im Blick. Die Scheibenwischer haben bei dem hohen Tempo Mühe, die Regenmassen von der Frontscheibe zu schaufeln. Der Abstand zum Toyota ist nicht unbedingt kleiner geworden. Erst als sie durch Fredenbüll fahren, kann Thies die Distanz etwas verringern.

»Komm, Thies, gib Gummi«, sagt Nicole mit einem aufmunternden Nicken. Thies schaltet kurz hoch und tritt voll auf das Gas.

Die Häuser der Fredenbüller Dorfstraße, die Wache, der Edeka-Laden, die alte Backsteinkirche und »De Hidde Kist« fliegen an den Seitenfenstern vorbei. Draußen, unter der kleinen Überdachung vor dem Imbiss, steht Piet Paulsen und raucht. Er trägt Basecap zur Lederweste und beachtet die beiden durch den Ort rasenden Autos kaum, als wären solche Verfolgungsjagden in Fredenbüll an der Tagesordnung.

In einem Abstand von gut hundert Metern jagen die beiden Autos aus dem Ort heraus, immer weiter Richtung Bredstedt.

»Er will bestimmt nach Husum und dann weiter nach Heide. Wenn er erst mal auf der Autobahn ist, dann isser weg. Die Kiste von Schröder ist bös frisiert, da ham wir keine Chance.«

»Komm, Thies, das schaffen wir. Du fährst gut.«

Mit gut hundertvierzig Sachen passieren sie das gelbe Ortsausgangsschild von Fredenbüll. Auf freier Strecke wird der Wagen gleich von einer Bö erfasst. Der Wind von der See hat deutlich aufgefrischt. Mit Mühe kann Thies den Escort auf der schmalen Landstraße halten. Er muss immer wieder gegensteuern. Das gehetzte Klopfen des viel zu hoch drehenden, altersschwachen Motors mischt sich mit dem Heulen des Windes. Auf der Geraden bringt Thies den Ford auf hundertsechzig, in dem Moment biegt aus der Hofeinfahrt zu Dossmanns Geflügelfarm ein großer Trecker auf die Landstraße ein.

»Was, verdammt noch mal, hat Dossmanns Trecker hier verloren?«, schimpft Thies. »Ist doch Sonntag!« Er setzt zum Überholen an, doch auf der Gegenfahrbahn kommt ihnen ein Auto entgegen. Thies steigt voll in die Bremsen. Das Auto gerät gefährlich ins Schlingern.

Nicole atmet schwer. »Trecker und Sonntagsfahrer, blöde Kombi.« Sie muss selbst grinsen und schiebt hektisch die heruntergerutschte Sonnenbrille zurück ins Haar.

Sie sitzen dem Vordermann jetzt ganz dicht hintendrauf. Zwei entgegenkommende Autos lässt Thies passieren, dann kann er endlich überholen. Von Schröders Corolla ist nichts mehr zu sehen. Detlefsen gibt Gas.

»Das darf doch jetzt nich wahr sein!« Thies schlägt mit der flachen Hand auf sein Sportlenkrad. Nicole schnupft.

»Halt, da war er!« Aus den Augenwinkeln hat sie hinter einem Busch ein Auto stehen sehen.

»Wo?«

»Hier, in dem Feldweg!«

Im Rückspiegel sieht Thies den Schimmelreiter aus dem Feldweg herausfahren und in die entgegengesetzte Richtung beschleunigen. Thies wirft einen kurzen Blick in den Rückspiegel. Er bremst ab, schlägt das Lenkrad ein und zieht gleichzeitig die Handbremse. Die Reifen quietschen nicht, es ist mehr ein Summen. Der Escort macht eine halbe, fast eine Dreivierteldrehung. Wahnsinn, so einen Powerslide wollte er schon immer mal machen. Und es klappt sogar! Thies steuert sofort gegen und gibt gleich wieder Gas Richtung Fredenbüll.

»O-kayyy«, ruft Nicole. »Du hast den Wagen gut im Griff.«

Thies sagt gar nichts und tritt das Gaspedal bis zum Anschlag durch. Die beiden Autos jagen ein zweites Mal durch den Ort. Paulsen steht immer noch rauchend vor dem Imbiss. Kurz hinter dem Ortsausgang lenkt Hauke Schröder den Wagen nach links auf die Straße nach Neutönningersiel. Sekunden später folgt Thies ihm.

»Badestelle Neutönningersiel«, liest Nicole Stappenbek auf dem weißen Hinweisschild.

»Das war sein Fehler. Jetzt sitzt er in der Falle.« Thies triumphiert.

»Badestelle?«

»Ja, Nordsee, da is Schluss. Müsste Schröder eigentlich auch klar sein.«

Auf der langen Geraden gibt Thies Vollgas. Vor dem »Café Wattblick« an der kleinen Brücke muss er abbremsen.

Schröder hat bereits den Parkplatz für die Badestelle erreicht. In der Auffahrt setzt der Spoiler mit einem Knirschen auf. Die Schafe auf dem Deich stellen das Kauen ein und gucken interessiert. Das Auto kommt ins Schlingern und prescht ein Stückchen den großen Deich hinauf, wo es zum Stehen kommt. Fünf kleine Osterlämmer stieben auseinander und geben ein klägliches »Mäh« von sich. Hauke steigt wütend aus seinem Auto.

»Scheiße, scheiiiiße!«, schreit er und tritt gegen die Autotür. »Echte Scheiße!«

Thies stoppt seinen Wagen ein Stück vor dem Deich. Nicole Stappenbek und er springen aus dem Ford. Thies überlegt kurz, ob er die Waffe ziehen soll, lässt es aber dann doch.

»Ich hab mit der ganzen Sache nix zu tun«,

ruft Hauke den beiden Polizisten entgegen, wobei er auf dem Deich ausrutscht.

»Mensch, Schröder, Leugnen bringt doch nix.«

»Wir haben eigentlich nur ein paar Fragen an Sie«, sagt Nicole Stappenbek und kommt sich dabei ziemlich blöd vor.

Doch Hauke steigt voll drauf ein. »Ich weiß auch nich, wo sie abgeblieben is.«

»Wer jetzt?«, fragt Thies.

»Na, Swaantje Ketels. Die sucht ihr doch, oder nich?«

»Sie kommen am besten mal mit zu uns auf die Wache«, sagt die Kommissarin bestimmt. »Dann können wir das in aller Ruhe klären.«

»Handschellen?«, raunt Thies und blickt fragend zu seiner Kollegin. »Brauchen wir, glaube ich, nich«, beantwortet er sich die Frage selbst.

»Ja, ja, is gut. Ich komm ja schon.« Der Schimmelreiter rudert beschwichtigend mit den Händen.

»Aber erst mal muss das Fahrzeug vom Deich runter«, meint Thies energisch.

»Halteverbot, oder was?« Schröder wird schon wieder kiebig.

15

»ZWEI!«, bellt Thies Detlefsen nach einer Pause in knappem Befehlston in den Telefonhörer. Dann gibt es wieder eine Pause. »P-a-t-i-e-n-t-e-n-a-u-s-k-u-n-f-t!«, spricht Thies überdeutlich in die Muschel.

Thies telefoniert die Krankenhäuser im nördlichen Schleswig-Holstein ab, um sich nach Swaantjes Verbleib zu erkunden: Nordseeklinik, Diakonie Flensburg, Krankenhaus Husum. Besonders erfolgreich ist das nicht am Sonntagabend. Nachdem in der Schleswiger Klinik einfach niemand abgenommen hat, ist Thies beim Klinikum Nordfriesland in einer automatischen Anrufannahme gelandet.

»JAAA! … Neiin, verdammt noch mal, dat is kein Notfall … och, Mann … ZWEI-I-I-I!«, schreit Thies.

»Ganz ruhig, Thies«, sagt Nicole.

»Dat is doch zum Verrücktwerden, jetzt kommt hier schon wieder klassische Musik!« Thies hält den Hörer in die Luft. Aus dem Telefon kommt Vivaldi, unterbrochen von einer Frauenstimme: »Unsere Mitarbeiter befinden sich gerade alle im Gespräch. Bitte haben Sie einen Moment Geduld.«

Die beiden Polizisten sitzen an ihren Schreibtischen, Hauke Schröder auf einem wackeligen Holzstuhl daneben.

»Ich bin vorhin gut durchgekommen«, sagt er fast triumphierend, was Thies noch wütender macht.

»Du willst mir doch nich erzählen, dass du die ganzen Krankenhäuser alle durchtelefoniert hast. Mit deinem Handy, oder wat?«

»Hab 'ne Flatrate auf 'm Handy.«

»Ach, hör doch auf.«

»Herr Schröder, Sie müssen zugeben, das ist schon eine seltsame Geschichte, die Sie uns da immer wieder erzählen.« Nicole Stappenbek bläst den inhalierten Rauch demonstrativ nach oben zur Decke.

In dem kleinen Raum steht inzwischen der Rauch. KHK Stappenbek und der Schimmelreiter qualmen um die Wette. Thies reißt das Fenster weit auf. Von draußen zieht es kalt rein. Der kühle Wind treibt Weißdornblüten an dem Fenster vorüber. Es hat aufgehört zu regnen. Pastellfarbige Wolkentürme rasen von der Nordsee aus über den Himmel. Zwischendurch versucht immer wieder die untergehende Sonne rosarot zwischen den Wolken hindurchzustrahlen. Auf dem Weg zur Wache hat Hauke Schröder den beiden Polizisten die Unfallstelle am Deich auf der Straße nach Neutönningersiel gezeigt. Sie haben die Bremsspuren auf der Straße und Reifenspuren neben dem Graben gesucht. Viel war davon nicht mehr zu sehen. Das Gewitter hatte alles weggeschwemmt. Und die Spusi war inzwischen sowieso wieder in Kiel.

»Ich weiß nich, was Brodersen mit Swaantje gemacht hat, keinen Schimmer, echt nich.« Der Schimmelreiter schlägt die Beine in den engsitzenden schwarzen Jeans übereinander, dass einer seiner Doc-Martens-Stiefel hart an die Seitenverkleidung des Schreibtisches knallt.

Nicoles Blick wandert einmal über Hauke Schröders Klamotten, das schwarze Kapuzenshirt mit dem AC/DC-Schriftzug, über die mit Pyramidennieten besetzten Lederarmbänder. An den schweren roten Stiefeln kleben Gras und Matsch, der verdächtig nach Schafscheiße aussieht, findet Nicole.

»Mensch, Schröder, das hat doch keinen

Sinn.« Thies lässt kurz den Hörer sinken, aus dem immer noch Vivaldis ›Vier Jahreszeiten‹ dudeln.

Heute will er aus Hauke Schröder unbedingt irgendetwas herauskitzeln. Was genau, weiß er auch noch nicht. Seit Jahren ärgert ihn der Schimmelreiter mit seinem getunten Corolla. Zu gern würde er ihm mal richtig einen einschenken.

Nicole starrt gebannt auf Schröders Stiefel. Sie schnieft zweimal. Dann hat Thies im Klinikum Nordfriesland wider Erwarten doch jemanden an der Leitung.

»POM Detlefsen, Polzeidienststelle Fredenbüll, ich dachte schon, es wär keiner zu Hause bei Ihnen. Hätte ja auch mal ’n Notfall sein können … Ich hab nur ’ne kurze Frage: Ist bei Ihnen in den letzten zwei Tagen eine Swaantje Ketels als Patientin aufgenommen worden? Nee, Swaantje mit doppeltem A.«

Auch in Niebüll ist Swaantje nicht registriert.

»Sie sagt, da hat vorhin schon mal jemand angerufen.« Enttäuscht legt Thies den Hörer auf.

»Hab ich doch gesagt. Ich hab überall angerufen.« Der Schimmelreiter will sich selbstbewusst eine neue Zigarette anzünden. Doch die Packung ist leer.

Nicole Stappenbek beendet das Verhör. Schröder hat die Frau des Versicherungsvertreters nachts am Deich angefahren, aber dass er etwas mit dem Mordfall zu tun hat, glaubt sie nicht. Dafür ist sie sich inzwischen sicher, dass der Dreck an seinen Stiefeln von den Schafen am Deich stammt.

»Ja, Herr Schröder, das war es fürs Erste. Sie sind erst mal entlassen. Wenn wir weitere Fragen haben, melden wir uns.«

Der Schimmelreiter zerknüllt die leere Zigarettenpackung und quält sich in Zeitlupe aus seiner Liegeposition hoch.

»Mensch, Schröder, hau bloß ab!« Thies macht eine wegwerfende Handbewegung. »Aber wir sehen uns noch!«

»Und wie soll ich hier wegkommen? Mein Auto steht in Neutönningersiel.«

»Brauchst auch noch 'n Chauffeur, oder was?«

»Ich glaub dem.« Nicole Stappenbek drückt ihre Zigarette auf der zum Aschenbecher umfunktionierten Untertasse aus. »Ich weiß, du würdest ihn am liebsten einbuchten, aber den kriegen wir höchstens wegen Fahrerflucht dran.«

Durch das Fenster sieht Thies dem Schimmelreiter hinterher, der schlurfend, den Kopf unter der schwarzen Kapuze versteckt, über die Dorfstraße abzieht.

»Schröder hat Brodersen nicht umgebracht. Dann hat ihn schon eher diese Swaantje auf dem Gewissen.«

»Swaantje? Wieso?« An die schöne blonde Swaantje hatte Thies als mögliche Täterin noch gar nicht gedacht.

»Ist doch seltsam, dass sie völlig von der Bildfläche verschwunden ist.«

»Wir hatten hier ja erst Richtung Entführung gedacht.«

Nicole übergeht Thies' Bemerkung einfach und steckt ein neues Fähnchen an die Pinnwand: an die Unfallstelle am Deich. »Richtig hier, Thies?«

»Kleines Stück weiter hierher … also nach Fredenbüll runter … Ja da, genau.«

»Wen haben wir denn bisher als Verdächtige?« Nicole schreibt Namen auf Zettel und heftet sie an die verstaubte Korkwand. »Dossmann. Das Alibi des Geflügelbarons müssen wir unbedingt checken.«

»Motiv, Mittel, Gelegenheit«, sagt Thies.

»O-kayyy.«

»Dat Gespenst hab ich noch auf der Liste.«

Nicole hält den Filzer unschlüssig in der Rechten und blickt Thies fragend an. »Lara Brodersen, seine verrückte Frau.«

Nicole schreibt den Namen auf einen Zettel. »L-a-r-a?«

»Leif Ketels.« Nicole schreibt Zettel, Thies ist beeindruckt. »Eifersucht ist immer ein gutes Motiv.«

»Da kommt allerdings jeder in Fredenbüll infrage.«

»Jeder?«

»Na ja, die Männer, weil ihre Frauen was mit Brodersen hatten. Und die Frauen, weil sie nicht die Einzigen waren.«

Nicole gibt das Zettelschreiben auf und drückt die Kappe auf ihren Edding. »Frau Dossmann scheidet da ja wohl aus.«

»Aber ihr Mann nicht. Nich wegen Eifersucht, sondern wegen der Wiese.«

Die Kommissarin zückt noch mal den Stift und schreibt auf einen Zettel: »Swaantje Ketels«.

16

»Da kommt ja unser Dreamteam von Mordkommission«, feixt Klaas.

»Mensch, Klaas!«, ermahnt Antje den Postboten. »Na, Frau Kommissarin, noch ’n Croque?«

»Schon wieder jemand verhaftet?« Bounty grinst Thies an. Dann begutachtet er Nicole Stappenbek unverfroren von oben bis unten.

In »De Hidde Kist« läuft am späten Sonntagabend der Fernseher. Im Sportclub auf N III sitzt Magath als Studiogast.

»Ja, ja, Magath hat mal wieder den ganz großen Durchblick.« Bounty verdrückt bestens gelaunt den dritten Kokosriegel. Dazu trinkt er Bier aus der Bügelflasche. Einen halben Schokoriegel verfüttert er an Susi, die dem Althippie zu Füßen liegt und ihn verliebt anhimmelt.

»Aber er hat eines der schönsten Tore der gesamten Fußballgeschichte geschossen, damals gegen Juve, Endspiel Europacup«, verteidigt Piet Paulsen sein einstiges Idol.

»Piet, dat is dreißig Jahre her!«, erinnert Klaas.

»Haben Magath und Hrubesch denn heute schon Futter gekriegt?« Bounty lacht gackernd in sich hinein.

Als traditionsbewusster HSV-Anhänger hat Piet Paulsen seine Karnickel nach den Spielern der Mannschaft genannt, die 1983 den Europapokal der Landesmeister gewonnen hat: Die »Deutschen Riesen« Kaltz und Hrubesch und im Käfig daneben inzwischen schon der sechste Magath. Den letzten gab es Ostern, süßsauer eingelegt mit Backpflaumen.

»Hat Antje für uns hier im Imbiss fertig gemacht«, erzählt Klaas der Kommissarin.

»Dat war richtig lecker«, bestätigt Thies. »Antje, gibs' uns mal zwei Bier.«

»Für Sie 'n Glas, Frau Kommissarin?«

»Flasche is gut«, sagt Nicole und schnieft einmal kurz. Die Männer gucken anerkennend.

»Sag mal, Antje, hast du nich was davon gesagt, dass Dossmann hier vorgestern Abend bei dir im Imbiss Sekt geholt hat?«

»Ja, wann war das? Wart mal, heut is Sonntag … dat war Freitag.«

»Freitag war Leverkusen gegen Werder«, krächzt Piet Paulsen heiser dazwischen.

»Nee, nee, Freitag war Swaantje. Also die Entführung«, meint Klaas.

»Leverkusen und die Entführung, das war ein und derselbe Abend.« Da ist sich Antje ganz sicher.

»Entführung ist erst mal gestrichen«, sagt Thies, »aber was is mit Dossmann?«

»Ja, der war hier«, sagt Antje und stellt zwei gut gekühlte Bierflaschen auf den Tresen. Nicole lässt den Bügelverschluss ploppen.

»Er will abends angeblich in Rendsburg gewesen sein auf einer Versammlung ...«, die Kommissarin überlegt. »Was war das gleich noch mal, Thies?«

»Zentralverband der Deutschen Geflügelwirtschaft!«

»Nee, der hat hier abends ’ne Flasche roten Sekt geholt. Den führ ich eigentlich nur für ... wie heißt sie hier im Campingwagen, mit dem roten Herz? Angelique. Komischer Name für ’ne Polin, oder?«

»Russin«, berichtigt Bounty von Stehtisch eins. »Weißrussin. Und eins ist mal sicher, Angelique heißt sie garantiert nicht.«

»Na, Bounty, da kennt sich aber einer ganz genau aus«, sagt Klaas. Piet Paulsen lacht, wobei seine Lache in ein Husten übergeht.

Antje beugt sich, soweit das bei ihrer Größe und der vollschlanken Figur möglich ist, über den Tresen und flüstert den beiden Polizisten vertraulich zu. »Dossmann ist wohl immer mal bei ihr. Ich will nix gesagt haben, aber er hat hier schon oft den roten Sekt geholt. Den hab ich vorher gar nich im Sortiment gehabt. Aber jetzt wird der immer mal gewünscht, normalerweise von Durchreisenden, Vertretern und so.« Antje wird noch mal leiser. »Die schickt sie dann wohl zum Sektholen her.«

»Und am Sonntagabend war Herr Dossmann hier, um Sekt zu holen?«, fragt Nicole Stappenbek nach.

»So zwei- oder dreimal war sie selbst auch schon da. Ganz höflich, nä.« Antje geht auf die Frage der Kommissarin gar nicht ein. »Wenn du sie so siehst, denkst du gar nich, dass sie … na, Sie wissen schon. Die könnt auch irgendwo sauber machen oder zur Appelernte, oder so.«

Nicole sieht hilfesuchend zu Thies und

nimmt erst mal einen kräftigen Schluck aus der Bügelflasche.

»Antje, wann war Dossmann denn genau da? Weißt du das noch?«

»War während des Spiels, glaub ich, oder? Klaas, wann war Dossmann hier?«

»Ja, ja, Leverkusen-Spiel, bin ich mir sicher«, antwortet stattdessen Piet Paulsen.

»Wo finden wir die Dame denn?«, fragt Nicole in die Runde.

»Ich sach doch, in dem Wohnwagen mit dem roten Herz im Fenster«, sagt Klaas. »Thies weiß, wo der steht ... wa, Thies?« Die anderen lachen.

»Ach, hört doch auf!« Thies sortiert aus Verlegenheit seinen Frontspoiler.

»Und Angelique wohnt auch in ihrem Campingwagen?«, fragt Nicole ungläubig.

»Warum denn nicht?«, sagt Bounty, der sich wohl an vergangene Indienreisen im VW-Bus erinnert fühlt.

Susi stupst Bounty mit der feuchten Schnauze an und legt den Kopf schief. »Nix mehr da, Susi.« Beleidigt leckt der Hund ein paar versprengte Kokosflocken vom Boden der Imbissbude.

»Überprüfung Alibi Dossmann, übernimmst du das, Thies? Reicht morgen.« Nicole leert den Rest der Bierflasche mit einem Zug und fährt sich anschließend mit dem Ärmel ihrer Lederjacke über den Mund. Die Männer gucken.

»Sach ma, Nicole …« Thies druckst herum. »Wär mir eigentlich lieber, wenn ich zu … ähh … Anschelik nich alleine hinmüsste.«

17

»Dat Herz brennt gar nicht«, sagt Thies, als sie morgens an der Landstraße nach Husum neben dem Wohnmobil aus Nicoles Mondeo steigen. »Hängt normal hinter der Frontscheibe. So kleine rote Lichter, sieht 'n büschen wie Weihnachtsbeleuchtung aus.«

Der schon leicht lädierte Campingbus steht ein paar Meter zurückgesetzt in einer Einfahrt zu einem Waldweg. Alle reden über die Russin, aber von den Männern kennt sie keiner. Angeblich. Thies ist schon etliche Male an dem Camper vorbeigefahren, doch so dicht hatte er sich bisher noch nie herangetraut. Hinter den dichten Häkelgardinen ist diffus rötliches Licht zu erkennen. Thies und Nicole Stappenbek gehen um das Fahrzeug herum.

»Hier!« Thies zeigt auf das Kennzeichen. »Sie muss zum TÜV.«

Nicole muss sich schon wieder das Grinsen verkneifen.

Thies steht etwas unbeholfen vor dem

Auto und rückt die Polizeimütze gerade. »Was meinst du, ob sie grad 'n Kunden hat?«

»Das kann ich dir auch nicht sagen.« Nicole grinst ihn an und klopft an der Seitentür des Campingbusses.

Es dauert einen Moment, dann öffnet sich die Tür. Eine blonde Frau in einem rosaroten Jogginganzug erscheint zwischen den Strängen eines ebenfalls rosafarbenen Perlenvorhangs. Sie sieht erst Thies an und dann etwas irritiert die Kommissarin. Mit der Polizei hat Angelique heute Morgen offenbar nicht gerechnet.

»KHK Stappenbek, das ist mein Kollege POM Detlefsen.« Nicole zückt ihren Ausweis.

Die Dame in Rosa starrt auf Thies' Uniform. »Stäht Bus verrbotten?«, fragt Angelique mit unüberhörbar osteuropäischem Akzent. »Ich sonst gleich weg. Nur Pause.« Die Perlen klimpern.

»Deswegen sind wir nicht hier«, sagt Nicole. »Wir haben ein paar Fragen an Sie.«

»Fragen? Ich kann nix sagen. Weiß nix«, beteuert die Frau schon mal vorsichtshalber.

»Nun warten Sie erst mal ab, wir haben ja noch gar nichts gefragt«, sagt Nicole.

»Nix wissen«, beteuert die Frau im Jogginganzug.

»Wollen wir das hier draußen weiter besprechen?«

»Ach so, bittä schen.« Zögernd bittet die weißrussische Angelique die beiden in ihr Wohnmobil. Die beiden Polizisten suchen durch den Perlenvorhang den Weg in den Campingwagen. Ein Perlenstrang verhakt sich dabei kurz an Thies' Polizeimütze.

Im Inneren müssen sich ihre Augen erst mal an das schummrige Licht gewöhnen. Alles ist in ein gedämpftes Rosaviolett getaucht. Der Boden des Campingbusses ist mit einem langhaarigen Flokati ausgelegt, auf dem zwei kleine leopardengemusterte Teppiche liegen. Zwischen einem ganzen Arsenal von Kissen in unterschiedlichen Rosatönen sitzt ein kleiner Teddy im Rüschenkleid neben einer ungewöhnlich großen Plüschmaus. Auf dem Sessel gegenüber hat es sich noch ein Teddy bequem gemacht.

»O-kayyy«, sagt Nicole, während sie ihren Blick über die Einrichtung schweifen lässt. Thies entdeckt in der kleinen Küchenecke die gleichen Tonhasen, die auch bei ihm zu Hause überall herumstehen. Angelique kauft offenbar im selben Dekoladen wie Heike. In dem Camper riecht es aufdringlich nach einer Mischung aus Raumspray und Desinfektionsmittel. Auf dem Tisch stehen eine ganze Batterie von Plastikflaschen mit Lotionen und ein Papiertuchspender.

»Muss man hier Schuhe ausziehen?«, fragt Thies mit Blick auf das Teppichfell.

»Mein Kollege und ich wollen Sie gar nicht lange aufhalten«, fällt Nicole ihrem Kollegen ins Wort, um zu verhindern, dass Thies sich hier gemütlich einrichtet. »Wie gesagt, wir haben nur ein paar Fragen … Frau … ähhh … Angelique ist ja vermutlich nicht Ihr richtiger Name.«

»Irina Bereschnaja«, sagt Angelique mit schönstem russischem Akzent und blickt betreten auf den Leopardenläufer, als könne sie für den falschen Namen verhaftet werden. »Darf ich zu trinken anbieten?«, radebrecht sie. »Kaffee, Colla light?«

Nicole möchte nichts trinken, sehr zum Bedauern von Thies, der seine Polizeimütze abnimmt und sich den Schweiß von der Stirn wischt. »Ganz schön warm hier.«

»Standheizung«, verkündet Irina stolz. Sie räumt den Teddy vom Sessel und bietet der

Kommissarin einen Platz an. Nicole Stappenbek bleibt stehen. Sie wird spürbar ungeduldig. »Frau Bereschnaja, es geht um den Landwirt Hans-Werner Dossmann. Der ist Ihnen ja bekannt.«

»Ich weiß nicht.« Irina-Angelique pult verlegen an ihren langen, violett lackierten Fingernägeln.

»Ja, dat wissen *wir* aber, Frau … ähh.« Auch Thies starrt jetzt auf Irinas Fingernägel. Sie kommen ihm bekannt vor. Die feinen Linien, die schilfartige Struktur, richtig kleine Kunstwerke. Genau, denkt sich Thies, sie hat dieselben Fingernägel wie Heike.

»Wir haben die Information, dass Sie Kontakt zu Hans-Werner Dossmann haben«, will die Kommissarin das Verhör voranbringen.

»Hans-Werrnerrr, nein, ich weiß nix!«

»Herr Dossmann, Kunde von dir«, radebrecht Thies.

»Nix Kunden!« Die Russin wedelt mit ihren violetten Fingernägeln durch die Luft. »Nix Kunden, nur Gäste.«

»Ja, ja, Gäste is gut! Ich seh die Fahrzeuge doch stehen, Berufspendler, Fernfahrer, alles auswärtige Kennzeichen. Und das Wohnmobil ist doch nich' auf Sie zugelassen.«

»Nix illegal«, beteuert Irina aufgebracht.

»Deswegen sind wir nicht hier«, versucht Nicole Stappenbek die Frau zu beruhigen, »dafür sind wir nicht zuständig. Es geht uns nicht um Sie, sondern um Herrn Dossmann. Wann haben Sie ihn denn zuletzt …«

»Dossmann behauptet, er wäre in der Nacht zum …«

Nicole unterbricht Thies abrupt mit einem deutlichen Handzeichen. Da kapiert Thies, dass er sich fast verplappert hätte, und ärgert sich über sich selbst. Zu spät fällt ihm Kapitel 3, Absatz 2 in »Vernehmungstechniken I« ein: »Strategie der abtastenden Vernehmung«. Nicole signalisiert ihm, dass sie das Verhör erst mal weiterführen will.

»Frau Bereschnaja, wir wissen, dass Sie sich regelmäßig mit Herrn Dossmann getroffen haben. Es ist sinnlos, das verheimlichen zu wollen. Im Gegenteil, mit einer Aussage können Sie Herrn Dossmann möglicherweise sehr helfen.«

Die beiden Polizisten können richtig beobachten, wie es in Irina Bereschnaja arbeitet.

»Wir ermitteln hier in einem Mordfall«, verkündet Thies mit ernster tiefer Stimme.

Genervt über diesen Einwurf schnaubt Nicole kurz durch die Nase.

»Sind Sie hier wegen totten Mann in … sagt man Drrescherrr? Ich habe gehört! Hans-Werrnerrr damit nix zu tun.«

»Frau Bereschnaja!«, sagt Nicole energisch. »Beantworten Sie uns bitte einfach unsere Fragen: Wann waren Sie mit Herrn Dossmann in den letzten Tagen zusammen?«

Irina zieht nervös ihre blond gefärbten Haare durch ein rosa Haargummi aus Frottee. »Richtig. An diesem Abend, als dieser Mann … na ja, in Drescherrr kam, Hans-Werrnerrr und ich waren zusammen.«

»Hier in diesem Wohnmobil?«, will die Kommissarin wissen.

»Ja. Eigentlich wir wollten zu alte Haus von Kutscher in Wald. Hans-Werrnerrr hat Schlüssel.« Angelique wird jetzt richtig gesprächig. »Aber habben gesehen Licht. Schon jemand war da.«

»Sie sprechen von der alten Remise auf dem Gut der von Rissens?« Thies weiß sofort, was die Russin meint. »Wissen Sie, wer sich dort aufhielt?«

»Nix weiß. Aber stand Auto vor Tür. Hans-Wernerr hat furchtbar geschimpft, dann wir sind etwas gefahren, in Hans-Wernerrs schönnen Waggen, und dann hierher.«

»Haben Sie das andere Fahrzeug erkannt? Wissen Sie vielleicht die Automarke oder den Fahrzeugtyp?«, fragt Nicole Stappenbek und rückt aufgeregt die Sonnenbrille zurecht.

»Genau wie Waggen von Hans-Wernerr. Waggen für Wald und Wiese«, antwortet Irina prompt.

»Jo, Geländewagen, haben sie hier neuerdings alle, Dossmann, Brodersen, von Rissen und auch der Professor, wenn er nich mit seinem alten Rad unterwegs ist.« Thies weiß ganz genau, wer hier welches Auto fährt.

»Können Sie das Auto näher beschreiben?«, insistiert Nicole.

Angelique schüttelt den Kopf. »Wie gesagt, Waggen für Gelände, ich glaube.«

Mit der Beschreibung des Autos kommen sie offensichtlich nicht weiter. Die Kommissarin wechselt das Thema. »In welcher Zeit waren Sie denn mit Herrn Dossmann zusammen?«

»War Frreitag.«

»Das sagten Sie bereits. Aber wann genau waren Sie beide zusammen?«

»Zusammen ganzen Abend. Ich kann bezeugen.« Angelique legt sich für den Hühnerbaron mächtig ins Zeug.

»Frau Bereschnaja, etwas genauer hätten wir es dann schon gern.« Nicole lässt, während sie mit dem Niesen kämpft, ihren Blick ungeduldig einmal über das gesamte Plüschensemble streifen und sieht die Russin dann wieder streng an. »Was ist Abend bei Ihnen? Sechs Uhr oder zehn?«

»Nein, nein, halb neun, so etwa.«

»Und dann bis …?«

»Ganze Nacht«, verkündet Irina voller Stolz.

»Und die ganze Zeit war Dossmann hier im Wohnwagen?«, hakt Thies ungläubig nach.

»Ganze Nacht. Nur kurz mal weg.« Angelique kommt langsam ins Schwitzen. Kreuzverhör und Standheizung zeigen Wirkung.

»Was heißt kurz?«, fragt die Kommissarin.

»Nurr kurrz! Eine Flasche rrotten Sekt holen.«

»Wie lange hat das gedauert? Eine Stunde, eine halbe Stunde?«

»Vielleicht halbe Stunde.«

»Also in Rendsburg bei seinen Geflügelzüchtern war er schon mal nicht«, sagt Nicole, als Thies und sie wieder in ihrem Wagen sitzen.

»Und ob er den ganzen Abend mit ihr hier Händchen gehalten hat, ist auch nicht sicher«, sagt Thies.

»Kein besonders tolles Alibi. Oder?«

»Nö …« Thies zögert. »Aber Madame Anschelik, hab ich mir irgendwie ganz anders vorgestellt. Sie is ja eigentlich … ganz nett.«

»O-kayyy.«

»Ich sach dir, Nicole, die ham dat auch nich leicht. Die werden aus 'm Osten hierher geschleust und dann …«

Die Kommissarin sieht Thies prüfend an. »Is ja gut, beruhig dich mal. Sag mal, was ist das für eine Remise auf dem Gut? Wem gehört die?«

»Na, den von Rissens.«

»Wieso hat Dossmann dann einen Schlüssel?«

»Da hat wohl so mancher 'n Schlüssel. Hört man so läuten …«

18

»Lara, was soll ich bloß tun?« Leif Ketels' Stimme zittert. Ihm stehen die Tränen in den Augen. »Sie fahnden bestimmt schon nach mir. Ich hab Jörn auf dem Gewissen. Aber du musst mir glauben, ich kann nichts dafür. Ich hab mich nur gewehrt. Er ist wie ein Verrückter auf mich losgegangen.« Leif bricht in Schluchzen aus. Die Geschwister stehen aneinandergeklammert in der großen gepflasterten Diele des Brodersen-Hofes.

Angesichts der Tatsache, dass sie gerade ihren Mann verloren hat, macht Lara einen erstaunlich gefassten Eindruck.

»Du hast ihn nicht umgebracht.«

»Natürlich habe ich ihn umgebracht.« Leifs weinerliche Stimme überschlägt sich fast. »Ich habe ihm diese Scheißsense in seinen Bauch gerammt. Du hast es doch selbst gesehen.«

»Leif, beruhige dich, ich werde dir einen Tee aus Passionsblumen aufgießen.« Lara hat schon wieder ihre Meditationsstimme angenommen, während Leif immer hysterischer wird.

»Verdammt, lass mich jetzt mit deinem blöden Tee zufrieden.« Er löst sich aus der Umarmung seiner Schwester.

Ihre Stimmen hallen durch die Tenne des Biohofes, durch den an diesem Morgen ausnahmsweise mal keine sphärischen Klänge träufeln. Das schlechte Wetter ist vorbei. Sonnenlicht fällt durch das verglaste Fachwerk neben dem alten Tor und wirft Lichtstreifen über die alten handgebrannten Bodenfliesen. Nur der Wind ist im Gebälk des hohen Daches noch zu hören.

»Ich wollte das alles nicht. Gott sei Dank hast du mir geholfen, Brodersen wegzuschaffen. Aber jetzt? Was wird denn jetzt?« Leif fährt sich immer wieder durch seine schütteren Haare. »Was sollen wir nur tun?«

Nach dem blutigen Kampf in der Remise war Leif unverzüglich zu seiner Schwester Lara gefahren, wie immer, wenn er in Schwierigkeiten war. Lara Ketels, das Gespenst, mag auf Außenstehende reichlich wunderlich wirken, aber das täuscht. Für Leif ist sie immer noch die große Schwester, die ihn immer und überall unterstützt. Und auf dem Biohof ist Lara keineswegs nur für Duftöle und Dinkelkissen zuständig, sondern auch für die Finanzen, für Verträge mit den Biovermarktern und für Grundstücksangelegenheiten. Ihr schöner Jörn war nach außen der große Macher und Öko-Macho bei der Fredenbüller Damenwelt, zu Hause war er eine ganz kleine Nummer.

»Ich habe Jörn ermordet und Swaantje ist tot!«, hatte Leif mit blutverschmiertem Gesicht immer wieder gewimmert. Lara hatte einen kühlen Kopf bewahrt und sofort reagiert. Sie hatte Leif das Gesicht notdürftig gewaschen und war dann mit ihm zusammen zur Remise gefahren. Sie mussten Jörn verschwinden lassen, damit Leif nicht in Verdacht geriet, das hatte Lara sofort erkannt. Und was war mit Swaantje? Dafür müsste sie auch noch eine Lösung finden. Was würde sie dort überhaupt erwarten? Schließlich war Leif da eben von diesem anderen Auto überrascht worden. War sein Fahrer, wer immer das sein mochte, noch dort? Hatte er vielleicht schon die Polizei verständigt?

Zunächst fuhren sie im Schritttempo an der Remise vorbei. Außer Jörns Landrover war kein anderes Auto zu sehen. Leif parkte seinen Wagen versteckt ein Stück weiter. Dann schlichen sie vorsichtig ums Haus. Es schien alles ruhig. Als sie die Kutscherwohnung betraten, waren sie auf das, was sie dort sahen, nicht vorbereitet. Jörn Brodersen lag unverändert auf dem zerfallenen Heuballen. Aber Swaantje war nicht mehr da. Wie weggezaubert. Leif konnte sich absolut keinen Reim darauf machen. Lara bekam leise Zweifel an der Zurechnungsfähigkeit ihres Bruders. Was war wirklich passiert?

Leif und Lara standen wie angewurzelt in der Kutscherwohnung mitten in dem Chaos von umgekippten Stühlen, zerbrochenen Krügen und herumliegenden Gerätschaften. Leif war nach den nächtlichen Ereignissen einfach zu fertig, um einen klaren Gedanken zu fassen. Es lag jetzt an Lara, den Überblick zu behalten und hier irgendwie Klarschiff zu machen.

Lara hatte sogar an Arbeitshandschuhe gedacht, damit sie keine Fingerabdrücke hinterließen. Als Erstes mussten sie Jörn verschwinden lassen. Zögernd betrachtete sie ihren toten Mann. Sie wunderte sich über die vielen Schnittverletzungen, aber als sie die

Sense sah, die immer noch im Bauch des Toten steckte, wich für einen Moment der Rest Farbe aus ihrem Gesicht. Jemand musste die Sense aus seinem Bauch ziehen. Sie fasste sich ein Herz und zog an dem Griff, krampfhaft bemüht, nicht wirklich hinzusehen. In der Wachsjacke, die die Sense durchschnitten hatte, war danach nur ein kleiner, rot umrandeter Schnitt zu sehen. An dem Sensenblatt klebten Blutspuren, die Lara notdürftig kaschierte, indem sie die Klinge ein paarmal über den strohbedeckten Boden schabte.

Dann hatten sie Jörn mit vereinten Kräften durch den Stall zu seinem Landrover geschleppt. Seine Füße zogen eine Spur durch den Sand bis zum Auto. Völlig außer Atem bugsierten sie ihn in den Kofferraum. Leif glitt dabei immer wieder die verdammte Wachsjacke aus den Händen. Der lange Brodersen erwies sich als äußerst sperrig. Ein Bein verklemmte sich zwischen Wagenheber und Warndreieck. Leif war nicht richtig bei der Sache. Die ganze Zeit quälte ihn die Frage, wo Swaantje abgeblieben war.

Auch die Idee, Jörn mitten in der Nacht mit seinem eigenen Mähdrescher auf die von-Rissen-Wiese zu fahren, kam von Lara. Es sollte wie ein Unfall aussehen. Und falls doch jemand in Verdacht kam, dann würde das am ehesten Dossmann sein. Das hätte dann den nützlichen Effekt, dass sie ihren Konkurrenten um die Wiese loswerden würde. Leif war heilfroh über die Tatkraft und Entschlossenheit seiner Schwester, aber sie war ihm auch etwas unheimlich.

Beide hatten zwar große Bedenken, bei ihrer Fahrt mit dem Mähdrescher beobachtet zu werden. Mitten in der Nacht war man damit normalerweise nicht unterwegs, es sei denn in der Erntezeit, bevor am nächsten Tag der große Regen kam. Lara saß im Fahrerhaus der Dreschmaschine hinter dem Steuer. Das metallene Tuckern der Maschine hallte unheimlich durch die Nacht. Leif wusste gar nicht, dass seine Schwester dieses Ungetüm so routiniert handhaben konnte. Er saß quer zu ihr auf dem Notsitz, der tote Brodersen hing halb über ihm. Es war stockdunkel. Lara ließ die Scheinwerfer ausgeschaltet. Nur als sie die Dreschmaschine von der Landstraße auf die Wiese steuerte, blendete sie kurz das Licht auf. Dann legte sie den Hebel für die Dreschmaschine um. Leif konnte es kaum erkennen, aber er konnte hören, wie die große Haspel jetzt rotierte. Die Maschine bahnte sich einen Weg durch die ungemähte Wiese. »Los, komm«, rief Lara ihrem Bruder zu.

Leif hatte Mühe, den Leichnam seines Schwagers aus dem Fahrerhaus hinauszuwuchten. Aber dann fiel Brodersen wie von selbst auf den Schneidetisch vor die Einzugsschnecke des Mähers, von wo er über ein Förderband zur Dreschtrommel transportiert wurde. Sie hörten ein Rumpeln, dann ein Quietschen, und dann stand die Maschine still. Leif wollte das alles gar nicht mitansehen, und in der Dunkelheit war sowieso kaum etwas zu erkennen gewesen.

Anschließend hatten sie Leifs Auto geholt, das noch in der Nähe der Remise stand. Vollkommen erledigt waren sie schließlich nach Hause gefahren. Sie mussten noch Jörns Landrover gründlich reinigen und ihn in den Hof zurückstellen. Leif wollte heute bei seiner Schwester auf dem Hof übernachten. Bevor sie schlafen gingen, hatte Lara noch einen Kräutertee aufgebrüht und Meditationsmusik aufgelegt, was bei Lara umgehend zu einem tiefen Schlaf führte. Leif dagegen tat kein Auge zu. Tausend Gedanken schwirrten durch seinen Kopf. Brodersen war tot, Swantje war tot – und verschwunden. Müsste er sich nicht sofort auf die Suche nach ihr machen? Aber wo? Und dann erschien immer wieder der blutüberströmte Brodersen vor seinen Augen. Leif Ketels hatte zwar reichlich Erfahrung mit Versicherungsbetrug, aber jetzt hatte er tatsächlich einen Mord begangen. Und zur gleichen Zeit war er Witwer geworden. Was für eine Nacht!

»Aber du hast ihn nicht ermordet«, haucht Lara an diesem sonnigen Morgen ihrem Bruder immer wieder ins Ohr und streicht ihm über die fusseligen weißblonden Haare.

»Du hast es noch nicht begriffen, oder? Lara, verdammte Scheiße, ich habe deinen Mann umgelegt … mit einer Sense.«

»Leif, hör mir zu! Jörn ist erschossen worden.« Lara sagt das mit einer Stimme, als hätte sie gerade einen anderen Bewusstseinszustand erreicht.

»Was sagst du da?«

»Thies Detlefsen und diese Kommissarin aus Kiel waren bei mir. Thies hat gesagt, Jörn ist erschossen worden, glaub mir.«

»Ach, Thies hat doch keinen Schimmer,

was da gelaufen ist. Du kennst ihn doch, der merkt nie etwas!«

»Die Kommissarin hat das aber bestätigt.«

»Lara, das kann nicht angehen!« Leifs Stimme beginnt schon wieder zu zittern. »Hast du irgendeine Schussverletzung an ihm gesehen?«

»Nein, Leif, hab ich nicht. Aber es kann doch sein, dass wir das übersehen haben.«

»Aber er war tot, oder? Da sind wir uns doch wenigstens einig?«, sagt Leif bockig.

»Ja, als wir ihn abtransportiert haben. Aber nachdem du diese Auseinandersetzung mit ihm hattest, lebte er möglicherweise noch. Und irgendjemand hat ihn, während du mich geholt hast, erschossen.« Lara spricht sanft und leise, aber ihr Verstand ist hellwach.

Leif versucht die Dinge in seinem Kopf zu ordnen. »Wenn Brodersen noch gelebt hat, dann lebt Swaantje vielleicht auch noch.«

»Dann könnte *sie* Jörn erschossen haben«, haucht Lara, und es klingt fast so, als finde sie Gefallen an diesem Gedanken.

In Leif arbeitet es. »Lara, es gibt da tatsächlich ein Gewehr in der Remise. Das steht schon die ganze Zeit in der Kutscherwohnung rum. Sieht allerdings nicht danach aus, als ob man damit jemanden erschießen könnte.«

»Hat ja scheinbar doch geklappt«, säuselt Lara.

»Meine Güte, Lara!« Leif starrt seine Schwester mit offenem Mund an. »Swaantje! Das würde auch erklären, warum sie so überraschend schnell verschwunden ist und ihre Koffer bei Renate stehen gelassen hat.« In Leifs Blick flammte die Hoffnung auf, dass seine Frau noch lebt. Dass sie möglicherweise seinen Schwager Brodersen ermordet hat, scheint ihn keineswegs zu stören.

»Nicht nur du, auch Thies Detlefsen und seine Kieler Kommissarin suchen nach Swaantje«, sagt Lara.

»Aber doch nicht, weil die Polizei sie für die Mörderin hält, oder? Zu mir wollten Thies und diese Kieler Kommissarin wohl auch schon. Und Dossmann haben sie übrigens auch verhört.«

»Siehst du, Leif, vielleicht war unsere Idee gar nicht so dumm. Wir wollten nur den Verdacht auf ihn lenken, aber vielleicht war es ja tatsächlich Dossmann, der Jörn erschossen hat? Der war doch auch immer wieder in dieser Remise.«

»Also, was denn jetzt? Erst war's Swaantje, jetzt auf einmal Dossmann ...« Auf Leifs Wangen zeichnen sich immer mehr hektische Flecken ab.

»Ich weiß es doch auch nicht. Ich weiß nur, dass wir es nicht waren, die Jörn umgebracht haben.« Lara macht eine bedeutsame Pause und dann schmeichelt ihre Stimme noch mehr als sonst. »Was mich vielmehr beschäftigt, ist die Sache mit der Lebensversicherung. Hast du das mit der Erhöhung der Versicherungssumme und der Rückdatierung noch hinbekommen? Du weißt, ich brauche das Geld. Ich will diese Wiese haben, unbedingt. Jörn hat das eingefädelt mit Madame von Rissen, der blöden Kuh. Ich hoffe nur, dass sie auch nach seinem Tod noch zu ihrem Wort steht. Aber am Geld zumindest soll das nicht scheitern.«

»Das dauert ein bisschen, aber die Sache läuft. Ich hab mit Seidelmaier in Nürnberg gesprochen. Das Datum stimmt nicht ganz, aber ansonsten ist der Versicherungsschein ausnahmsweise mal echt.«

Für die Geschichte mit der Versicherung ist im Moment gar kein Platz in seinem Kopf. Leif ist mit den Gedanken ganz woanders. Er durchlebt noch einmal jene Nacht in der Kutscherwohnung mit Swaantje und Brodersen und dem Auto, das plötzlich vorfuhr.

»Es war ein Landrover«, schießt es plötzlich aus Leif heraus. »Und ich glaube, ich weiß auch, wer ihn gefahren hat.«

19

Das Ehepaar von Rissen wirkt nicht sonderlich amüsiert, als Thies Detlefsen und Nicole Stappenbek auf ihrem Gut mit der Spurensicherung anrücken. Nach ihrem Gespräch mit der Russin im Wohnwagen waren sie gleich weiter zur Remise gefahren. Nachdem sie die zerschlagene Scheibe entdeckt und durch das Fenster das Chaos drinnen gesehen hatten, hat sich Nicole vom Richter gleich einen Durchsuchungsbeschluss ausstellen lassen.

»Frau von Rissen und Herr von Rissen, darf ich Ihnen Kriminalhauptkommissarin Frau Stappenbek vorstellen.« Thies ist auf einmal ganz förmlich. »Nicole, das sind Frau von Rissen und Herr von Rissen.« Thies hat mächtig Respekt vor den Herrschaften, das ist ihm deutlich anzumerken.

»KHK Stappenbek«, sagt Nicole, um Lockerheit bemüht, und will den beiden die Hand geben. Huberta erwidert den Handschlag, aber Onno bleibt stocksteif stehen. Er lässt seinen Blick abschätzig einmal über

Nicoles mokkabraune Lederjacke wandern. Dann starrt er grimmig blasiert ins Leere.

»Womit können wir Ihnen denn behilflich sein?«, fragt Huberta von Rissen gezwungen höflich. »Es ist ja wirklich eine schreckliche Sache, die da passiert ist.«

Sie registriert verwundert Mike Börnsen und seine zwei Kollegen von der Spusi, alle drei wieder in weißen Anzügen. Onno von Rissen dagegen ist stocksauer angesichts des Überfalls zur Mittagszeit. Als Nicole den gerichtlichen Durchsuchungsbeschluss vorzeigt, wird er gleich ausfallend. »Da geifern die kleinen Beamten vor Lust, dass sie unsereins mal auf die Pelle rücken dürfen. Einfach stillos.«

»Onno, bitte! Die Leute tun doch auch nur ihre Pflicht«, versucht Huberta ihren Mann zu beruhigen und spielt nervös mit ihrer Perlenkette.

Mike Börnsen muss unter der blonden Tolle grinsen. Thies hatte extra darauf hingewiesen, auf das Vorzeigen des Durchsuchungsbeschlusses besser zu verzichten. Von Rissens wären vermutlich viel hilfsbereiter, wenn die Polizei ohne Behördenschrieb bei ihnen anrückte. Aber Nicole Stappenbek hatte auf der offiziellen Vorgehensweise bestanden.

Onno trägt wie immer ein maßgeschneidertes englisches Jackett mit Fischgrätenmuster und ein blauweiß gestreiftes Hemd mit steifem weißem Picadilly-Kragen, dessen abgerundete Enden durch eine Nadel unter der Krawatte zusammengehalten werden. Selbst in den heißesten Sommertagen bleibt der oberste Knopf geschlossen. Und auch wenn er bei schlechtem Wetter in Schaftstiefeln über die matschigen Feldwege seines Besitzes stapft, trägt er Krawatte unter dem moosgrünen Steppmantel. Onno von Rissen hat immer einen geröteten Kopf, wobei man nie recht weiß, ob das am Bordeaux, an seiner Neigung zu cholerischen Ausbrüchen oder an diesem hochgeschlossenen Hemdkragen liegt. Heute trifft alles auf einmal zu.

»Soll hier ein Maskenball stattfinden?«, fragt er süffisant, mit Blick auf die Männer von der Spurensicherung, und lacht dabei sein geräuschloses Lachen.

Nicole schnupft und hält ihm das amtliche Papier vor die Nase. »Dies ist ein Durchsuchungsbeschluss für Ihre Remise. Wer kann uns dort Zutritt verschaffen?«

»Sie können hier also einfach so aufkreuzen mit diesen Leuten in ... ähhh ... Strampelanzügen. Einfach geschmacklos.« Von Rissen dreht einmal ruckartig seinen Kopf wie ein Huhn. Die Haut in seinem Hemdkragen spannt.

»Wer kann uns dort hineinlassen? Wir müssen die Räume ja nicht unbedingt gewaltsam öffnen.« Die Kommissarin wird etwas ungehalten. »Will einer von Ihnen vorfahren?«

»Nicole, Herr von Rissen sollte vielleicht nicht mehr unbedingt ...«, flüstert Thies.

»Was sollte ich nicht mehr unbedingt?«, giftet der alte von Rissen.

»Fahren, Darling.« Huberta fasst ihrem Mann an den Arm. »Thies meint, du solltest vielleicht nicht mehr fahren.« Wie sie das »Darling« ausspricht, klingt allerdings alles andere als zärtlich.

Huberta von Rissen öffnet die Tür der Remise. Den Schlüssel hätte sie gar nicht gebraucht. Die Tür ist nicht verschlossen.

»Hier geht ja wohl jeder ein und aus, wie er will«, brummt Onno von Rissen, der doch mitgekommen ist.

Huberta wirkt einigermaßen erstaunt angesichts des Durcheinanders in dem alten Kutscherhaus.

»Oha, hier ist ja allerhand los gewesen«, ruft Mike Börnsen. Er kämmt sich die Haare einmal quer über die Stirn und setzt sich die Kapuze auf. »Ja, da kommt doch Freude auf, wenn es für uns mal richtig satt Spuren gibt.«

»Da muss dringend mal aufgeräumt werden«, sagt Onno und dreht den Kopf im Hemdkragen.

»Das ist mir unerklärlich«, wundert sich Huberta, »ich habe vor einer Woche erst meinen Roadster aus dem Kutscherhaus gefahren. Da war hier alles in bester Ordnung. Ich meine, es sah alles so aus wie immer.«

»Im Laufe der letzten Woche muss hier also etwas passiert sein?«, fragt die Kommissarin. »Hat einer von Ihnen beiden etwas bemerkt …?«

»… in der Nacht von Freitag auf Samstag?«, schaltet sich Thies ein. »Haben Sie Fahrzeuge auf das Gelände fahren sehen?«

»Sie meinen doch nicht etwa, dass das hier irgendetwas mit dem Todesfall von Jörn Brodersen zu tun hat?« Huberta klingt entrüstet.

Sie sieht nicht Thies, sondern die Kommissarin an.

»Um das zu untersuchen, sind meine Kollegen und ich ja hier.«

»Das kann nicht sein. Onno, was sagst du?«

»Was soll ich sagen? Einfach abgeschmackt.«

»Aber Sie sehen doch selbst, hier hat ein Kampf oder zumindest eine Auseinandersetzung stattgefunden. Das können wir ja nun auch schon ohne unsere Kriminaltechnik sehen.«

»Jede Menge Blut und Kampfspuren«, sagt Mike Börnsen. »Sollte mich nicht wundern, wenn das hier der Tatort ist. Hier wissen wir gar nicht, wo wir anfangen sollen.«

»Herr von Rissen, wir haben Zeugen, die in der Mordnacht auf dem Gutsgelände Leute beobachtet haben.« Thies denkt an Angelique im Wohnwagen. Ihn überkommen leise Zweifel, trotzdem bekräftigt er noch mal: »Eindeutige Zeugenaussagen!« Er sieht von Rissen kurz an und blickt dann zu Boden.

»Mein lieber Thies Detlefsen, ebenso eindeutig können wir konstatieren, dass uns nichts aufgefallen ist in der Nacht von … wann war das? Freitag auf Samstag?«

Nicole hebt die Augenbrauen und schnieft einmal leise.

»Wo haben Sie beide sich in der betreffenden Nacht überhaupt aufgehalten?«

Onno von Rissens Miene, die sich ein klein wenig aufgehellt hatte, verfinstert sich augenblicklich wieder.

»Ich war auf dem Gut und du, Onno?« Huberta blickt fragend zu ihrem Mann. »Du warst nicht da. Du warst bei von Ranzows in Plön, oder?«

»Ja, ich war in Plön«, sagt von Rissen in einem knarzenden Tonfall und zuckt kurz mit dem Kopf.

»Mein Mann ist am Nachmittag zu Freunden nach Plön gefahren.«

Klingt nicht sehr überzeugend, findet Nicole. Es ist schon seltsam, ausgerechnet in der Mordnacht war halb Fredenbüll auf Reisen.

Die drei Leute von der Spurensicherung stürzen sich voller Enthusiasmus in die Arbeit. Sie lassen mit der Pinzette aufgenommene Haare, Holzteilchen, Scherben und Stoffreste in ihre Tütchen fallen. Sie etikettieren Proben und ordnen sie in ein Metallgestell ein. An allen möglichen Stellen nehmen sie Fingerabdrücke. Sie kratzen Blut vom Steinboden, von Mistgabeln und einer Sense, wobei Mike Börnsen immer wieder seine blonde Haartolle aus der Kapuze rutscht. Thies wundert sich. Den finden Heike und ihre Freundinnen also gut aussehend? Wie hatte Heike sich ausgedrückt? Süß. Mit dieser pickeligen Haut? Der Junge ist doch gar nicht richtig trocken hinter den Ohren.

Nicole hat ihr Handy gezückt und telefoniert mit Kiel. Onno von Rissen stolziert steifbeinig im Raum umher. Huberta wirkt unruhig und kann sich kaum beherrschen, in dem verwüsteten Raum aufzuräumen.

»Lassen Sie bitte alles unverändert«, ermahnt sie Mike Börnsen sofort.

»Tut mir leid, Frau von Rissen, aber die Kollegen …«, sagt Thies.

»Ich versteh schon, Thies.«

»So ganz bin ich aus Ihrem Bericht nicht schlau geworden, Doktor«, sagt Kommissarin Stappenbek in ihr Handy.

»So einen gründlichen Mord hab ich auch lange nicht gehabt«, sagt Doc Carstensen, der immerhin auf eine dreißigjährige Berufserfahrung zurückblicken kann. »Doppelt hält besser, was sag ich, dreifach. Der gute Mann wurde erdolcht, erschossen und anschließend noch mal durch den Häcksler gedreht. Da wollte es einer ganz genau wissen und aus dem Biobauern Hackfleisch machen.«

»Hören Sie auf, Doktor, ist ja schrecklich!« Nicole macht ein angeekeltes Gesicht.

»In dem Mähdrescher haben wir außer der DNA vom Opfer noch zweierlei andere DNA gefunden, außerdem Spermaspuren«, fährt der Gerichtsmediziner fort. »Aber die landwirtschaftliche Verarbeitung war post mortem. Eins können wir mit ziemlicher Sicherheit sagen: Todesursache war ein aufgesetzter Schuss. Kaliber 12/65, wahrscheinlich Jagdgewehr, und zwar ein Modell, das seit dem Zweiten Weltkrieg nicht mehr im Handel ist.«

»Das passt ins Bild. Hier steht so ein altes Ding rum. Mit Gravuren und so. Mike ist grad dabei, es einzupacken.«

Der blonde Junge von der Spusi schnuppert am Lauf des Gewehres. »Und aus dem Ding ist kürzlich geschossen worden, jede Wette. Morgen wissen wir Genaueres. Und Fingerabdrücke gibt es auch.«

»Haha«, lacht Onno von Rissen gehässig sein geräuschloses Lachen, »da wünsch ich viel Erfolg dabei. Da finden Sie vermutlich noch die Fingerabdrücke meines Vaters August von Rissen. Aber dann haben Sie Ihren Fall ja gelöst. Mein alter Herr ist zwar seit vierzig Jahren tot, aber bitte … ganz wie die Herrschaften meinen!«

»Guckst dir das hier mal an, Mike«, sagt einer der beiden anderen Spusi-Leute, der gerade das durchgelegene Bett in der Kutscherwohnung untersucht. »Reger Bettenwechsel hier … und die Bettwäsche ist nicht unbedingt immer gewechselt worden.« Er lässt unterschiedlich farbige Haare in kleine Zellophantütchen fallen. »Alle Kolorationen dabei, und hier hab ich sogar 'n Fingernagel.« Er greift mit einer Pinzette einen hellviolett-metallisch glänzenden Fingernagel aus der staubigen alten Wolldecke.

»Einen Moment mal«, ruft Thies entsetzt aus. »Dat is ja einer von Heikes Fingernägeln.«

»Und wer ist Heike?«, fragt der Spusi-Mann.

»Ja wat denn, Heike is meine Frau.« Thies bekommt seinen Kuhblick. »Zeig mal her!«

»Ganz ruhig, Thies.« Nicole hält ihren Kollegen zurück. »Hatte unsere Angelique aus Weißrussland nicht auch solche schönen Fingernägel?«

»Geben wir erst mal mit ins Labor, oder?«, sagt Börnsen.

»Lass mal, Mike.« Nicole hat eine Idee. »Da nehmen wir jetzt den kurzen Dienstweg. Was meinst du, Thies, magst du das eben übernehmen?«

Endlich fällt bei Thies der Groschen. »Ach so, du meinst … ja klar!«

20

Im »Salon Alexandra« herrscht Hochbetrieb. Alle Trockenhauben sind belegt. Als Thies den Friseursalon betritt, blicken mehrere Kundinnen unter den laut pustenden Ungetümen hervor, darunter auch die alte Frau Ahlbeck, die Mutter des Bürgermeisters und Besitzers des Edeka-Marktes, vor sich eine Illustrierte mit »Dreißig neuen Trendfrisuren«, bei denen die, die Oma Ahlbeck grade verpasst bekommt, allerdings nicht dabei ist. »Moin, Moin, die Damen.«

»Moin, Herr Detlefsen, moiiin Thies«, schreit Alexandras Kundschaft gegen den Trockenhaubenlärm an und nimmt die Lektüre ihrer Illustrierten wieder auf. Thies steht, mit einem kleinen Plastiktütchen in der Hand, etwas verloren herum. Von nebenan leuchten blauweiße Lichtreflexe der Sonnenbank in den Raum. In der Eingangstür hängen groß die Schilder: »Bräunungsdusche. 20 Minuten ab 5 Euro« und »Neu: Chinesische Kopfmassage«.

»Ist im Augenblick schlecht, Thies, siehst ja selbst.« Alexandra ist voll in ihrem Element.

»Ein Moment, Alexandra, ich bin nicht zum Haareschneiden da. Wir ermitteln in einem Mordfall.« Thies setzt seine wichtigste Miene auf.

»Janine, ich komm gleich«, ruft Alexandra ihrem Lehrling zu. »Du kannst Frau Peters schon mal waschen.«

Alexandra ist schon ein echter Feger, denkt Thies, mit ihrer engen, ausgeblichenen und unterhalb des Pos eingerissenen Jeans und mit dem Friseurwerkzeug, das wie ein Westerncolt an ihrer Hüfte hängt. Und dann dieser Pantherblick. Ob Alexandra wirklich ein Verhältnis mit Leif Ketels hat? Und wo sie wohl dieses asiatische Tattoo hat, von dem Heike immer erzählt?

»Na, Thies, schickt dich deine Kommissarin?«

»Lass ma, ich weiß schon selbst, was zu machen is, wir sind 'n ganz gutes Team.«

»Man hört ja die tollsten Sachen.«

»Wie, wat für Sachen?« Thies hat keinen blassen Schimmer, wovon Alexandra redet.

»Ja, ich glaub, Heike is schon richtig 'n

bisschen eifersüchtig. Marret meinte auch gleich zu ihr, pass bloß auf, die blonde Kommissarin wickelt deinen Thies ganz schön um 'n Finger.«

»Ihr habt vielleicht Probleme …«, der Polizeiobermeister schüttelt den Kopf und greift sich einmal in seinen blonden Frontspoiler. »Aber jetzt mal was ganz anderes.« Er zeigt Alexandra das Plastiktütchen mit dem Fingernagel. »Schon mal gesehen?«

»Wo hast den denn her?«

»Hat die Spusi gerade sichergestellt.«

»Spusi? Und wo?«, will Alexandra prompt wissen.

»Eins nach 'm andern, kennst du diesen Fingernagel? Ich mein, ist der hier von dir aus 'm Salon?«

»Kann schon sein, dass der von uns ist.«

»Wem könnte der gehören?«

Die Mutter des Bürgermeisters lugt erneut aus ihrer Trockenhaube hervor und horcht, wobei ihr die Zeitschrift über den Frisierkittel auf den Boden rutscht. »Is 'n büschen heiß, die Haube«, brüllt sie.

»Janine, machst mal die Haube von Frau Ahlbeck 'n bisschen runter!«, ruft Alexandra zu den Waschbecken rüber. »Frau Ahlbeck,

Janine kommt gleich«, schreit sie noch lauter.

Alexandra will Thies das Plastiktütchen aus der Hand und den Nagel aus der Tüte nehmen.

»Halt! Stopp! Nich anfassen. Das ist Beweismaterial.«

»Beweismaterial? Was soll 'n Fingernagel denn beweisen?« Der Pantherblick gelingt Alexandra diesmal nicht so recht.

»Alexandra, beantworte einfach meine Frage.«

Auf dem Weg zur Trockenhaube von Frau Ahlbeck wirft auch Janine einen Blick auf den Fingernagel. »Ich würd mal sagen, das is einer von unsern Nägeln.«

»Und jetzt noch mal meine Frage: Wem habt ihr diesen Nagel gemacht?«

»Ja, Thies, könnte glatt einer von Heikes Nägeln sein.« Die Friseurmeisterin lacht kurz einen ihrer heiseren Lacher.

»Alexandra! Mach keine Witze!«

»Ja, Frühlingsflieder, die Farbe hat Heike doch, oder? Aber das heißt nicht viel, die Mädels haben ja jetzt alle unsere Nägel. Hier …« Alexandra zeigt ihre Hände.

»Ja, grün«, konstatiert Thies knapp,

aber lässt dann gleich seinen nordfriesischen Charme spielen. »Passt natürlich gut zu deinen roten Haaren.«

»Nee, hier … siehst' das?«

»Ach so, du meinst dies Schilfartige?« Thies zeigt auf die streifige Struktur des Nagels.

»Ich will jetzt nichts Falsches sagen. Aber wer natürlich auch noch diesen Nagel in Frühlingsflieder hat, das ist Swaantje.«

»Ja, das passt doch perfekt.« Detlefsen macht eine kurze Pause. »Kann ich das zu Protokoll nehmen?«

»Was denn für 'n Protokoll?«

»Ja, also, ich mein: Stimmt das? Bist du dir sicher? Kann ich das als Aussage verwerten?«

»Na ja, Swaantje hat solche Nägel, das weiß ich.«

»Wir haben diesen Nagel nämlich in der alten Remise auf dem Gut sichergestellt.«

»Wieso, meinst du jetzt, dass Swaantje was mit dem Tod von Brodersen zu tun hat?«, will die Salonbesitzerin wissen.

»Ich mein bisher noch gar nichts.«

»Das überlässt du deiner Nicole, oder was?« Alexandra lacht heiser und rückt sich die Colttasche mit den Scheren und Bürsten zurecht.

»Ach, hör doch auf!«

21

Thies ist mit dem Plastiktütchen wieder in die Remise zurückgekehrt. Dort diskutiert man gerade die Reifenspuren.

»Sag mal, an der Unfallstelle am Deich, wo ich euch eben noch mal hingeschickt habe, habt ihr da irgendetwas entdecken können?«, fragt Nicole Stappenbek ihren Kriminaltechniker Börnsen.

»Na ja, einer ist da in den Graben rein, ein anderer nur so am Rand. Und neben den Autos allerlei Fußspuren. Aber das kann eigentlich jeder gewesen sein. Nach dem Gewitter ist da nicht mehr viel zu erkennen. Von einer Spur ist allerdings jede Menge da.«

»Ja, was denn?«, fragt Nicole Stappenbek erwartungsvoll.

»Schafe, Nicole!« Börnsen grient. »Jede Menge Schafscheiße. Aber von den Reifenspuren haben wir mal einen Abdruck genommen.«

»Dat kann ich dir auch so sagen«, funkt Detlefsen dazwischen. »Das sind die Wagen von Brodersen und vom Schimmelreiter. Das haben wir ja nun bereits ermittelt.«

»Schimmel… reiter?« Börnsens Grinsen wird immer breiter.

»Is der Helldriver hier im Ort«, erklärt Nicole.

Diesmal kommt das »O-kayyy« von Börnsen. »Aber vielleicht ja ganz interessant für euch, dass wir dieselben Wagenspuren eben auch hier vor der Hütte gefunden haben, nicht den Helldriver, den anderen. Könnte durchaus der Landrover des Mordopfers sein.«

»Das Auto von Jörn Brodersen? Das glaube ich nicht…!« Huberta von Rissen ist entrüstet.

»Wieso denn nicht, Huberta?«, wendet der alte von Rissen schnippisch ein. »Wieso soll ausgerechnet dein Jörn sich nicht hier in diesem Hause auch anderweitig…«

»Mein … wie bitte?«, zischt sie giftig.

»Frau von Rissen, was will Ihr Mann damit andeuten?«

»Das frage ich mich auch! Onno, was willst du uns damit sagen?«

»Ja, du hast doch offensichtlich … Also, meine Frau hat einen Narren an diesem Eintänzer gefressen.« Von Rissen dreht zweimal kurz hintereinander den Kopf in seinem engen Hemdkragen.

»Was soll denn das bitte heißen?« Nicht nur Onnos, auch Hubertas Gesichtsfarbe tendiert jetzt deutlich ins Rötliche. Ehepaar von Rissen bricht vor versammelter Mannschaft einen Streit vom Zaun.

»Ich fürchte, mein Mann weiß nicht recht, was er da redet. Onno, du hast wieder getrunken!«

»Nicht nur meine Frau, auch andere Damen sind anscheinend diesem Bio-Windbeutel verfallen. Mir ist das ein Rätsel. Einfach geschmacklos.«

Mike Börnsen und seine Kollegen haben die Suche nach Fingerabdrücken unterbrochen und sehen mit großen Augen aus ihren weißen Kapuzen heraus dem Spektakel zu.

»Versteh ich das richtig«, fragt die Kommissarin, »der Ermordete hat sich hier in diesem Raum mit unterschiedlichen Damen getroffen?«

Onno von Rissen macht eine bestätigende Geste.

»Frau von Rissen, ich muss Sie das fragen: Wo waren Sie in der betreffenden Nacht.«

»Ich? Ich war zu Hause.« Sie tut so, als wäre das eine völlig abwegige Frage. Dann sehen Huberta und Onno von Rissen betreten zu Boden. Für einen Moment hat es beiden die Sprache verschlagen.

»Nicole, das ist jetzt ’n bisschen pikante Angelegenheit«, flüstert Thies und deutet unauffällig auf Huberta von Rissen. »Hier in der Remise sollen … man hört ja so einiges …«

»Na ja, unser Detlefsen ist doch auch nicht auf den Kopf gefallen, Thies weiß doch, was hier läuft«, sagt der alte von Rissen jovial und etwas freundlicher. »Nicht nur unser Biobauer hat sich hier heimlich mit seinen Angebeteten getroffen. Im alten Kutscherhaus hat so mancher sein Fach.«

Nicole reagiert nicht. Sie hält es für eine Redensart: Hier hat mancher sein Fach.

Aber Thies ist plötzlich hellwach: »Was denn für ’n Fach?«

Huberta von Rissen blickt deutlich verärgert und nestelt an ihrer Perlenkette.

Onno deutet auf den alten Postschrank. »Das ist ein Postschrank noch aus der dänischen Zeit, frühes neunzehntes Jahrhundert«, kräht von Rissen mit Stolz in der Stimme. »Sehen Sie die einzelnen Symbole? Eichel,

Kleeblatt, Keilerkopf, Hase. Die sind wahrscheinlich nachträglich dort aufgebracht worden, aber hundertfünfzig Jahre sind die auch alt.«

»Und was hat es mit diesen Fächern auf sich?«, fragt Nicole ungeduldig.

»Was is denn da drin?«, will Thies wissen. »Scheinen ja alle abgeschlossen zu sein.«

»Wissen Sie, dieses alte Kutscherhaus wird von uns ja schon seit Jahren nicht mehr genutzt«, sagt Huberta. »Ich stelle im Winter meinen Roadster hier unter, aber sonst ...«

Ihr Mann fällt ihr ins Wort. »Ich bin von unserem Bürgermeister seinerzeit mal gefragt worden, ob er die Remise nutzen könnte. Gegen ein kleines Entgelt hab ich ihm die Schlüssel überlassen. Ich hatte ja nicht den blassesten Schimmer, was da passieren sollte.«

»Wieso, was denn, Darling?«

»Sag mal, bist du so blauäugig?«, blafft ihr Mann sie an.

Thies und auch Nicole sind sich nicht sicher, ob Huberta wirklich so naiv ist. Sie hatte doch schließlich selbst ein Verhältnis mit Brodersen, das hat Heike zumindest behauptet. Und Thies hatte Brodersens Landrover doch selbst vor dem Gut stehen sehen. Aber vor dem Gutshaus, nicht vor der Remise. Auf dem durchgelegenen Bett konnte er sich Huberta mit ihrer Perlenkette beim besten Willen nicht vorstellen.

»Herr von Rissen, haben Sie Schlüssel zu den Schränken?«, fragt Thies.

»Nein, ich sagte es ja gerade. Ahlbeck hatte Zugang zu diesen Räumen, die Fächer waren eigentlich immer offen und die Schlüssel steckten. Seit einiger Zeit sind sie seltsamerweise immer verschlossen. Früher wurde da Werkzeug aufbewahrt, Schrauben, so etwas. Ich glaube, unsere Kinder hatten damals ihren Piratenschatz dort versteckt. Aber das ist jetzt auch zwanzig Jahre her.«

»Gibt es keinen Generalschlüssel?«, fragt Nicole.

»Verehrte Frau Kommissarin, hier handelt es sich nicht um Bankschließfächer, sondern um einen zwar sehr schönen, aber klapprigen Postschrank, der seit hundert Jahren nicht mehr genutzt wird.«

»Offensichtlich doch!«

»Na ja, neuerdings.«

»Mike, was ist, machst du uns die Schränke auf?«, fragt Kommissarin Stappenbek.

»Stellen Sie nur ruhig alles auf den Kopf«, echauffiert sich von Rissen jetzt wieder. »Die höheren Weihen unserer Gerichtsbarkeit haben Sie ja.«

Nicole schnupft kräftig und rückt ihre Sonnenbrille zurecht, geht aber auf von Rissens Ironie nicht weiter ein. »Komm, mach auf, Mike. Ich will jetzt wissen, was da drin ist.«

Mike Börnsen stochert konzentriert mit einem Dietrich in dem Schloss herum. Nach wenigen Sekunden ist ein Fach des alten Postschrankes geöffnet. Es ist das mit dem Kleeblatt.

»Gute Arbeit, Mike«, sagt Thies anerkennend.

»Hallo, was haben wir denn hier?« Börnsen zieht eine angebrochene Schachtel Präservative aus dem Fach und gleich hinterher ein rotes Bustier.

»Was ist das denn?«, fragt Huberta von Rissen entrüstet. Sie greift sich verlegen an die Perlenkette. »Onno, wie kommt so etwas in unser Kutscherhaus?«

»Ja, da will jemand alles Nötige griffbereit haben«, grinst Börnsen.

»Onno, wer hat diese Sachen hier …? Hast du etwa …? Ich kann das alles wirklich nicht glauben!« Huberta ist ernsthaft empört.

Von Rissen dreht gequält den hochroten Kopf im Hemdkragen und erwidert äußerst knapp. »Huberta, ich bitte dich!«

»Herr von Rissen, können Sie uns sagen, wer diese Dinge hier deponiert hat.«

»Einfach geschmacklos!«, krächzt von Rissen.

»Onno, wer hatte denn alles Zugang zu der Remise?«

Inzwischen hat der Kriminaltechniker das nächste Fach, das mit der Eichel, geöffnet und fördert ein Gleitmittel, einen abgegriffenen Prospekt für »Gummikleidung für den Garten« und »Zwanzig Stück Latexhandschuhe, leicht gepudert, unsteril« hervor.

»Falls uns die Handschuhe ausgehen«, grient Mike. »Krieg ich aber irgendwie nicht zusammen, Sex, Gummistiefel und Einmalhandschuhe.«

»Latex, mein Süßer«, raunt Nicole ihm zu.

»Die Handschuhe sehen irgendwie nach Krankenhaus aus«, sagt Thies. »Könnten von unserem Hamburger HNO-Professor sein.«

»Na ja, Herr Professor Müller-Siemsen war tatsächlich ab und zu mal hier«, sagt Huberta von Rissen. »Er hatte mich damals gebeten, hier während der Renovierungsarbeiten an seinem Haus ein paar Sachen unterstellen zu dürfen.«

»Pah, Sachen unterstellen ist gut, der feine Herr Doktor«, kräht von Rissen.

»Hier geht ja scheinbar das ganze Dorf ein und aus«, sagt Thies.

»Ich weiß davon nichts«, sagt Frau von Rissen pikiert.

»Gibt es sonst noch jemanden, der sich hier aufhielt?«, fragt die Kommissarin.

»Ich habe auch keine rechte Vorstellung, wie diese Dinge hierherkommen.« Allmählich wird auch von Rissen die Sache ziemlich peinlich.

»Übrigens, Ermittlungsergebnis von eben: Der Fingernagel ist wahrscheinlich von Swantje Ketels«, flüstert Thies Nicole zu. Huberta von Rissen bekommt es trotzdem mit. Ihr Blick verfinstert sich schlagartig.

Aus einem weiteren Fach, auf dessen Tür noch ein verblichener Keilerkopf zu erkennen ist, holen die Kriminaltechniker eine Schachtel Viagra und einen aufgerissenen

Sechserpack Piccolos hervor, von denen nur noch zwei Fläschchen übrig sind.

Begeistert und mit zunehmendem Tempo öffnet Börnsen ein Postfach nach dem anderen. In mehreren der Fächer liegt wirklich nur altes Werkzeug, doch dann fördern er und seine Kollegen genüsslich wieder Netzstrümpfe und Gleitcremes zutage und lassen sie in ihren Plastiktütchen verschwinden. Der Spaß an der Arbeit ist den Kriminaltechnikern deutlich anzusehen.

In allen Fächern werden die Kriminaltechniker fündig. Nur ein Fach ist leer, das Postfach mit dem Hasen.

»Verschlossen, aber leer. Komisch, oder?«, findet Börnsen.

»Jungs, ich will euch ja nicht ausbremsen, aber wir ermitteln hier nicht wegen abnormer Sexpraktiken«, sagt Nicole Stappenbek.

»Wir ermitteln wegen Mord!« Thies blickt ernst und wichtig.

»Aber wer hier welches Fach benutzt, das würde uns schon interessieren«, sagt die Kommissarin. »Wenn dies der Tatort ist, dann wollen wir natürlich wissen, wer hier so alles ein und aus geht.«

»Ich kann Ihnen da beim besten Willen

nicht weiterhelfen«, sagt Huberta von Rissen spitz. Ihr Mann zuckt nur die Schultern. Die Kommissarin weiß nicht recht, ob sie ihm seine Ahnungslosigkeit abnehmen soll.

»Mich würde viel mehr interessieren, wer das Hasenfach hatte. Das hat doch offensichtlich jemand leergeräumt. Vielleicht Brodersen?« Sie macht eine Pause. »Oder sein Mörder?«

22

»Wat denn?! Ich versteh kein Wort!!«, schreit Hühnerbaron Dossmann. Er hält einen Laubpuster in den Händen und treibt ein paar vereinzelte Blüten über den Waschbeton seiner Hauseinfahrt vor sich her.

»Hans-Werneeer!«, versucht seine Frau gegen das röhrende Gartengerät anzubrüllen. »Wat machst du denn? Is doch noch gar kein Laub!«

»Ja, guck doch, hier sind wieder die ganzen Scheißkastanienblüten von der Straße reingeweht!« Wütend pustet er ein kleines Blütenhäufchen über einen angetrockneten Jaucheplacken, sodass jetzt alles vermischt durch die Luft wirbelt.

»Wenn du alles sauber hast, is Abendbrot fertig«, schreit Frau Dossmann ungnädig gegen den Laubbläser an. Nach einem gemütlichen Abendessen klingt das nicht.

»Ja, ja, is ja gut, Erika«, ruft Dossmann und bläst die Kastanienblüten jetzt resigniert unter die Thujenhecke. »Auch schon egal.« Der

Geflügelzüchter bringt den Laubbläser in die Garage zurück.

Auf dem Couchtisch vor dem riesigen Fernseher steht eine Platte, auf der sich Käse- und Wurstschnittchen türmen. Im Fernsehen steht der Meteorologe des Regionalmagazins mit einem riesigen Puschelmikrofon, beide mit wehenden Haaren, auf Sylt und verspricht für die nächsten Tage schönstes Frühlingswetter.

»Buddel Bier, Hans-Werner?«, fragt Frau Dossmann und dann schnippisch: »Oder lieber roten Sekt?«

»Erika, eins will ich dir mal sagen, deine blöden Anspielungen kannst du dir schenken«, schimpft Dossmann und bekommt einen roten Kopf. »Wo hast das überhaupt her?«

»Ja, was denkst du denn, dat geht schon im ganzen Dorf rum.«

»Wat geht da rum?« Dossmann nimmt sich ein Schnittchen mit Jagdwurst von der Abendbrotplatte.

»Ja, was wohl? Dass du mit der Madame da aus 'm Wohnwagen … Und dann auch noch 'ne Russin.«

»Erika, wie oft soll ich dir das noch sagen: Da is nix dran.«

»Hans-Werner, du machst dich zum Gespött der Leute, und falls dich das interessiert, mich auch.«

Dossmann starrt auf den Wettermann im Fernsehen, als könne er damit die Vorwürfe seiner Frau ignorieren.

»Wie ich bei Ahlbeck im Laden angeguckt werd, da hättest du vorher mal dran denken sollen!« Die sonst immer friedliche Frau Dossmann wird ausgesprochen ungemütlich.

»Erika, ich hab jetzt wirklich andere Probleme. Thies Detlefsen und die Kommissarin lassen nämlich nicht locker.«

»Was woll'n die denn eigentlich immer von dir? Immer noch wegen Brodersen?«

»Na ja, dass Brodersen nich mehr is, da hab ich natürlich nix gegen, wenn ich ehrlich bin, aber das bringt den dusseligen Detlefsen und seine blonde Kommissarin natürlich auf ganz dumme Gedanken.«

Frau Dossmann sieht ihren Mann vorwurfsvoll an.

»Weißt doch, ich hab mit dem Zulieferer von dem großen Discounter schon alles beschnackt. Die Verträge laufen, nächstes Jahr muss ich ganz andere Stückzahlen liefern. Die neue Fläche von der Wiese ist längst eingeplant.«

»Aber was hat die Polizei damit zu tun? Die Wiese gehört doch von Rissen.«

»Ja, schon, ich hab 'n Vorvertrag mit von Rissen, aber da soll wohl noch ein anderes Schriftstück existieren. Ich hab den Verdacht, dass das Land gar nicht ihm, sondern ihr gehört. Und die feine Dame und Brodersen sollen ja … na ja. Ich trau dem Frieden nich so ganz. Vielleicht will der olle von Rissen auch nur den Preis treiben.«

»Hans-Werner, ich begreif das alles nich. Und dann noch diese russische Madame. Die hat dir das alles doch bestimmt eingebrockt.«

»Nu hör aber mal auf!«

Frau Dossmann dreht sich beleidigt um und verlässt das Wohnzimmer durch die gelbe Butzenscheibentür Richtung Küche. Der Geflügelkönig nimmt sich das angebissene Wurstbrot vom Teller. Er muss schnellstens mit von Rissen sprechen, um den Deal mit der Wiese perfekt zu machen.

23

»Ach, lässt dich hier auch mal wieder blicken?« Heike zieht eine Flappe, als Thies über Mittag mal kurz zu Hause vorbeischaut.

Die Zwillinge sitzen vorm Fernseher, starren gebannt auf eine Kochshow und stopfen Tortillachips in sich hinein, dass die Krümel nur so auf den neuen Dreisitzer stäuben. Telje hat ein Schulheft vor sich liegen, aber ihr Blick ist auf die beiden Fernsehköche gerichtet, die unter dem Johlen des Studiopublikums lautstark über die sachgemäße Behandlung eines Geflügels streiten.

»Schule schon aus?«, fragt Thies. Die Zwillinge lösen ihre Blicke kurz vom Fernseher und nicken einträchtig. »Und? Was habt ihr für Schularbeiten auf?«

»Och, nix«, nölt Tadje, während Telje zum Heft greift. »Hier, Papa, ich versteh dat nich!« Sie liest in Zeitlupe mit dem Finger auf der Zeile. »Lisa hat ... ein Buch, das sie ... in vier Tagen ... durchlesen will. An den ersten beiden Tagen liest sie fünfzehn Seiten, am dritten Tag achtzehn Seiten.«

»Ich dachte, zum Feuerwehrfest ham wir die Auffahrt fertig«, meldet sich Heike. »Die ganzen Siena-Paletten vor der Tür. Wie sieht denn das aus?«

»Ja, was denkst du denn, wir ham hier eine Befragung nach der anderen. KTU war auch wieder da.« Thies lässt sich von Telje das Schulheft in die Hand drücken.

»Ach, der süße Blonde von der Spusi«, sagt Heike schon etwas freundlicher.

»Was ihr bloß alle mit Mike habt?«

»Wie heißt der? Mike?« Heike grient und fasst sich ins Haar, das von Tag zu Tag wieder lockiger wird.

»Obwohl: guter Forensiker, hat Nicole gesagt.«

»Hat Nicole gesagt, soso.« Allmählich geht Heike diese Super-Kommissarin aus Kiel ganz schön auf die Nerven. »Nicole hier! Nicole da! Gibt ja wohl gar nichts anderes mehr …«

»Die sitzt eben nicht den ganzen Tag beim Friseur. Hat die gar keine Zeit zu. Da merkt man schon, dass die Kieler irgendwie ganz anders drauf sind.«

»Genau deswegen will ich ja mal raus aus Fredenbüll, Thies. Was ist denn nun mit dieser Kreuzfahrt ›Auf den Spuren von Odysseus‹?«

»Odysseus? Der Mann is doch jahrelang auf See rumgeirrt und hat nich wieder nach Hause gefunden. Heike, so viel Urlaub hab ich nich! Ich hab ’n Mordfall zu lösen.«

»Hier, Papa«, zeigt Telje auf ihr Heft, das sie Thies wieder aus der Hand gerissen hat. »… am dritten Tag achtzehn Seiten. Wie viel muss sie am vierten Tag lesen?«

»Aaachtzehn Seiten? Lisa? So viel schafft die doch niiiie!«, quakt Tadje.

»Menno, Tadje, nich Lisa Hinrichsen, die is hier aus ’m Heft … Wie viel, Papa?«

»Na, Telje, überleg mal. Sonst musst du dein Biene-Maja-Buch mal rauskriegen und selbst nachzählen.«

»Thies, wenigstens mal ein Wellness-Wochenende«, sagt Heike bockig.

Bei dem Wort Wellness befällt Thies sofort Unwohlsein. »Heike, wir ham hier die Nordsee, ’ne Badestelle, ’n neuen Fahrradweg. Wenn das nach unserm Bürgermeister geht, ist Fredenbüll bald Kurort. Wir ham hier das ganze Jahr Wellness.«

Heike verzieht den Mund und wendet sich resigniert wieder ihrer Kochsendung zu. Aber dann fällt ihr doch noch etwas ein: »Sach mal, Thies, wie lange will diese Nicole hier eigentlich bleiben?«

»Bis wir den Fall gelöst haben.«

»Da kommt ihr aber auch nicht recht weiter. Ist doch irgendwie komisch.«

»Wat denn, wir arbeiten auf Hochtouren. Ich sach mal, bis zum Feuerwehrfest sind wir mit dem Fall durch.«

»Und wat is nu eigentlich mit Swaantje?«

»Jaaa!« Thies macht eine bedeutungsvolle Pause. »Wat is mit Swaantje? Ich darf das eigentlich gar nich sagen, aber Swaantje steht unter dringendem Mordverdacht.«

»Wie bitte?« Das Stubenküken auf zarten Frühlingsgemüsen, das der Fernsehkoch gerade wortreich tranchiert, ist auf einmal uninteressant. »Kann doch gar nich sein. Das hat dir doch deine Nicole eingeredet. Swaantje wollte doch mit uns los, Queen Mary gucken.«

»Das sagt noch nicht viel. Jetzt ist sie zumindest flüchtig.«

»Na ja, stimmt schon, dass sie ihre Koffer

bei Renate stehen hat, dat is schon irgendwie komisch«, muss auch Heike zugeben.

Von der Ladestation aus der Schrankwand düdelt ›Waterloo‹ durch das Wohnzimmer. Heike stürzt zum Telefon. Bevor sie abhebt, fällt ihr noch ein: »Ach, Thies, übrigens, die Versetzung von den Zwillingen ist gefährdet, besonders Tadje. Du sollst mal zu der Lehrerin in die Sprechstunde kommen.«

»Ich?«

»Thiiies, das kannst du mal machen«, sagt Heike, während sie den Hörer abnimmt.

»Ich hab hier mal 'ne kleine Aufstellung gemacht, wer zu welchem Zeitpunkt wo gewesen ist«, sagt Nicole Stappenbek.

Die gleißende Sonne wirft ein paar gebündelte Lichtkegel in die kleine Amtsstube. Es ist wieder ein herrlicher Frühlingstag, fast zu warm für Anfang Mai. Auf dem Fahrradweg nach Neutönningersiel hat der Asphalt des bereits fertiggestellten Abschnitts in der ersten Frühlingssonne Blasen geworfen. Das Bauamt Niebüll soll den Schaden prüfen. Die Bauarbeiten sind vorübergehend eingestellt.

Nicole trägt trotz der Wärme ihre mokkabraune Lederjacke, darunter aber nur ein knalltürkises T-Shirt mit der roten Aufschrift »Kieler Sprotte«. Sie steht vor der Pinnwand mit der Fredenbüller Karte, auf der die unzähligen Zettelchen mit Namen, Automarken und -kennzeichen, Daten, Uhrzeiten und Motiven mittlerweile ein fröhliches Muster ergeben. Zwischen ihnen spinnt sich ein Netz von Pfeilen, das täglich dichter wird.

»Gute Idee, Nicole.« Aber die vielen Pfeile auf der Karte bringen Thies eher durcheinander, als dass sie Klarheit schaffen. »Swaantje … Brodersen … Dossmann … Lara Ketels … Unfallstelle Neutönningersiel … Remise«, liest er laut vor und richtet seinen blonden Frontspoiler. »Gelegenheit … Mittel … Motiv«, sinniert Thies.

Nicole muss grinsen. Nach der Durchsuchung in der alten Remise hatte sie gehofft, dass die Ermittlungen nun langsam in Fahrt kommen würden. »Allmählich fängt mich die Sache an zu interessieren«, hatte Nicole gesagt. Viel weiter sind sie dann allerdings nicht gekommen.

Nicole hat sich in ihrem Pensionszimmer bei Renate mittlerweile häuslich eingerichtet. Sie hat die Speisekarte in »De Hidde Kist« schon mehrmals durchbestellt, Rote Grütze abwechselnd mit und ohne Schuss. Nur der Espresso macchiato danach fehlt ihr doch. Aber sie will diesen Fall jetzt unbedingt lösen, selbst wenn sie noch ein Wochenende dranhängen und zum Feuerwehrfest bleiben muss.

Es ist schon ärgerlich. Trotz etlicher Vernehmungen sind sie keinen Schritt weitergekommen. Sie waren noch mal bei Dossmann und Lara Ketels gewesen. Sie hatten mit den beiden von Rissens gesprochen und mit der rassigen Alexandra. Besonders gesprächig war keiner von ihnen gewesen. Sie hatten Brodersens Polen verhört. »Nicole, das kann ich dir gleich sagen, die wissen nix«, hatte Thies die Kommissarin vorgewarnt. Nur einer war ihnen immer wieder durch die Lappen gegangen: Versicherungsvertreter Leif Ketels war entweder gerade weg oder schon unterwegs. Thies war kurz davor, eine Fahndung rauszugeben.

Die Blutspuren im Kofferraum von Brodersens Landrover wurden als seine eigenen identifiziert. »Aber vielleicht hat er zu dem Zeitpunkt noch gelebt und ist erst danach erschossen worden«, hatte Nicole zu Bedenken gegeben. In von Rissens Remise hatte zweifellos ein Kampf stattgefunden. Und dann gab es noch diese Schleifspuren im Sand. Wahrscheinlich war Brodersen auch dort erschossen worden. Wie und warum er dann in den Mähdrescher geraten war, ist den beiden immer noch ein Rätsel.

Auf dem historischen Jagdgewehr waren neben alten auch frische Fingerabdrücke sichergestellt, aber bislang nicht identifiziert worden. Auch die Blutspuren einer zweiten Person in der Remise konnte die Polizei noch niemandem zuordnen.

Zunächst wollte keiner etwas davon wissen. Aber nachdem sie mit ihren Hinterlassenschaften aus den Postfächern, den Präservativen, Gleitcremes und Sektvorräten, konfrontiert wurden, hatten immer mehr Fredenbüller ihre regelmäßigen Besuche in der alten Remise zugegeben. Aber alle baten eindringlich um Diskretion. Nicht nur Brodersen und Swaantje hatten hier ihre Rendezvous gehabt, Dossmann trifft sich mit seiner Angelique und der Eppendorfer HNO-Professor Müller-Siemsen mit einer jungen Assistenzärztin, während seine Frau im Reetdachhaus den historischen Bauernschrank restauriert. Salonbesitzerin Alexandra räumt ebenfalls gelegentliche Besuche in der Remise ein, verrät aber nicht, mit wem. Doch das weiß Thies ohnehin schon von Heike. Auch Bürgermeister und Edeka-Mann Hans-Jürgen Ahlbeck hat das Kutscherhaus genutzt, wenn auch nur zur vorübergehenden Lagerung eines Sonderpostens Großpackungen Vollwaschmittel, wie er behauptet. Die Polizisten glauben ihm das nicht. Den Besitzer des leeren Postfachs hatten Nicole und Thies noch nicht ermitteln können.

Sie haben von halb Fredenbüll die Fingerabdrücke genommen und an den verschiedensten Orten Reifenspuren von Landrovern sichergestellt. Viel weitergebracht hat sie das alles nicht, schließlich fährt das halbe Dorf Landrover. Der Geländewagen, den die weißrussische Angelique in der Mordnacht vor der Remise gesehen hatte, gehörte wahrscheinlich Brodersen. Außerdem hatten sie dort Reifenspuren von Onno von Rissens Landrover identifiziert. Aber das war nichts Ungewöhnliches, dem gehörte das Kutscherhaus schließlich.

»Und was ist mit dieser Lebensversicherung, die Klaas bei Lara gesehen hat?«, sinniert Thies an seinem Schreibtisch. »Ich hab ihn noch mal gefragt, aber er ist sich ganz sicher.«

»Du hast die Police doch auch gesehen, Thies?« Nicole zieht Luft durch die Nase.

»Ich glaub schon. Aber Lara leugnet alles. Sollen wir da nicht mal ’ne Durchsuchung machen?«

»Das müssten wir eigentlich auch über die Versicherung rausbekommen«, sagt Nicole. »Du hast doch auch Versicherungen über ihn laufen. Nürnberger? Oder?«

»Ja, ja, Nürnberger.« Thies sucht die Nummer heraus und wählt kurz entschlossen die Nummer der Versicherungszentrale in Nürnberg. Nach zehn Minuten Warteschleife wird er schließlich zu einer Dame durchgestellt, die ihm, nachdem er sich mit allen neu erlernten Abkürzungen vorgestellt hat, sogar bereitwillig Auskunft gibt.

»Ich hab hier tatsächlich eine Lebensversicherung auf den Namen Jörn Brodersen.«

»Und wer ist der oder die Begünstigte?«

»Eine Lara Brodersen, geborene Ketels. Die Versicherungssumme ist von zweihundertfünfzigtausend auf eine halbe Million erhöht worden. Das Seltsame ist nur …« Die

Versicherungsdame am anderen Ende der Leitung macht eine Pause. »… die Änderung datiert aus dem letzten Jahr und liegt hier bei den aktuellen Vorgängen. Ich weiß auch nicht … Also, eigentlich ist der Herr Seidelmaier für den Herrn Ketels zuständig. Aber der ist in Urlaub, also der Herr Seidelmaier.«

»Könnt das vielleicht sein, dass da nachträglich was dran gedreht worden ist?«, kommt Thies gleich zur Sache.

»Was heißt denn hier gedreht?« Die Versicherungsdame in Nürnberg ist entrüstet.

»Ich sach nur: rückdatiert.«

»Um Himmels willen, Herr Kommissar, ich will nichts gesagt haben. Eigentlich macht das Herr Seidelmaier. Soviel ich weiß, hat Herr Ketels in letzter Zeit kaum mehr Verträge für uns abgeschlossen.«

»Wie bitte?« Thies glaubt, nicht richtig zu hören. »Dat kann nich sein. Ganz Fredenbüll ist bei Ihnen versichert«, sagt Thies selbstbewusst. Nicole sieht ihn fragend an.

»Freden … was?«, fragt die Versicherungsfrau.

»Ja, Fredenbüll, Kreis Nordschleswig.«

»Um welche Versicherungsnehmer geht es denn genau?«

»Ja, weiß ich jetzt auch nich … eigentlich alle.« Thies überlegt. »Na ja, ich zum Beispiel. Ich hab bei Ihnen sämtliche Versicherungen. Kfz, Hausrat, Haftpflicht, Glas, Sturm, das Rundum-sorglos-Paket, Zahnzusatz hatte Leif von abgeraten.«

»Und Ihr Name, Herr Kommissar?«

»Detlefsen, Thies.« Die Dame in Nürnberg lässt ihn wieder eine Weile in der Leitung hängen. Dann glaubt Thies, nicht richtig verstanden zu haben.

»Wie bitte? Ich bin bei Ihnen als Versicherungsnehmer im System nicht registriert?«

24

»Na, Klaas, für mich was dabei?«, ruft Antje aus dem Nebel der Fritteuse heraus, als der Postbote den Imbiss betritt. Im Bratfett brutzeln ein Schaschlik und mehrere Portionen Pommes lautstark vor sich hin. High Noon in der »Hidde Kist«, es herrscht Hochbetrieb. Piet Paulsen und Bounty warten bei einem Pils auf ihr Mittagessen, ein junges Paar auf Durchreise pult aus einer Portion Sauerfleisch das Gelee heraus, und Professor Müller-Siemsen löffelt genüsslich eine Schale Rote Grütze mit Sahne.

»Jo, geht gleich los«, ruft Klaas. »Ich muss euch vielleicht was erzählen …« Als er realisiert, dass außer der Stammbesetzung noch andere Gäste anwesend sind, bricht er den Satz ab und stellt seine Posttasche unter Stehtisch zwei ab. »Antje, ich krieg erst mal Mettbrötchen und 'n Kaffee. Latte macchiato gibt's bei dir ja immer noch nicht, oder?«

»Wat ihr bloß alle habt. Thies seine Kommissarin fragt auch schon immer.« Energisch zieht Antje beide Frittierkörbe aus dem heißen Fett und hängt sie zum Abtropfen über der Fritteuse ein. »Aber wart mal ab, Maschine is bestellt. Kommt, wenn wir Glück haben, diese Woche noch.«

Klaas zieht seine Postjacke aus und hängt sie an den Garderobenhaken. »Ganz schön warm geworden, nä.« Er kämmt sich mit den Fingern seine dunklen durchgeschwitzten Haare nach hinten. »Guten Appetit, Herr Professor«, ruft er zum benachbarten Stehtisch hinüber.

»Klaas, auch 'ne Rode Grütt? Grade frisch gemacht.« Sie salzt die Pommes frites. »Habt ihr gesehen, neulich hat Schuhbeck im Fernsehen Rote Grütze gemacht, hat Heike Detlefsen erzählt, mit Chili drin.«

»Chili?«

»Warum nich, is mal was anderes, nä«, meint Piet Paulsen.

»Herr Professor, is in Ordnung, die Grütze?«

»Wieder ein Traum, Frau Antje!«, schwärmt Müller-Siemsen mit halbvollem Mund. »Das Rezept müssen sie sich patentieren lassen. Da kann Schuhbeck einpacken.«

»Der Herr Doktor isst nämlich sozusagen

Probe. Morgen is wieder Musik auf ’m Gut. Da liefere ich fünfzig Portionen.« Antje serviert Putenschaschlik und Pommes.

»Wenn das Kammerquartett den Händel vergeigt, dann muss Antjes Rote Grütze das Konzert retten. Wenn der gute Onno nicht vorher alles aufgefuttert hat. Der alte von Rissen ist ja ganz verrückt nach Roter Grütze.« Der Eppendorfer Professor schmunzelt in sich hinein. Der Rest der Belegschaft übergeht die Bemerkung.

»Und Bounty hat auch die Gitarre dabei«, sagt Klaas mit Blick auf den mit Aufklebern übersäten Gitarrenkoffer, der neben der Garderobe lehnt.

»Ja, gleich Probe«, nuschelt der Alt-Kommunarde. »Wir spielen Sonnabend mit ›Stormy Weather‹ auf ’m Feuerwehrfest. Mit ’ner neuen Sängerin.«

»Fix was los in Fredenbüll«, verkündet Antje stolz.

»Hier, Susi, komm«, lockt Piet Paulsen den Schäfermischling. »Fleisch magst ja nicht mehr, kriegst die Ananasstückchen. Die Schietananas mag ich sowieso nich.«

»Warum bestellst dann immer das Schaschlik Hawaii?«, fragt Bounty.

»Klingt irgendwie gut, find ich. Und is schön scharf.«

»Piet, ich kann dir das auch statt Ananas mit mehr Zwiebeln oder so machen. Musst nur was sagen.«

»Nee, lass ma, dann is dat ja kein Hawaii mehr«, krächzt der Landmaschinenvertreter im Ruhestand.

»Darf's für Sie noch was sein, Herr Professor?« Antje kommt, was sie normalerweise nicht tut, hinter ihrem Tresen hervor und räumt das Geschirr ab.

»Espresso macchiato wär jetzt gut, was, Klaas.« Müller-Siemsen blinzelt dem Postboten zu.

»Also, Herr Doktor!«, juchzt Antje.

Müller-Siemsan zahlt und steigt draußen auf sein altes Rad.

Bounty schiebt sich genüsslich die zweite Hälfte eines Kokosriegels in den Mund. Dann gibt auch das auswärtige Paar den Kampf mit dem Sauerfleisch auf, zahlt und verlässt den Imbiss.

Kaum sind die beiden draußen, beugt sich Antje verschwörerisch über ihren Glastresen. »Was' los, Klaas? Spuck's aus!«

Klaas holt die Posttasche unter dem Tisch

hervor. »Hier, Antje, erst mal deine Post.« Er reicht ihr zwei Briefe. »Und dann hab ich hier noch 'ne Postsendung. Und die is echt der Hammer!« Er zieht ein fliederfarbenes Kuvert heraus und hält es stolz hoch. »Ein Brief an Leif Ketels!« Die Runde blickt fragend auf den Brief. »Und jetzt passt auf, Absender: Swaantje Ketels!«

»Oha, Post von der Vermissten«, sagt Bounty.

»Oder von der Toten«, ergänzt Antje.

»Kann doch gar nicht sein«, bemerkt Klaas treffend.

Der Brief geht von Stehtisch zu Stehtisch und wird von allen ausgiebig begutachtet. »Erkennt ihr die Schrift?«, fragt Bounty.

»Könnt schon die von Swaantje sein«, sagt Antje, »oder, was meinst du, Klaas? Du kennst dich doch damit aus.«

»Ja, ich glaub auch. Sieht nach Swaantje aus.«

»Der Poststempel ist vom Elften, das war Freitag, oder? Das war der Tag, als Swaantje verschwand. Und heute is Donnerstag. Dat kann doch gar nich angehen«, rechnet Antje. »So lange braucht doch kein Brief.«

»Na ja ... doch, doch ...«, überlegt Klaas,

»wenn du das hier im Kasten vor der Kirche einwirfst … Wenn du Pech hast, ist die Leerung schon durch. Dann wird erst Montagmorgen wieder geleert, dann geht die Post erst mal nach Niebüll, Flensburg, Hamburg. Hauptpost, da wird sortiert.«

»Klaas, so genau wollte ich dat auch wieder nich wissen.« Antje wendet den Brief hin und her.

»Moment! Und dann geht das wieder zurück: Flensburg, Niebüll, bis die Post dann bei mir landet.«

»Kein Wunder, dass die Post pleite is«, krächzt Paulsen dazwischen.

»Würd mich ja nun brennend interessieren, was da drinsteht. Obwohl, denken kann ich's mir.«

»Weiß ich jetzt auch nicht«, überlegt der Postbote laut. »Soll ich den Brief nu' austragen, oder muss ich Thies benachrichtigen?«

»Klaas, lass uns doch mal aufmachen. Wir sind hier doch unter uns«, meint Wirtin Antje eifrig.

»Von Postgeheimnis hast wohl noch nix gehört, oder was?«

»Eben … deswegen. Thies muss bestimmt erst irgendwelche Genehmigungen einholen.

Wir können doch mal kurz reingucken und Thies dann ’n Tipp geben.«

»Meinst du?« Klaas sieht fragend in die Runde. Bounty nickt lässig. Paulsen blickt zustimmend.

»Komm, Klaas, kriegt doch keiner mit. Kurz über Dampf …«

»Aber nicht dat Bratfett!«

»Mensch, Klaaaas! Hier, Schnellkocher!«

25

»Ich kann die Policen raussuchen. Sind alle in dem Ordner im Wohnzimmerschrank.« Heike ist am Telefon gegen den lauten Fernsehton kaum zu verstehen, als Thies sie unterwegs vom Handy aus anruft.

Die beiden Polizisten sind in Nicoles Mondeo auf dem Weg zu Leif Ketels. Sie haben beide Seitenfenster heruntergefahren. Der Fahrtwind flattert warm durch das Innere des Autos. Nicole hat ihre Sonnenbrille ausnahmsweise mal nicht im Haar stecken, sondern auf der Nase. Ihre Lederjacke hat sie ausgezogen und auf den Rücksitz gepfeffert, während Thies in seiner engen Uniform vor sich hin schwitzt. Leichter Schweißgeruch und zwei Deodorantdüfte mischen sich mit dem schweren Duft des Weißdorns.

»Alle Nürnberger Versicherung, bei Leif Ketels abgeschlossen? Oder?«

»Ja, wieso, wir hatten alle Versicherungen schon immer bei Leif…«, schreit Heike zurück in den Telefonhörer.

»Ja, eben nicht! Heike, da stimmt was nich. Wahrscheinlich sind wir überhaupt nich versichert.«

»*Zahnzusatz* haben wir nich. Aber sonst alles, das Rundum-sorglos-Paket. Ich kann das raussuchen.«

»Dat nützt uns nich viel«, brüllt Thies jetzt fast in sein Handy. »Die sind wahrscheinlich alle getürkt. Ich erklär dir das später.« Er legt auf und lässt das Handy in seiner Polizeijacke verschwinden.

Thies hält einen Arm aus dem Seitenfenster und lenkt sich den Luftstrom zur Kühlung ins Gesicht. »Sach mal, Nicole«, wendet er sich an die Kollegin, die ihr Auto lässig mit drei Fingern am Lenkrad durch den nordfriesischen Frühling gleiten lässt. »Antje hat erzählt, als bei ihr neulich im Imbiss die Fritteuse abgefackelt war, hat Leif ihr einfach zweihundertfünfzig Euro in die Hand gedrückt. Sonst wär der Bonus weg, hat er gesagt, und das würde sich nicht rechnen.«

»Bonus?«

»Genau, is doch komisch, Bonus bei ’ner Fritteuse, hast du so was schon mal gehört?«

»Du meinst, der streicht hier die Prämien für Versicherungen ein, die es gar nicht gibt?«

»Und dann die Sache mit Renate. Du weißt schon, dat geflammte Fahrrad, das kurz weg war. Da wollte er Renate wohl auch 'n Fünzig-Euro-Schein in die Hand drücken.«

»Aha.«

»Wenn nix Größeres ist, rechnet sich das. Kein Wunder, dass Leif hier immer den Dicken macht. Der hat hier allein in Fredenbüll zig Versicherungen laufen. Jedes Auto und jedes Reetdach ist bei Leif Ketels versichert. Hat schon mancher gesagt, wir wären alle 'n büschen überversichert. Sogar die Schafe sind versichert.«

»Schafe? Komm, Thies!«

»Nee, kein Flachs, is angeblich irgend so 'ne Tierversicherung, wenn die Viecher die Maul- und Klauenseuche kriegen, oder so.«

»Ich glaube, da hat uns der gute Herr Ketels einiges zu erklären.«

»Nicole, dat ist Versicherungsbetrug, und zwar im ganz großen Stil!«

»Für Betrug bin ich eigentlich gar nicht zuständig. Das ist 'ne andere Abteilung.«

»Siehst du, Nicole, das is hier in der Dienstnebenstelle Fredenbüll eben anders. Bei mir läuft dat alles zusammen.«

Heute steht Leif Ketels' nagelneuer Benz vor der Doppelgarage. Die beiden Polizisten scheinen Glück zu haben. Es sieht so aus, dass der Vertreter der Nürnberger zu Hause ist. Auch Leif und Swaantje Ketels haben in der neu erschlossenen Stichstraße am Rande von Fredenbüll gebaut. Der Rotklinkerbau ist nicht ganz so pompös wie Dossmanns Hütte ein paar Häuser weiter, aber irgendwie freundlicher. Die Einfahrt ist zwar auch mit Waschbetonplatten ausgelegt, aber statt Thujen säumen ein Holzzaun und wilde Nordseerosen das Grundstück. Neben dem Namensschild aus gebranntem Ton hängt das offizielle Schild der Nürnberger Versicherung – »Im Zeichen der Burg« – an der Haustür. Vom Eingang aus hat man einen Blick in Ketels' Büro, das mit im Erdgeschoss untergebracht ist.

Der Gong tönt wie in einem buddhistischen Kloster.

»Ommm«, imitiert Nicole ein Meditations-Mantra und grinst. Die beiden warten eine ganze Weile und läuten ein zweites Mal. Als sie gerade wieder gehen wollen, öffnet sich die Tür.

Leif Ketels trägt eine große dunkle Brille

und über den Brillenrand ragt ein in allen Regenbogenfarben schillerndes Hämatom. Er hat immer noch ein Pflaster im Gesicht und eins am Ohr. Seine linke Hand ist dilettantisch mit einer leicht angeschmuddelten Mullbinde umwickelt. Nicole und Thies werfen sich einen kurzen, vielsagenden Blick zu. Eben hatten sie noch völlig im Dunkeln getappt. Doch ganz plötzlich, von einem Moment zum anderen, scheint der Mörder vor ihnen zu stehen. Auf einmal ist es für die Polizisten sonnenklar, dass Leif Ketels es war, der in jener Nacht in die blutige Auseinandersetzung in der Remise verwickelt war. Ein Streit mit Jörn Brodersen – wegen Swaantje oder warum auch immer –, bei dem Ketels Brodersen am Ende erschossen hat?

Thies und Nicole sehen sich noch einmal an. Waren sie eigentlich blind gewesen? Dass Ketels nie erreichbar und ihnen in den letzten Tagen immer wieder ausgewichen war, hätte sie doch längst stutzig machen müssen. Auf dem getöpferten Türschild steht ganz deutlich in geschwungenen Tonwürstchen die Lösung des Falles: Leif Ketels.

»Moin, Leif«, sagt Thies in einem Ton, als würde er seinen desolaten Zustand überhaupt nicht bemerken. »Leif, das ist KHK Stappenbek aus Kiel. Kannst dir ja denken, warum wir hier sind.«

Der Versicherungsvertreter steht völlig bewegungslos in der Tür und sagt keinen Piep.

»Tach, Herr Ketels«, sagt Nicole, ohne ihm die Hand zu reichen. »Herr Ketels, wir haben ein paar Fragen an Sie.«

Endlich öffnet Ketels den Mund: »Wissen Sie, das passt mir im Augenblick eigentlich gar nicht.«

»Dat kann ich mir denken«, bemerkt Thies knapp.

Ketels hofft anscheinend, bei der Kommissarin Verständnis zu finden. »Sie sehen ja selbst.«

»Dann erklär uns doch bitte mal, wie das überhaupt passiert ist.« In Thies' Frage schwingt ein bei ihm seltener ironischer Unterton mit.

»Blöd ausgerutscht. Im Badezimmer.« Er spricht so leise, dass die Polizisten ihn kaum verstehen können.

»Auf der Seife ausgerutscht und dann ins Rasiermesser gefallen, oder wie seh ich die Sache?«, höhnt Thies.

»Ich weiß, das klingt jetzt blöd«, winselt Ketels kleinlaut.

»Wollen wir das nicht drinnen bereden?«, schlägt Thies vor, und die Kommissarin ergänzt: »Ich glaube, wir brauchen ein paar Minuten.«

»Wenn es sein muss«, nuschelt Ketels und bittet die beiden Polizisten herein. »Kennst dich ja aus, Thies.«

Von einer Diele aus kann man einen Blick in das kleine Versicherungsbüro werfen. Auf dem Schreibtisch und auch auf dem Fußboden stapeln sich Aktenordner, Schnellhefter und lose Papiere. Im Vorbeigehen zieht Leif panisch die Tür zu und schleust Thies und Nicole in den Wohnbereich. Er bewegt sich schwerfällig.

»Ihr seht ja selbst, ich bin auf Besuch gerade überhaupt nicht eingerichtet«, flüstert Ketels sichtbar nervös. »Ihr wisst ja, die Sache mit Swaantje.«

Im Wohnzimmer muffelt es. Auf dem Couchtisch vor dem Fernseher stehen schmutziges Geschirr, eine fast leere Flasche Wein aus dem Edeka-Sortiment und Pommesreste in einem Pappschälchen aus »De Hidde Kist«, das Ketels fahrig mit einer Hand zur Seite schiebt. Er trägt noch immer die Sonnenbrille.

»Bitte.« Mit der verbundenen Linken deutet er auf die Sitzecke. Die beiden Polizisten setzen sich.

»Herr Ketels, Sie sprechen es selbst an: Was ist mit Ihrer Frau? Uns wundert es, dass Sie sie bei Herrn Detlefsen vermisst gemeldet haben.«

»Bei Klaas … aber egal.«

»Und dann sind Sie für uns tagelang nicht erreichbar. Haben Sie denn irgendein Lebenszeichen von Ihrer Frau erhalten?«

Leif schüttelt den Kopf. Endlich setzt er seine Sonnenbrille ab. Das Veilchen um das rechte Auge herum wird in seiner ganzen Pracht sichtbar. »Ich habe überhaupt keine Erklärung für ihr Verschwinden. Ich mache mir die größten Sorgen.«

Das klingt sogar überzeugend, findet Thies.

»Wir haben nun aber deutliche Hinweise darauf, dass Ihre Frau Sie verlassen wollte.« Nicole muss ein Niesen unterdrücken.

»Wer behauptet das denn?« Ketels' Stimme klingt etwas fester.

»Wir«, sagt Thies ganz ruhig. »Leif, dat is

nu ’n offenes Geheimnis, dass Swaantje was mit Jörn Brodersen hatte …«

»Das geht uns natürlich gar nichts an …«, ergänzt Nicole.

»… aber dann stehen da noch Swaantjes rote Koffer bei Renate«, sagt Thies.

»Herr Ketels, jetzt erzählen Sie uns doch erst mal, wie Sie sich ihre Verletzungen zugezogen haben.« Nicole schnieft einmal kräftig.

»Hab ich doch gesagt«, stottert Leif.

»Ja, ja, ich weiß, Leif, Badewanne … und ich bin der Polizeipräsident von ganz Deutschland.«

»Herr Ketels«, Nicole Stappenbek sieht ihn jetzt eindringlich an, »bevor Sie sich um Kopf und Kragen reden, wir haben sehr eindeutige Hinweise darauf, dass in der Remise des Gutes von Rissen ein Kampf stattgefunden hat. Und wenn ich mir Sie so ansehe, liegt der Schluss nahe, dass Sie daran beteiligt waren.«

Ketels sieht Nicole Stappenbek unsicher an.

»Der ganze Tatort ist mit Spuren übersät. Wir werden gleich Fingerabdrücke und eine Speichelprobe von Ihnen nehmen. Wenn Sie sich Ihre Verletzungen dort in der Remise zugezogen haben, werden wir das sehr bald wissen.«

»Komm, Leif, da müssen wir gar nich lange schnacken«, versucht Thies den Versicherungsvertreter zu einer Aussage zu bewegen.

Ketels zupft sich mit der unverletzten rechten Hand an seinem dünnen Schnurrbart. »Ich hab Ihnen gar nichts zu trinken angeboten.«

»Jetzt lenk ma nich ab! Die Frau Kommissarin hat dir 'ne Frage gestellt.« Thies wird ungeduldig und beugt sich zu Ketels vor.

»Herr Ketels, das Leugnen macht doch keinen Sinn mehr«, redet ihm Nicole Stappenbek gut zu.

Es ist regelrecht zu sehen, wie es in dem schmächtigen Mann arbeitet. Die spiddeligen rotblonden Härchen des Schnurrbartes zittern. »Ja, stimmt, ich war in der Remise. Aber nicht nur ich. Das halbe Dorf geht da ein und aus.«

»Das haben wir inzwischen auch ermittelt«, sagt Thies, »aber die haben nicht alle solch Veilchen wie du und nicht halb so viele Pflaster im Gesicht. Leif, spuck's aus, du warst in der Nacht von Freitag auf Sonnabend in der Remise und hast dir Brodersen mal richtig vorgeknöpft!«

»Jaaa, ich war dort.« Ketels steht auf, geht leicht humpelnd ein paar Schritte. »Aber es war alles ganz anders, als ihr denkt.«

»Wir denken uns jetzt mal gar nichts. Wir wollen einfach nur wissen, wie es war.« Thies Detlefsen kommt langsam in Fahrt. Nicole wirft ihm einen anerkennenden Blick zu.

»Ich kam in die Remise und habe meine Frau und Brodersen dort … Also, sie lag bewusstlos da und Jörn presste ihr ein Kissen ins Gesicht.« Ketels gestikuliert vor Aufregung mit beiden Armen, dem gesunden und dem verbundenen. »Verdammt, aber ich hab ihn nicht erschossen!«

»Wie kommen Sie denn darauf, dass Herr Brodersen erschossen wurde?«

»Ja, also, ich dachte«, stottert Ketels.

»Du hast dir die alte Jagdflinte geschnappt. Stand ja schussbereit da. Musst uns hier nicht für blöd verkaufen«, schnauzt Thies ihn an.

»Und das Verhältnis, das Brodersen mit Ihrer Frau hatte, war für Sie nicht der einzige Grund, ihn aus dem Weg zu räumen. Wir sind bei unseren Ermittlungen noch auf etwas ganz anderes gestoßen.« Im Gegensatz zu ihrem Kollegen bleibt die Kieler Kommissarin ganz ruhig im Ton. »Es existiert da eine Lebensversicherung von Jörn Brodersen, Begünstigte ist Ihre Schwester Lara.«

»Ja und? Das is doch nichts Besonderes bei verheirateten Leuten.« Ketels' Stimme klingt in diesem Moment etwas fester.

»Wir wundern uns nur, dass die Versicherungssumme deutlich erhöht wurde, und zwar erst nach dem Eintreten des Versicherungsfalles«, behauptet Nicole Stappenbek einfach ins Blaue.

Leif Ketels bekommt schon wieder diesen flackernden Blick. »Woher haben Sie denn diese Information?«

»Wir haben mit Ihrer Hauptniederlassung in Nürnberg gesprochen.«

Ketels zupft fahrig an seinen Barthaaren. »Mit wem? Mit Seidelmaier?«

»Dat sind laufende Ermittlungen«, funkt Thies dazwischen. »Da können wir jetzt noch gar nix sagen. Aber eines weiß ich mit Gewissheit, Leif, nämlich dass ich mehr als eine Versicherung bei dir abgeschlossen hab, Haftpflicht, Hausrat, Feuer und so weiter und so weiter.«

»Ja und?«

»Und? Ja, nix! Ich bin bei euch in Nürnberg im System überhaupt nicht registriert!«

»Wer behauptet das?«, fragt Ketels unsicher.

»Wer? Is doch scheißegal! Die kennen mich in Nürnberg überhaupt nicht! Kannst du mir das mal erklären? Und was is mit den ganzen anderen Versicherungen hier in Fredenbüll?«

Ketels läuft jetzt wie ein aufgescheuchter Hase durchs Wohnzimmer. Wie ein Jäger sein Wild verfolgt ihn Thies mit seinen Blicken und überlegt, ob sie Leif gleich verhaften sollen. Thies' Blick bleibt kurz am Wohnzimmerregal hängen, wo es sich eine Hasenfamilie aus bemaltem Ton gemütlich gemacht hat. Er sieht schon überall Hasen. Es ist zum Verrücktwerden. Und dann fällt Thies der alte Postschrank in der Remise ein. Hatte das leere Fach nicht auch ein Hasensymbol? War das vielleicht das Fach von Leif Ketels? Während Ketels immer panischer über den Wollteppich hetzt, verständigen sich die beiden Polizisten mit einem kurzen Blick.

»Fluchtgefahr?«, flüstert Thies, ohne dass der Versicherungsmann es mitbekommt.

Nicole nickt und niest zweimal hintereinander. »Herr Ketels, wir benötigen noch Ihre

Fingerabdrücke und eine Speichelprobe. Das können wir nicht hier machen. Und dann würde uns auch noch interessieren, wie Ihr Schwager in den Mähdrescher kam. Ich muss Sie bitten, uns aufs Revier zu begleiten. Wir müssen Sie dann auch dortbehalten, bis die Verdachtsmomente gegen Sie geklärt sind.«

»W-w-was denn für ein Revier?«, stottert Ketels.

»Ja, wat denn! Dienstnebenstelle Fredenbüll!«, ruft Thies empört.

»Es handelt sich um eine vorläufige Festnahme.«

Ketels hat noch gar nicht ganz verstanden, dass er gerade verhaftet wird. »Ich muss Sie darauf hinweisen, dass Sie das Recht haben, die Aussage zu verweigern … Wenn Sie wollen, können Sie einen Anwalt benachrichtigen. Sie können sich ein paar persönliche Sachen einpacken.« Die Kommissarin hat sich von ihrem Sessel erhoben. »Thies, willst du Herrn Ketels begleiten?« Sie nickt ihm aufmunternd zu.

Ganz schön routiniert, wie Nicole das macht, denkt Thies. In den letzten Tagen sind sie ein richtig gutes Team geworden.

Dann bugsiert Thies Ketels in Richtung

Treppe, die nach oben zum Bad führt. »Komm, Leif, auf geht's, Zahnbürste, Rasierzeug, Unterhose zum Wechseln. Nur das Nötigste!«

26

»Verehrte Huberta, was ist nur los in unserem beschaulichen Fredenbüll«, säuselt Müller-Siemsen. Der Hamburger Professor trägt in Erwartung des Kammerkonzertes einen schlabbrigen weißen Sommeranzug und dazu den unvermeidlichen Strohhut. Er sieht aus, als wolle er in einem Tschechow-Stück mitspielen. Huberta von Rissen begrüßt ihn mit Küsschen.

»Von einem toten Biobauern lassen wir uns nicht unser Händel-Konzert verderben, nicht wahr, lieber Doktor.« Sie fasst ihn verschwörerisch am Arm.

Müller-Siemsen grinst. »Auf gar keinen Fall. Das Dresdner Quartett soll ja eine Wucht sein«, gerät er lauthals ins Schwärmen.

Huberta von Rissen, wie immer im englischen Tweed und mit Perlenkette, ist gerade dabei, ihre litauische Haushaltshilfe beim Aufstellen der Stühle und dem Arrangieren diverser Blumengestecke im Salon des Gutshauses zu dirigieren. »Hier doch keinen Stuhl hin!«, ranzt Huberta das Mädchen an. »Von hier aus kann man die Musiker doch gar nicht sehen!« Zu Müller-Siemsen gewandt, verdreht sie die Augen. »Doktor, die Rote Grütze ist doch bestellt?«, fragt sie streng.

»Alles ordnungsgemäß bestellt«, antwortet der Arzt ironisch unterwürfig. »Und ich habe auch vorgekostet. Ist wieder köstlich. Meisterin Antje wollte eigentlich schon geliefert haben. Sie kommt bestimmt gleich.«

Jetzt stolpert auch Herr von Rissen in den Salon. Anscheinend hat er schon den einen oder anderen mittäglichen Schoppen intus. Sein Gesicht leuchtet bordeauxrot.

»Ohne Rote Grütze keine Musik, was, Müller-Siemsen?«, ruft von Rissen dem Professor im Kasino-Ton mit blecherner Stimme zu. »Unseretwegen könnten wir den Händel auch auslassen, was.«

»Damit wäre Ihre Frau Gemahlin aber sicher nicht einverstanden.« Müller-Siemsen lacht gekünstelt und zwinkert Huberta zu.

»Na ja, meine Frau gefällt sich darin, ab und an das Volk ins Haus zu holen. Aber bitte, wenn es denn sein soll!«

»Lieber Doktor, Sie wissen ja, Onno ist ein großer Kulturliebhaber.«

»Unfug! Nichts dagegen! Ich weiß nur nicht, was diese Leute bei uns im Haus zu suchen haben. Friesische Bauern, Provinzbürgermeister, ein Dorfgendarm, der sich das Hemd nicht richtig zuknöpft, und dann auch noch dieser abgehalfterte Althippie. Aber man sieht ja, wo diese demokratischen Sitten hinführen!«

»Onno, ich weiß wirklich nicht, was unsere Kammermusik mit dem Tod von Jörn Brodersen zu tun haben soll.«

»Verschone mich mit diesem Namen!« Vom Blechernen schlägt die Stimme ins Kläffende um. »Außerdem, was veranstaltet ihr hier schon wieder für eine Unordnung?«

»Onno, bitte ... lieber Doktor, Sie müssen entschuldigen.«

»Lieber Doktor, lieber Doktor ... meine Güte! Als hätten wir nicht ganz andere Probleme!« Der alte von Rissen redet sich immer mehr in Rage. Der Professor und das Dienstmädchen blicken betreten. »Während meine Frau hier den Konzertimpresario gibt, sitzen uns mal wieder die Gläubiger und das Finanzamt im Nacken. Wir hätten längst unsere Wiese zu Geld machen können.« Von Rissens

Gesichtsfarbe tendiert zunehmend ins Violette. »Meine liebe Huberta, der alte Dossmann hat grad noch mal sein Angebot nachgebessert. Aber gnä' Frau hat ja offensichtlich andere Pläne. Das hat man davon, wenn man seiner Frau sein Hab und Gut überschreibt …«

»Nur weil mein Vater …«

»… der Hamburger Pfeffersack in seinen Anzügen von der Stange …«

»… dich gerettet hat. Und jetzt ist es schon wieder so weit, dass wir Hamburger Pfeffersäcke einspringen sollen! Weil uns der feine Herr am Roulettetisch im Travemünder Casino um Hab und Gut bringt.«

»Baccara! Bitte! Baccara!«

Müller-Siemsen wird die ganze Situation zunehmend unangenehm. Huberta von Rissen nestelt erregt an ihrer Perlenkette.

»Sie sehen, die Familie ist sich da nicht ganz einig«, versucht Huberta den Eklat herunterzuspielen. »Wissen Sie, die Polizei geht bei uns neuerdings ein und aus. Das geht Onno an die Nerven. Und auf das Mordopfer ist er schon gar nicht gut zu sprechen.«

»Uns belastet diese Geschichte ja alle. Aber verehrte Huberta, ich glaube, ich werde mich dann erst mal verabschieden«, sagt Müller-Siemsen.

»Dieser bekiffte Gigolo! Am liebsten wärst du ja mit ihm durchgebrannt. Ein Weingut in Südafrika wolltet ihr übernehmen, oder was war das? Lachhaft!«, kläfft der alte von Rissen immer weiter, während er aus dem Salon herausstolpert. »Früher wären wir einfach mit den Sekundanten im Morgengrauen vor den Deich gezogen. Aber alle nicht mehr satisfaktionsfähig! Da schießt man sich am besten selbst eine Kugel in den Kopf«, hört man von Rissen im Selbstgespräch aus dem Nebenraum. »Immer noch die eleganteste Lösung.«

Huberta von Rissen ringt die Hände, Tränen stehen in ihren Augen. »Meine Güte, wo hast du denn jetzt die Stühle hingestellt?«, blafft sie das Dienstmädchen an.

Als Müller-Siemsen kurz darauf vor dem Gutshaus auf sein Fahrrad steigt, fährt Antje im geliehenen Kleinbus des Klempners aus dem Nachbardorf Reusenbüll auf der Kiesauffahrt vor, auf dem Beifahrersitz Hündin Susi und im Laderaum fünfzig Portionen Rote Grütze. Onno von Rissen belädt gerade den Kofferraum seines Landrovers mit Wolldecken und einem Zehn-Liter-Benzinkanister.

27

Die kleinen bunten Fähnchen über der Dorfstraße schaukeln müde im Frühlingswind. Aus einer Garage heraus kreischt eine Kreissäge. Es ist nicht mehr warm, sondern schon unnatürlich heiß. Das Thermometer vor dem Edeka-Markt zeigte gegen Mittag siebenundzwanzig Grad. Auch am späten Nachmittag ist es noch lauschig wie im Sommer. Immer mehr Blütenpollen stäuben durch die Luft, völlig untypisch für die Nordsee. Nicole Stappenbek hat ihr Nasenspray im Dauereinsatz.

Die Fredenbüller holen für das große Feuerwehrfest die Sommerklamotten heraus. Der Schimmelreiter paradiert im Corolla, hinter dem Steuer mehr liegend als sitzend, wieder mit selbstbewusst aufgedrehtem Sound durch den Ort.

Vor dem Gutshaus der von Rissens steht ein Wagenpark von Oldtimern mit Kennzeichen aus ganz Norddeutschland, englische Roadster in Rallyegrün, ein alter Jaguar und ein James-Dean-Porsche. Der Händel-Nachmittag ist grade zu Ende gegangen. Jetzt stehen ein paar blasierte Typen mit Haartolle und Einstecktüchern und die dazugehörigen Damen mit Perlenkettchen zwischen ihren Museumsautos und bieten sich gegenseitig Orientzigaretten aus Pappschachteln an. Sie würdigen die aus Dresden angereisten Musiker, die ihre Instrumente gerade in einen Kleinbus bugsieren, keines Blickes.

Ein paar Häuser weiter wird gerade aufgebaut. »One, two … one, two«, hallt es seit einer halben Stunde gebetsmühlenartig durch die Scheune des historischen Fachwerkhauses. Auf der farbig ausgeleuchteten Bühne hüpft Bounty mit umgehängter Stratocaster von Mikrofon zu Mikrofon und zelebriert den Soundcheck. Im Hintergrund schraubt der Drummer von »Stormy Weather« an seinem Schlagzeug herum. Der Rest der Band sitzt draußen auf den Strohballen, die auf dem neuverlegten Kopfsteinpflaster vor der Scheune als Sitzgelegenheit für das Fest ausgelegt sind, trinkt Maibock und isst Antjes Mettbrötchen. Die mit Spannung erwartete neue Sängerin ist aus dem fernen Flensburg noch gar nicht eingetroffen.

»One, two! Sören, hau bei der Zwei ruhig ein paar mehr Bässe rein!«, ruft Bounty dem Tontechniker zu und spielt auf der E-Gitarre die Anfangsakkorde von ›Brown Sugar‹ an, dass in der Fachwerkscheune die Papiergirlanden vibrieren und Biergläser klingeln.

Die Frühlingslüfte wehen die Soundfetzen bis zu der kleinen Wache hinüber. Thies hat sich angeboten, schnell den Bericht zu schreiben. Dann will er noch mal kurz nach Hause, um sich für das Feuerwehrfest umzuziehen und den Frontspoiler mit einer Extraportion Gel in Form zu bringen. Heute Abend muss der Fall mal ruhen, heute ist Feuerwehrfest. Und wenn er dort in Uniform aufkreuzt, dann wird Heike langsam sauer, da hat Thies ein ganz deutliches Bauchgefühl. Er sitzt vor der alten Schreibmaschine und starrt Sinsic in sein blödes Grinsen.

Am Tag nach seiner Festnahme hatten sie Leif Ketels gleich wieder freilassen müssen. Spuren von Ketels' Blut waren zwar überall in der Remise, auf dem Griff der Sense und erstaunlicherweise auch auf dem Mähdrescher gefunden worden. Aber die sichergestellten Fingerabdrücke auf der Waffe gehörten eindeutig nicht ihm. Und selbst nach gründlichster Suche waren keinerlei Schmauchspuren an ihm oder an seiner Kleidung zu Hause gefunden worden. Selbst der mutmaßliche Versicherungsbetrug musste warten. Am Wochenende lässt sich im Nürnberger Firmensitz sowieso nichts klären.

»Immerhin haben wir nach all den Jahren unsere Zelle mal eingeweiht«, hat Thies zu Nicole gesagt. »Is doch ’n Jammer, dass der Raum überhaupt nicht genutzt wird. Dat Klo is praktisch wie neu.«

Auch Hühnerbaron Dossmann läuft ihnen nicht weg. »Keine Flucht- und eigentlich auch keine Verdunklungsgefahr«, hatte Nicole gesagt. Und die seit einer Woche verschollene Swaantje wird vermutlich nicht gerade heute Abend zum Feuerwehrball wieder auftauchen.

In der letzten Woche ist in Fredenbüll so viel passiert wie seit der großen Sturmflut 1962 nicht mehr, und da war Thies Detlefsen noch gar nicht auf der Welt. Die Ereignisse der letzten Tage hatten in dem idyllischen Ort allerlei durcheinandergebracht. Die Nachricht von der Verhaftung des Versicherungsvertreters hatte sich wie ein Lauffeuer verbreitet, ebenso die seiner Freilassung. Über potenzielle Mörder wird wild spekuliert. Aber die Meldung des Tages ist dann doch Nicole Stappenbeks Besuch im Salon Alexandra. Zur Klärung des Verhältnisses zwischen Ketels und Alexandra hatte die Kommissarin der Friseurmeisterin morgens einen Besuch abgestattet. Zwei Stunden später verließ sie den Salon ohne entscheidende neue Erkenntnisse, aber mit einer neuen Frisur fürs Feuerwehrfest.

»Na, hast deine Kieler Sprotte schon gesehen?«, wurde Thies mittags in »De Hidde Kist« höhnisch begrüßt.

»Auf einmal hat die so ’ne Löwenmähne«, gluckste Antje.

»Na ja«, meinte Klaas. »Eher wie ’n Flokati, der mal wieder in die Reinigung müsste.«

Nicht nur Nicole war beim Friseur. Die gesamte Fredenbüller Damenwelt ist zum Feuerwehrfest mit neuen Haarkreationen erschienen. Alexandra und Lehrling Janine mussten in den letzten beiden Tagen Extraschichten einlegen. Die Resultate sind beeindruckend. Heikes Freundin Sandra hat einen streichholzlangen Struppelschnitt auf dem Kopf, der in langes Nackenhaar mit rotvioletten Strähnen ausläuft. Sie sieht aus wie ein Apachenhäuptling. Die Frau des Bürgermeisters hat eine doppelte Portion Zuckerwatte auf dem Kopf. Marrets Frisur ähnelt dem Zeug, mit dem man Postpäckchen auspolstert. Heike hat wieder glatte Haare. Diesmal ist es Thies glücklicherweise gleich aufgefallen. Und eines haben die Damen gemeinsam. Sie duften intensiv nach dem neuen Raumspray aus dem »Salon Alexandra«: Maiglöcken.

Die Fredenbüller haben den festen Vorsatz, sich heute Abend zu amüsieren. Alle sind gekommen. Kommissarin Stappenbek will unbedingt mitfeiern, und Kriminaltechniker Mike Börnsen ist extra aus Kiel angereist.

Mehrere Mitglieder der Freiwilligen Feuerwehr von Fredenbüll haben draußen auf den Strohballen bereits zünftig getankt. Hühnerbaron Dossmann hat mehrere Runden spendiert. Die blaue Festtagsuniform von Brandmeister Thormählen sitzt schon etwas lässiger. Auf dem Großgrill kokeln ein paar vergessene Thüringer vor sich hin, für die auch Susi nur einen verächtlichen Seitenblick übrig hat. Der Schäfermischling streunt gut gelaunt auf der Suche nach einem vegetarischen Happen zwischen den Strohballen und Bierbänken umher.

Leif Ketels genießt die wiedergewonnene Freiheit. Er hat ein Pflaster weniger im Gesicht und trägt statt Mullverband jetzt eine elastische Binde um die linke Hand. Neben mehreren leeren Schnapsgläsern hat er einen doppelten Küstennebel vor sich stehen und erzählt allen von seinen Erfahrungen aus der Haft. Der Eppendorfer Professor, der mit seiner jungen Assistenzärztin gekommen ist, lästert mal wieder über den Jauchemief.

»Stormy Weather« müht sich redlich, den Saal in Schwung zu bringen. Doch Bountys Favoriten aus den Siebzigern provozieren bei den Fredenbüllern nur ein müdes Abwinken. Bei dem dazwischengeschobenen ›An der Nordseeküste‹ kommt kurz mal Stimmung auf, die Bounty aber mit einem zehnminütigen Gitarrensolo gleich wieder dämpfen kann. Auch die neue Sängerin aus Flensburg, in enger schwarzer Lederhose, mit doppelreihigem Schellenring und Glitter im Haar, kann die friesische Feuerwehr bislang noch nicht vom Hocker reißen.

Sandra, Marret, Friseurin Alexandra und

Heike stehen an der improvisierten Sektbar gegenüber der Bühne. Sie tuscheln mit Blick auf Mike Börnsen und glucksen wie die Teenager. Als der blonde Spusi-Mann den Damen eine Runde Sekt spendiert, wird die Stimmung vertraulicher. Börnsen erzählt Schauermärchen aus der Welt der Kriminaltechnik und erklärt der juchzenden Frauenriege, wie die Spermaspuren auf den Mähdrescher gekommen sind.

Verständnislos betrachtet Thies Börnsens Auftritt aus der Ferne. »Kann doch nich sein, der Junge is doch noch ’n Grünschnabel«, raunt er Brandmeister Thormählen zu.

»Brodersen braucht einen Nachfolger«, sagt der Feuerwehrmann. »Ich mocht ihn ja nich, aber da war Brodersen doch ’n anderes Kaliber.«

Die beiden blicken versonnen auf die Tanzfläche, auf der ein mutiges Paar zu den Klängen von ›Angie‹ einsam durch die Fachwerkscheune schiebt. Hündin Susi hat es sich derweil unter dem Bierausschank gemütlich gemacht und knabbert an einem roten Damenpumps, den sie irgendwo im Gelände erbeutet hat.

Wie sonst auch sitzen Piet Paulsen, Klaas

und Antje zusammen, statt am Stehtisch heute eine Etage tiefer an einem der Biertische, ein seltsames Bild, zumal Antje ohne Kittelschürze wie verkleidet aussieht. Nicole hat sich zu dem Trio gesellt. Sie scheint es heute Abend darauf angelegt zu haben, der Stammbesetzung aus »De Hidde Kist« ihre Trinkfestigkeit zu beweisen. Einzelne neugierige Fredenbüller schleichen immer wieder um den Tisch herum, um einen scheuen Blick auf die Kieler Kommissarin zu werfen. Ein schwer angetüdelter Jungfeuerwehrmann fragt sie sogar übermütig nach ihrer Telefonnummer. »Kannst dir ganz einfach merken: eins, eins, null!«, ruft Nicole. Die anderen lachen, und Nicole prostet ihnen zu. Thies steigt bei der Köm-Runde mit ein, während Gemahlin Heike jetzt mit dem Spusi-Mann über die Tanzfläche schaukelt. Ziemlich engumschlungen, registriert Thies und kippt schnell einen roten Korn.

Im Saal kommt jetzt Stimmung auf. Bei ›Polonaise Blankenese‹ trottet halb Fredenbüll in einer langen Schlange zwischen den Biertischen hindurch. Im Anschluss kommt auch das Tanzgeschehen richtig in Schwung. Die

Fredenbüller akzeptieren jetzt sogar die Stones-Klassiker von »Stormy Weather«, die nach einem Joint in der Tanzpause richtig aufdrehen. Bei ›Jumping Jack Flash‹ tobt die neue Sängerin über die kleine Bühne, dass ihr der Glitter aus den Haaren fliegt und Piet Paulsen beim Schunkeln die Gleitsichtbrille von der Nase rutscht.

Mike Börnsen läuft als Eintänzer zur Hochform auf und flüstert den Damen beim Klammerblues die tollsten Geschichten über aufgequollene Wasserleichen oder die neusten Methoden bei der elektrostatischen Oberflächenprüfung ins Ohr. Die Mädels sind hin und weg. Die Fredenbüller Männer sind abgemeldet. Jetzt hält er die rassige Friseurin Alexandra in seinen geschickten Kriminaltechnikerhänden.

Die Stimmung steigt. Nur Leif Ketels wird immer kleinlauter, als etliche Fredenbüller ihn mit Fragen nach ihren Versicherungen bedrängen. Dass es mit den bei ihm abgeschlossenen Policen nicht zum Besten steht, hat sich schnell herumgesprochen. Als sich auch noch Piet Paulsen nach dem Stand seiner Zahnzusatzversicherung erkundigt, verdrückt sich Ketels heimlich.

»Mensch, Thies, wir sind doch ’n richtig gutes Team.« Nicole hat bereits leichte Artikulationsprobleme. Sie legt ihren Kopf vertraulich auf Thies’ Schulter, dass ihn ihre neue Föhnfrisur im Gesicht kitzelt.

»Ehrlich gesagt, den vollen Durchblick ham wir ja noch nich. Aber ich hab ’n gutes Gefühl, dass wir den Fall gelöst kriegen.« Thies blickt prüfend zu Heike, die sich mit geschlossenen Augen in Börnsens Armen wiegt.

»Thies, prost.« Nicole blinzelt ihm zu. »Wir kriegen das hin.« Nicole hebt wieder ihr Glas.

Durch die Tanzenden hindurch steuert Susi auf die Runde zu und präsentiert stolz ihren erbeuteten roten Damenschuh. Der Hund legt den Kopf schief und guckt erwartungsfroh.

»Susi! Aus! Was hast du da überhaupt? Was sie immer alles so anschleppt. Jaa! Susi, fein! Komm!« Antje will nach dem Schuh greifen. Doch in dem Moment nimmt die Hündin den Pumps wieder ins Maul und trottet Richtung Bühne.

Inzwischen hat sich auch eine Abordnung der Jungschnösel vom Händelkonzert auf dem Gut unters Volk gemischt und die Sektbar geentert. Doch die jungen Männer trinken Bier und Köm statt Sekt und kommen sich dabei unheimlich zünftig vor.

»Ist ja echt kultig«, quiekt ein junges Mädchen in Lodenjäckchen und nippt an einem roten Korn.

Der Schimmelreiter steht mit seiner Bierflasche daneben und staunt. »Sacht mal, warum fahrt ihr eigentlich alle diese alten englischen Kisten? Hast doch nur Ärger mit.«

»Weil es schöne Autos sind«, sagt einer der Jungen mit dem Halstuch und wirft sich die Stirntolle aus dem Gesicht.

»Schön?« Der Schimmelreiter hat Zweifel. »Willst mal 'n geiles Auto sehen?« Das Halstuch überhört die Frage.

Zwei der Schnösel reißen sich ihr Tweedjackett vom Leib, stürmen die Tanzdiele und spielen den Disco-King, was gründlich danebengeht. Huberta von Rissen tanzt mit dem Edeka-Bürgermeister zu ›Sympathy for the Devil‹. Dabei ist ihr deutlich anzumerken, dass sie das lieber mit Brodersen gemacht hätte. Die Flensburger Rockröhre stampft den Bühnenrand auf und ab. Auch HNO-Professor Müller-Siemsen versucht ein paar

Mike-Jagger-Schritte in Erinnerung an die Hamburger Uni-Partys der Siebziger. Seine junge Assistentin verzieht sich maulend an den Sekttresen, während Apachensquaw Sandra hottend die Stellung übernimmt.

Auch Nicole zieht Thies gleich auf die Tanzfläche. Thies merkt, dass die anderen gucken, aber Nicole lässt das anscheinend kalt. Sie hängt ihm zutraulich am Hals. Thies versucht Heike nebst Spusi-Mann zu entdecken, kann sie aber nicht finden.

»Ey, ihr Haschbrüder da vorne, könnt ihr mal was anderes spielen als diese moderne Musik!«, schreit da ein Obstbauer aus dem Nachbarort Richtung Bühne.

»Hey, Mann, der Song is vierzig Jahre alt, du Schnarchnase«, rotzt Bounty ins Mikro, während der Rest der Band weiter »Ooo, who, who« in die Mikros röchelt.

»Alter, wir wollen Metal hören«, kreischt jetzt der Schimmelreiter und kann sich dabei kaum mehr auf den Beinen halten.

»Hauke, du fährst heute nicht mehr. Kleiner Tipp von einem, der es gut mit dir meint«, ruft Thies ihm zu.

»Ja, is schon klar«, antwortet der Schimmelreiter kleinlaut. Aber im nächsten Moment brüllt er schon wieder »Highway to Hell« und reckt die Faust nach oben.

»Kommst mit nach draußen, Thies, ich muss mal eine rauchen …« Nicole hat sich aus Thies' Armen gelöst und schaut ihn von unten an. Sie lacht. »'n büschen Sterne gucken.«

Sie ist ganz schön wackelig auf den Beinen und hakt sich bei Thies unter.

»Ich hab wohl ein paar Klare zu viel gehabt«, lallt sie, allzu sehr um deutliche Aussprache bemüht.

»Ach was, Nicole, macht doch nix.«

Arm in Arm stolpern die beiden in die Frühlingsnacht.

Im Saal entsteht derweil eine intensive Diskussion über die weitere musikalische Gestaltung des Abends.

»Spielt ma was von Howie!«, brüllt ein einsamer Trinker.

»… an der Nordseeküste!«, schreit ein anderer und klatscht in die Hände.

»Ich find die Band genial«, ruft der Typ mit dem englischen Sportwagen und will gerade Friseurin Alexandra auffordern.

»Sach ma, wollt ihr nich lieber mit eure

eigenen Perlen tanzen!«, poltert einer der Feuerwehrleute und rempelt den Schnösel an.

Der lässt sich das nicht bieten und schubst seinerseits den Feuerwehrmann. Die beiden gehen aufeinander los. Der Obstbauer aus Reusenbüll, ein halbvolles Bierglas in der Hand, will auch mitmischen. Ein danebenstehendes Tanzpaar reißt es von den Beinen. Die beiden schlagen lang hin und bekommen auf dem Boden liegend gleich eine Bierdusche hinterher. Bountys Aufforderung »Echt, Leute, Peace!« heizt die Situation erst richtig an.

»Scheiß Hippie-Sprüche«, schreit einer.

Brandmeister Thormählen geht dazwischen, wird aber sofort selbst in die Schlägerei hineingezogen. Der Obstbauer langt mit der flachen Hand einmal kräftig hin, dass die Hornbrille des Jungschnösels ein paar Meter durch die Luft fliegt. Der Feuerwehrmann bekommt aus dem Rückraum unverhofft einen doppelten Küstennebel ins Gesicht. Bevor sich die Restbesetzung der Freiwilligen Feuerwehr an dem Meinungsaustausch beteiligt, schaltet sich Postbote Klaas ein. Doch erst das resolute Auftreten Huberta von Rissens, assistiert von Imbisswirtin Antje, kann die Gemüter beruhigen. Mit einem gefühlvoll geschluchzten ›Tür an Tür mit Alice‹ versucht auch »Stormy Weather« zur Entspannung der Lage beizutragen. Plötzlich hört man einen spitzen Schrei, und Pensionswirtin Renate läuft wild gestikulierend hinter Hündin Susi her.

»Dat is genau das Rot!« Sie zeigt auf den Schuh, den Susi immer noch im Maul herumschleppt. »Wo is Thies? Und die Kommissarin? Dat is dasselbe Rot!« Renate ist vollkommen aus dem Häuschen.

»Wat is los, Renate?«, ruft Piet Paulsen. »Hast eine von Bounty seine Pillen genommen, oder was?« Vereinzelt hört man ein Lachen.

»Susi, bring den Schuh!«, ruft sie quer durch den Saal. »Antje, ruf du sie mal. Das is genau das Rot!«

»Renate, nu mal ganz sutsche«, versucht Klaas sie zu beruhigen. »Was is denn los?«

»Susi! Aus!«, ruft Antje.

»Dat is genau das Rot von dem Kofferset, das bei mir seit ’ner Woche rumsteht. Und in genau dem Rot hat Swaantje auch Schuhe.«

»Das is Swaantjes Schuh, du hast recht. Ich

hab sie schon in denen gesehen«, bestätigt Antje. »Wo Susi den bloß herhat …?«

»Du meinst …?«, fragt Klaas mit bedeutungsvoller Pause. Antjes Gesichtsausdruck ist besorgt.

»Susi muss uns zu der Stelle führen, wo sie den Schuh gefunden hat. Das kann sie«, sagte Antje stolz.

»Wir sollten jetzt nichts ohne Thies unternehmen.«

»Und wo ist Thies?« Klaas sucht bereits nach seinem Handy.

»Ja, der ermittelt da wohl grad was bei seiner Kommissarin. Oder wie seh ich das?«, brummt Paulsen. Die Umstehenden johlen. Sandra, Marret und einige andere sind dazugekommen. Und dann auch Heike, ohne Spusi-Mann. »Was ermittelt Thies denn?«, fragt sie blauäuig.

»Du warst doch auch, ich sach mal, kriminaltechnisch unterwegs«, sagt Klaas mit dem Handy am Ohr.

Er zuckt die Schultern. »Is nur die Mailbox dran.« Er sieht Antje vielsagend an.

»Oh, oh«, sagt die Imbisswirtin nur.

28

Eine größere Abordnung des Feuerwehrfestes macht sich auf die Suche nach dem Fundort des roten Schuhs. Angeführt von Susi und Frauchen Antje marschiert die Gruppe zielstrebig aus dem Ort hinaus Richtung Neutönningersiel. Die Gesellschaft ist insgesamt ein bisschen wackelig auf den Beinen. Der Hund ist wahrscheinlich der einzig Nüchterne.

Antje hält ihm immer wieder den roten Pumps unter die Nase und ruft energisch »Susi, such!«.

Susi sieht kurz zu ihrem Frauchen hoch, schnuppert an dem Damenschuh und läuft mit hängender Zunge weiter. Ab und zu dreht sie sich um, ob auch alle hinterherkommen. Klaas leuchtet die Straße mit seiner Taschenlampe aus.

»Alle Achtung, Taschenlampe immer dabei«, sagt Mike Börnsen anerkennend zu dem Postboten.

»Klar, wenn ich im Dunkeln zustellen muss.«

Doch gegen das helle Mondlicht in dieser Nacht ist der schummrige Lichtkegel auf dem Asphalt kaum zu erkennen. Klaas leuchtet einige der Straßenschilder an, die wegen der Bauarbeiten am Fahrradweg aufgestellt sind. Absolutes Halteverbot, Fahrbahnverengung, in kürzesten Abständen wechselnde Geschwindigkeitsbegrenzungen und immer wieder das Dreieck mit dem Bauarbeiter neben dem Sandhaufen. Die Straßenmeisterei des Landkreises hat aufgestellt, was an Schildern da war.

»Dass Thies und seine Kommissarin jetzt nich dabei sind, is schon irgendwie blöd … ganz wohl is mir dabei nich«, sagt Klaas zu Börnsen. »Sind wir denn überhaupt befugt, zu ermitteln?«

»Na klar, das müssen wir sogar. Ich bin ja da, und du bist doch auch so was wie Thies' Assistent.«

»Auch wieder richtig.«

Susi hat das Tempo verschärft. Die Gruppe kommt kaum hinterher. Indianerin Sandra hat mit den Nachwirkungen etlicher Sekte zu kämpfen und knickt auf ihren neuen Pumps immer wieder um.

»Wo will der Hund denn mit uns hin?«,

will Brandmeister Thormählen wissen, der viel lieber zurück zum Fest will.

»Richtung Neutönningersiel. Eindeutig«, sagt Klaas.

»Ob sie den Schuh an der Badestelle gefunden hat? Kinder, dat bedeutet nichts Gutes«, orakelt Antje, ganz im Tonfall einer Chefermittlerin.

»Meinst du, Swaantje is ertrunken?«, fragt Sandra entsetzt.

»Ich weiß es doch auch nicht.«

Susi ist auf dem frisch asphaltierten Fahrradweg entlanggelaufen und wartet dann auf die Gruppe.

»Wie weit is das denn noch?«

»Neutönningersiel? Noch sechs Kilometer! Hast das Schild nich gesehen?«, informiert Klaas den Spusi-Mann.

»Sechs Kilometer?! Hallooo?« Börnsen rutscht vor Schreck die blonde Tolle ins Gesicht.

»Bist auch nich so der große Wanderer, oder?«, sagt Klaas.

»Wenn ihr mich fragt, ich halt das Ganze für 'ne Schnapsidee«, findet einer der Feuerwehrleute. »Hätten wir nich fahren können?«

»Und wie soll der Hund dann die Witterung aufnehmen, mit ’m Navi, oder wie?« Antje schüttelt den Kopf. »Mann, Mann, Mann, und du bist bei der Feuerwehr.«

Susi wird unruhig. Sie umkurvt ein paar rot-weiße Leitkegel, die hier seit einer Woche an dieser Stelle stehen, seitdem die Bauarbeiten ruhen. Ab hier ist der Fahrradweg noch nicht asphaltiert. Im nächsten Stück ist der ausgehobene Graben, in dem gleichzeitig eine neue Kanalisation verlegt wird, mit gelbem Sand zugeschüttet und planiert. Der Hund läuft immer wieder kurz auf den Sand und schnüffelt.

»Sie wittert was!«, ruft Antje. Susi läuft mit leuchtenden Augen weiter. Die Meute trabt erwartungsvoll hinterher.

Ein Stück weiter beginnt rot-weiß gestreiftes Absperrband. Hier endet hinter einem Überholverbotsschild für landwirtschaftliche Fahrzeuge die gewalzte Sandstrecke. Der Graben ist noch nicht zugeschüttet, die Rohre liegen offen. Der Sandhaufen zum Verfüllen liegt schon bereit. Am Straßenrand steht eine Planierraupe, eine gelbe Warnleuchte blinkt müde in die Nacht.

Susi springt unternehmungslustig in den Graben. Mit den Vorderpfoten rutscht sie auf dem Abwasserrohr aus. Börnsen, Klaas und Antje klettern als Erste über das Absperrband. Die anderen eilen hinzu.

»Ja, wo ist die Susi?«, ruft die Imbissbesitzerin dem Hund zu. Susi bellt zweimal, stellt die Ohren auf und setzt sich neben das Rohr. »Brav! Wo is die Susi?«

»Ja, wat denn? Die sitzt da unten in der Grube!«, funkt der Feuerwehrmann genervt dazwischen.

Die ganze Gruppe hat sich mittlerweile am Graben postiert und sieht zu dem Hund hinunter. Klaas leuchtet mit der Taschenlampe. Sofort geht ein Raunen durch die nächtliche Wandergruppe.

»Was denn, ich kann gar nichts sehen.« Sandra drängelt sich aus der hinteren Reihe nach vorne, dass Brandmeister Thormählen dem Hund fast hinterherrutscht.

Klaas tastet mit dem Lichtkegel der Taschenlampe den Graben ab.

»Da!«, ruft Antje.

»Wo?«, fragt Thormählen.

Susi stupst mit ihrer Schnauze gegen etwas. Das ist eindeutig ein Fuß, ein nackter Frauenfuß, der aus einer Plastikfolie unter dem aufgeschütteten Sand herausstakt. Die Fußnägel sind fliederfarben lackiert. Susi scharrt weiter und legt einen zweiten Fuß frei, der in einem roten Pumps steckt. Der Hund setzt sich stolz vor seine Beute. Er wirft Frauchen hechelnd einen kurzen Blick zu, dann bewacht er wieder den roten Pumps.

»Ach, du Scheiße!«, stöhnt der Feuerwehrmann. »Ich glaub das jetzt nich!«

Apachin Sandra wird schlagartig zum Bleichgesicht. »Swa-a-antje«, haucht sie und kämpft mit dem Gleichgewicht.

In dem Moment muss der Mond ein Stück weitergezogen sein. Denn auf einmal fällt ein fahler Lichtstrahl wie ein Bühnenscheinwerfer in den ausgehobenen Graben direkt auf zwei kalkweiße Frauenfüße, die in dem Licht der Taschenlampe eben nur diffus zu erkennen waren. Der hochhackige Schuh leuchtet knallrot aus dem Dunkel heraus. Die Nägel des anderen Fußes schillern unheimlich violett. Den Anwesenden hat es die Sprache verschlagen. Außer KTU-Mann Börnsen, der unversehens einen klaren Kopf hat.

»Freunde, zurücktreten. Antje, vor allem muss dein Hund da schnell raus.« Börnsen hat sofort sein Handy gezückt. »Scheiße, Nicole, jetzt geh schon ran, das darf doch nich wahr sein. Scheißmailbox«, sagt er nervös. »Nicole meld dich, wir haben hier eine Tote … an der Straße nach …«

»… Neutönningersiel«, rufen alle im Chor.

»Wir müssen den Fundort hier sichern. Aber haben wir nicht wenigstens schon mal ’ne Schaufel?«

»Ist das so eilig?«, fragt Klaas. »Den toten Brodersen haben wir auch erst mal in seinem Mähdrescher liegen lassen.«

»Na, die Kollegen werden begeistert sein, dass sie schon wieder am Sonntag randürfen.«

»Ich mach denen auch wieder Rote Grütze«, sagt Antje. Besonders begeistert klingt das allerdings nicht. Und auch den anderen, die die nächtliche Wanderung eben noch als Partyevent betrachtet hatten, stehen verschreckt und mucksmäuschenstill vor der Baugrube und starren auf die bleichen Füße der toten Swaantje.

Durch die Stille dringt plötzlich das Röhren eines Motors, das allen Anwesenden sehr vertraut ist. Aus Richtung Fredenbüll leuchten sechs Scheinwerfer auf. Der Schimmelreiter bringt seinen perlmuttfarbenen Corolla mit quietschenden Reifen zum Stehen. Das Auto rutscht ein Stück auf die Gruppe zu, bevor es zum Stehen kommt. Hauke Schröder springt heraus: »Es brennt!«

Einige drehen sich zu ihm um. »Ach wat, wir ham hier 'ne Tote«, ruft einer der Feuerwehrleute.

»Es bre-e-e-n-nt!« Die Stimme des Schimmelreiters überschlägt sich.

»Wieso? Wo? Ich seh nix«, sagt Brandmeister Thormählen.

»Verdammte Scheiße, darf doch nich wahr sein, der alte Stall auf 'm Gut brennt und die gesamte Feuerwehr von Fredenbüll steht hier an der Baustelle vom Fahrradweg und macht einen kleinen Nachtspaziergang, oder was?«

»Ein Brand?« Mike Börnsen guckt interessiert aus dem Graben raus.

»Dat kommt heute Abend aber dicke«, stellt Klaas mit kühlem Kopf fest. »Und ausgerechnet jetzt machen Thies und seine Kieler Sprotte die Fliege.«

»Hauke, wie viel Mann kriegst in dein' Wagen rein?«, fragt Oberfeuerwehrmann Thormählen auf einmal sehr energisch.

»Darf Hauke überhaupt noch fahren?«, fragt Antje. Thormählen winkt ab. Und schon zwängen sich fünf Feuerwehrleute zwischen die Tausend-Watt-Boxen in Haukes Corolla.

In dem kleinen Waldstück neben dem Gut der von Rissens ist ein rötliches Leuchten zu sehen wie beim Bikebrennen oder beim Osterfeuer. Und plötzlich haben alle den Brandgeruch in der Nase.

29

»Da, schon wieder 'ne Sternschnuppe.« Nicole Stappenbek zeigt zum Himmel. Sie hat Thies den Arm um die Taille gelegt. In der anderen Hand hält sie die brennende Zigarette. Arm in Arm stolpern sie über den Deich. Nicole bleibt ein paarmal in den Löchern hängen, die die Schafe in den Deich getreten haben. »Und da hinten«, sie zeigt auf den silbrigen Streifen, der sich hinter dem Vordeich am Horizont abzeichnet. »Ist das die Nordsee?«

»Na klar, das is die Nordsee.«

Über das Wasser flirrt wie Lametta das Mondlicht. Vom Feuerwehrfest weht die Musik herüber. Vor allem die Bässe sind zu hören. Dazwischen schrillt vom Wasser her immer mal wieder das Piepen von ein paar Austernfischern. Am Himmel steht ein Dreigestirn. Nicole und Thies bleiben auf der Krone des Deiches stehen.

»Schön. Echt schön, oder?« Nicole wirft ihre Zigarette ins Gras.

»Jupiter und Venus«, sagt Thies. »Na ja, und der Mond, klar, nä.«

»Echt? Jupiter und Venus? Woher weißt du das?«

»Weiß auch nich.«

»Mir ist irgendwie ein bisschen schlecht.« Nicole atmet tief durch.

»Hast 'n büschen schnell getrunken«, meint Thies grinsend.

»Stimmt, einfach 'n büschen schnell.« Sie muss lachen. Dann zieht sie seinen Kopf zu sich herunter – nur ein Stück, so viel kleiner ist sie ja gar nicht – und küsst ihn. Das kommt für Thies etwas überraschend, für Nicole eigentlich auch. Aber sie küssen sich ausgiebig, bis beiden schwindelig wird.

Nicole hält inne. »Sag mal, was ist das eigentlich auf einmal für Scheißmusik?«

»Howie? Oder?«

Sie lachen beide und küssen sich noch einmal. Er schmeckt Tabak und roten Korn, sie Flensburger Pilsner.

Dann taumeln sie den Deich hinunter. Nicole rutscht einmal aus und legt sich kurz hin, knapp neben die Schafsscheiße. Thies zieht sie wieder auf die Beine, und sie laufen ein ganzes Stück über die mondbeschienene

Wiese Richtung Außendeich und wissen nicht, was sie sagen sollen.

Abrupt bleibt Nicole stehen, hält sich an ihm fest und atmet tief durch. »Scheiße, Thies, mir ist richtig übel. Aber meine Nase ist auf einmal völlig frei!«

Aus heiterem Himmel schrillt das Alarmsignal der Feuerwache durch die Landschaft. Der Sirenenton übertönt alles. Als sie auf den Deich steigen, sehen sie die Flammen in dem Waldstück beim von-Rissen-Gut.

»Was ist das, Thies? Gehört das zum Fest?«

»Du meinst 'ne Feuerwehrübung? Nee! Eindeutig nee!«

Thies deutet jetzt in die andere Richtung. Ein Stück entfernt Richtung Neutönningersiel steht ein Auto mit aufgeblendeten Scheinwerfern am Deich. Die Lichtkegel mehrerer Taschenlampen flackern nervös durch die Dunkelheit.

»Schön, dass ihr auch schon da seid«, sagt Börnsen mit Blick auf Nicole. »Hast dein Handy nich an, was? Wo wart ihr überhaupt?« Der Kriminaltechniker beugt sich gerade über die Tote. Postbote Klaas steht mit einer Schaufel daneben. »Hier in Fredenbüll is die Post schneller als die Polizei … normal is das nich.«

Hauke Schröders Corolla steht mit laufendem Motor am Straßenrand, um mit seinen Scheinwerfern den Fundort der Leiche auszuleuchten. Die Tote ist zum großen Teil in eine Plastikfolie verpackt und sorgfältig mit braunem Klebeband verschnürt. Die Füße schauen unten heraus. Dort ist die Folie zerrissen und mischt sich mit dem gelben Sand. Am oberen Ende hat Börnsen vorsichtig den Kopf freigelegt. Die Haut ist kalkweiß, die Lippen sehen rissig aus und wie mit Gletscherbrandsalbe eingeschmiert, die blauen Augen stieren in den Sternenhimmel.

»Swaantje!« Thies ist so erschrocken, dass er seinen Kuhblick glatt vergisst. »Aber irgendwie hab ich es geahnt.«

»Und Susi hat sie gefunden!«, verkündet Antje stolz, die mit Sandra, dem Schimmelreiter und einigen anderen am Rand der Baustelle steht. Der Hund stellt die Ohren auf und blickt wissend.

»Gute Arbeit, Antje«, sagt Thies wichtig, und Antje kann ein zufriedenes Lächeln gerade noch unterdrücken.

Börnsen konzentriert sich wieder auf seine

Arbeit. Ausgerüstet mit rosaroten Gummihandschuhen, einer Rolle Gefrierbeuteln und einer stinknormalen Haushaltsschere wickelt der Spusi-Mann Swaantje Stück für Stück aus der Folie und sichert erste Spuren. Die Tote liegt halb eingepackt wie eine Mumie im gleißenden Licht der Nebelscheinwerfer. Ihre Jeans sieht aus wie frisch aus der Wäsche, und auch die weiße Bluse sitzt akkurat und ist bis zum obersten Knopf zugeknöpft. Mal abgesehen davon, dass sie in einem Graben liegt, wirkt die tote Swaantje wie aufgebart zur Trauerfeier.

»Bist ja gut ausgerüstet«, sagt die leichenblasse Nicole mit Blick auf Börnsens Haushaltsschere. Das Grinsen misslingt ihr gründlich. Die Kommissarin hat mit Übelkeit zu kämpfen.

»Die Sachen hab ich mit Hauke eben schnell aus 'm Imbiss geholt«, erklärt Antje wichtig.

»Wir brauchen morgen Carstensen und das ganze Team.« Mike Börnsen reißt einen Gefrierbeutel von der Rolle und lässt ein paar Haare darin verschwinden.

»Is die Schere auch aus ›De Hidde Kist‹?«, fragt Thies.

»Musst aufpassen, dass du da keine Reste von Putenschaschlik mit in deine Tütchen kriegst!«, ruft der Schimmelreiter mit sich überschlagender Stimme aus dem Hintergrund.

»Mensch, Hauke!« Antje gluckst unterdrückt und knufft ihn in die Seite. Susi jault kurz. Nicole läuft rasch ein Stück weiter die Baustelle entlang. Es klingt fast so, als müsse sie sich übergeben.

»Mich wundert ja, dass sie so gut eingepackt ist«, gibt Antje zu bedenken. »Als wenn sie nicht schmutzig werden soll.«

»Kannst du schon was sagen, Mike?«, fragt Thies. »Wann der Tod eingetreten ist?«

Börnsen schweigt. Er lässt den Lichtkegel der Taschenlampe über die Tote gleiten und füllt zwei weitere Gefrierbeutel mit undefinierbaren Krümelchen.

»Die Folie is ja ganz nass«, bemerkt Antje.

»Lass ma überlegen …« Thies legt die Stirn in Falten. »Also Freitag hat sie noch gelebt, da war die Vermisstenmeldung …«

»… als das Leverkusenspiel war …«, ergänzt Klaas.

»… und Sonntag beim Gewitter muss sie hier schon tot im Graben gelegen haben.«

»Genaueres wissen wir erst nach der Laboruntersuchung. Aber eins kann ich jetzt schon sagen. Sie ist erwürgt, erdrosselt oder erstickt worden.« Er leuchtet ihr in die Augen. »Die punktförmigen Blutungen in den Augen deuten darauf hin. Außerdem kann ich schon mit bloßem Auge an ihrer rechten Hand Schmauchspuren erkennen.«

»Schusswaffe?«, fragt Thies.

»Sieht so aus.«

»Wie jetzt? Erst hat Swaantje Brodersen erschossen und anschließend hat der Tote sie erwürgt. Oder wie seh ich die Sache?«

30

Leif Ketels ist unterwegs auf der Straße nach Neutönningersiel. Mit dem Auto wollte er nicht fahren. Das wäre zu auffällig. Er darf heute Abend auf keinen Fall gesehen werden. Er hat sich das Fahrrad von Renate noch einmal ausgeliehen. Es hatte immer noch in ihrem Gartenhäuschen gestanden und dahin wollte er es auch wieder zurückbringen. Das Vorderrad hat eine leichte Acht, aber es fährt.

Es ist wieder kühler geworden. Nach einem kräftigen Gewitter vor zwei Tagen ist diese für das Frühjahr unnatürliche Hitze erst mal vorbei. Heute Abend friert ihn richtig. Es ist Nebel aufgezogen. Der First des Deiches, an dem er entlangradelt, verschwindet im Dunst. In dem dichten Nebel tauchen die Verkehrsschilder erst im allerletzten Moment auf: Überholverbotende, verengte Fahrbahn rechts, Achtung, Baustelle! Hier haben sie vor drei Tagen seine Swaantje tot aufgefunden.

Leif ist sich keineswegs sicher, ob sein Unternehmen klappen würde. Vor einigen Tagen glaubte er noch ziemlich genau zu wissen, wen er in der entscheidenden Nacht vor der Remise hatte vorfahren sehen. Thies Detlefsen hatte ihm gegenüber die Schmauchspuren erwähnt, die sie bei Swaantje festgestellt hatten. Anscheinend ging die Polizei immer noch von Swaantje als Täterin aus. Aber sie konnte Brodersen nicht erschossen haben, das weiß Leif besser. Den tödlichen Schuss hatte jemand anderes abgegeben, sehr wahrscheinlich der Fahrer des besagten Landrovers. Er glaubte, ihn an seinem Wagen erkannt zu haben, bis ihm später eingefallen war, dass halb Fredenbüll einen Landrover fährt. Und so hatte er vor zwei Tagen nicht nur *einen* Brief verschickt.

Aus dem ›Nordfriesland-Boten‹ hatte Leif die einzelnen Buchstaben und auch ganze Wörter ausgeschnitten. Oben stand groß »DREISSIGTAUSEND EURO«, darunter: »Einer, der weiß, was in der Remise geschehen ist«, ferner Zeitpunkt und der Ort, an dem das Geld zu hinterlegen war: »Mitternacht, Badestelle Neutönningersiel, DLRG-Rettungskasten.« Der Betreffende würde schon verstehen, was gemeint ist. Die anderen könnten möglicherweise die Polizei einschalten. Aber das kann er riskieren. Er wird sich vor allem einen Platz suchen müssen, von dem er die Geldübergabe aus sicherem Abstand beobachten kann.

Als er jetzt auf dem Rad durch die Nacht fährt, bekommt er auf einmal Zweifel. Aber, verdammt noch mal, es ist einen Versuch wert. Was hat er schon zu verlieren. Und was ist schon eine harmlose kleine Erpressung gegen brutalen Mord.

In den letzten beiden Wochen hat sich sein ganzes Leben verändert. Er hat alles verloren, seine Frau, seine Geliebte und ziemlich sicher auch seinen Job. Außerdem sitzen ihm noch seine »Versicherten« auf der Pelle. Und der Brand in der Remise droht zu einem echten Problem zu werden. Er braucht dringend eine größere Summe Bargeld, um den versicherten Schaden zu bezahlen. Aber in dieser Nacht kommt ihm plötzlich eine ganz andere Idee. Er könnte doch einfach das Geld nehmen und abhauen. Was hat er in Fredenbüll noch verloren?

Lara wüsste sicher, was zu tun wäre. Aber dieses Mal hat er ihr nichts gesagt. Er traut auf einmal nicht mal mehr seiner eigenen Schwester.

Leif Ketels tritt in die Pedale. Das Eiern des Vorderrades nimmt er gar nicht mehr wahr. Die kühle, feuchte Luft sitzt in seinem dunklen, unauffälligen Anorak. Er ist aus der Puste gekommen. Die kalte Luft schmerzt in seinen Bronchien. Seine Verfassung ist nicht die beste, er müsste mehr Sport treiben.

Der Mond schimmert als diffuser Lichtfleck durch den Nebel. Wer würde an der Badestelle Neutönningersiel erscheinen? Im Geiste war er verschiedene Möglichkeiten durchgegangen. Würde überhaupt jemand erscheinen? Oder würden Thies Detlefsen und seine Superkommissarin auf ihn warten? Er muss wirklich vorsichtig sein. Hoffentlich wartet keine Falle auf ihn.

Er hatte nicht lange überlegt, welchen Ort er für die Geldübergabe wählen sollte. Zu sich nach Hause konnte er den Geländewagenfahrer ja schlecht bestellen. Und die Remise, bisher der offizielle Ort für alle inoffiziellen Treffen, war inzwischen abgebrannt, zu einem Teil zumindest. Der DLRG-Kasten an der Badestelle war kein schlechter Platz, um ein Kuvert mit Geldscheinen zu hinterlegen. Den Kasten mit dem Adler-Symbol hat man von dem kleinen weißen, etwas erhöht liegenden Bademeisterhäuschen gut im Blick. Das ist Leifs Plan. Er will rechtzeitig dort sein, um die Hinterlegung des Geldes von sicherer Warte aus zu beobachten.

31

In Fredenbüll war es ziemlich still geworden in den letzten Tagen. Die beiden Morde hatten die verbliebenen hundertvierundsiebzig Einwohner des friedlichen Ortes nachhaltig schockiert. Das spektakuläre Ableben des Biobauern hatte die Leute noch gefesselt. Aber die tote Swaantje im Graben nach Neutönningersiel war jetzt einfach zu viel.

Nach den turbulenten Ereignissen hatte auf dem Feuerwehrfest erst mal Katerstimmung geherrscht. Nur einige wenige hatten aus Trotz weitergefeiert, während Bountys Band noch zwei bis drei traurige Blues spielte.

Obwohl sie viel zu spät angerückt war, bekam die Feuerwehr den Brand in der Remise schnell unter Kontrolle. In den Stallungen hatte der Brand bereits verheerend gewütet, den Rest hatte das Löschwasser erledigt. Alles roch angekohlt. Aber die Kutscherwohnung war erstaunlicherweise unversehrt geblieben.

Huberta von Rissen hatte völlig aufgelöst

das Feuerwehrfest verlassen, um den Brandschaden zu begutachten. Dafür war Onno von Rissen später auf der Feierlichkeit erschienen, zunächst bemerkenswert nüchtern und liebenswürdig, ganz erstaunlich angesichts der Tatsache, dass Teile seines Besitzes gerade einem Feuer zum Opfer gefallen waren. Er hatte der Feuerwehr etliche Runden spendiert und ihren Einsatz in den höchsten Tönen gelobt. Danach waren weder der Gutsherr noch seine Feuerwehr mehr nüchtern. »Alles versichert, meine Herren«, hatte er immer wieder in die Runde gebellt. Dann war er gut gelaunt wie selten quer über die Tanzdiele stolziert, um Friseurmeisterin Alexandra zum Tanz aufzufordern. Die hatte heiser aufgelacht über die gestelzten Komplimente, die der feine Herr ihr ins Ohr flüsterte, und ihm dann einen knappen unmissverständlichen Korb gegeben. Als er dann auch noch erfuhr, dass es mit den Versicherungen in Fredenbüll nicht zum Besten steht, fand von Rissen schnell wieder zu seiner altbekannten Form zurück. Er beleidigte Alexandra auf das Übelste, beschimpfte die übrig gebliebenen, schwer angeheiterten Festgäste und verließ wütend die Veranstaltung.

Im frühen Morgengrauen hatten Thies Detlefsen und Nicole Stappenbek Leif Ketels aus dem Bett geklingelt. Sie waren mit ihm an den Deich gefahren, damit er die tote Swaantje identifizierte, bevor sie in die Gerichtsmedizin nach Kiel überführt wurde. »Nur fürs Protokoll«, hatte Thies gesagt und dabei seinen Kuhblick aufgesetzt. »Damit du nich extra nach Kiel rübermusst.«

Thies hätte Leif das gern erspart. Es war ein schauriger Anblick. Swaantje war inzwischen in eine Blechwanne umgebettet worden. Die Augen hatte man ihr geschlossen. Jeans und weiße Bluse sahen immer noch aus wie frisch gebügelt. Nur ein paar Krümel gelber Sand waren an der Schulter hängen geblieben.

»Sieht sie nicht wunderschön aus«, hauchte Leif.

»Wir müssen davon ausgehen, dass Ihre Frau Jörn Brodersen erschossen hat«, hatte die Kommissarin gesagt.

Die Kriminaltechnik aus Kiel hatte erneut eine Sonntagsschicht einlegen müssen. Mike Börnsen war noch vor Ort. Er hatte den Rest der Nacht nach dem Feuerwehrfest auf der

Pritsche der kleinen Fredenbüller Gefängniszelle verbracht. Die Kollegen und Gerichtsmediziner Carstensen reisten schlecht gelaunt aus Kiel an. Nach getaner Arbeit und einer Stärkung in »De Hidde Kist« verließen sie mit der toten Swaantje auf der Ladefläche Fredenbüll wieder. Der Stand der Ermittlungen blieb auch nach weiteren Untersuchungen der Kriminaltechnik dürftig. Die Untersuchung des Todeszeitpunktes hatte ergeben, dass Brodersen und Swaantje so gut wie gleichzeitig gestorben waren.

»Dieser Fall ist ein echtes Rätsel«, seufzte Nicole Stappenbek, nieste und zündete sich eine Benson & Hedges an. »Thies hat schon recht«, schniefte sie, »erst hat er sie erstickt und dann hat sie ihn erschossen.«

Swaantje hatte tatsächlich geschossen. Die Schmauchspuren an ihrer Hand waren inzwischen von der Kriminaltechnik bestätigt. Gleichzeitig war sie erstickt worden. Die Gerichtsmedizin hatte grüne Fasern in ihren Bronchien gefunden und in dem grünen Kissen aus der Remise hat die KTU Kohlenmonoxid nachgewiesen, DNA von Swaantje.

Eine Woche lang hatte Swaantje in Plastik gehüllt und notdürftig mit Sand überschüttet in dem Graben gelegen. Ihr Mörder konnte nicht ahnen, dass die Bauarbeiten an dem Fahrradweg gestoppt wurden. Normalerweise wäre der Graben gleich am Wochenanfang weiter mit Sand gefüllt und asphaltiert worden.

»Nu stell dir vor, wenn wir im Sommer mit 'm Rad auf dem neuen Fahrradweg zum Baden gefahren wären. Immer über die tote Swaantje weg«, hatte Antje mit besorgter Miene gesagt. »Wir hätten von nix gewusst, wenn Susi sie nich gefunden hätte.«

32

Der Nebel wird dichter. Die Schwaden treiben Leif Ketels entgegen, kalt und feucht. Sein Gesicht spannt. Es ist immer nur der nächste Begrenzungspfosten zu sehen. Als er auf seinem Rad in die lange Kurve vor Neutönningersiel fährt, leuchten plötzlich sechs verschwommene Lichtkreise aus dem Dunst auf. Im gleichen Moment hört er ein dumpfes Dumm-dumm-dumm auf sich zukommen. Ganz kurz nur sieht Ketels die verschwommene Silhouette eines weißen Gefährts an sich vorbeihuschen. Ein paar dumpfe Töne klingen noch nach. Dann ist es wieder still, als wäre alles nur ein böser Traum gewesen.

Dass dies die private Rennstrecke des Schimmelreiters ist, daran hat Leif Ketels nicht gedacht. Aber in der Suppe hat ihn Schröder vermutlich gar nicht bemerkt.

Kurz darauf erreicht er Neutönningersiel. Jetzt muss er richtig aufpassen, denn hier darf ihn wirklich niemand sehen. Alles ist ruhig. Kein Mensch da. Nur ein paar Austernfischer ziehen schrill piepend Richtung Nordsee über ihn hinweg.

In dem Ausflugscafé »Wattblick« an der kleinen Brücke ist es stockdunkel. Hier ist selten etwas los. Nur am Sonntagnachmittag herrscht Hochbetrieb, wenn die Altbauern in ihrem Diesel im Schritttempo zum Kaffeetrinken fahren. Eigentlich besteht Neutönningersiel nur aus diesem Lokal. Andere Häuser gibt es nicht. Ein Stück weiter kommt dann die Badestelle mit dem kleinen Strand und der weiß gestrichenen Bretterbude der DLRG.

Leif stellt das Rad am Deich so ab, dass es niemand sieht. Zu Fuß nähert er sich der Badestelle. Zwei Krähen fliegen krächzend aus der einsamen Ulme neben der Brücke auf. Ihre spitzen schwarzen Schwingen zerschneiden die Nacht. Der Mond kämpft sich jetzt durch den Nebel. Aber die Nordsee ist nicht zu sehen. Es herrscht Niedrigwasser. Im Watt dümpeln ein paar Wasserlachen. Die See verschwindet im Dunst.

Kein Mensch ist zu sehen. Zumindest kann Leif niemanden entdecken. Die Polizei scheint ihn jedenfalls nicht zu erwarten. Der Parkplatz vor der Badestelle ist leer. Er geht zu dem Rettungskasten und öffnet ihn. In der Box findet er eine leicht angestaubte Schwimmweste, einen in Folie geschweißten Merkzettel mit Zeichnungen von Personen in stabiler Seitenlage und bei der Mund-zu-Mund-Beatmung. Ein Kuvert ist nicht zu entdecken.

Leif sieht sich um. Ein Strand ist es eigentlich gar nicht. Mehr eine Wiese, die in einen Sandstreifen ausläuft, der ins Watt übergeht und bei Hochwasser überspült wird. Auf dem Wiesenstück stehen schon fünf Strandkörbe für den Sommer bereit. Außerdem gibt es einen Holzsteg, auf dem man beim Baden seine Klamotten liegen lassen kann.

Leif geht zu dem DLRG-Häuschen und steigt die paar Holzstufen nach oben. Die Tür ist offen. Nur im Sommer, wenn das Haus während der Hochwasserzeiten mit einem Bademeister besetzt ist, wird das Kabuff abgeschlossen. Er setzt sich auf die Holzbank. Durch einen breiten Schlitz hat er die Badestelle und das Meer gut im Blick. Um auf den Parkplatz zu sehen, müsste er die Tür öffnen. Das will er unbedingt vermeiden.

Leif zieht den Reißverschluss seines Anoraks bis unters Kinn. Durch das Fahrradfahren war er erhitzt gewesen, aber jetzt wird ihm kalt. Er vergräbt die Hände in den Taschen. Die kalten Finger seiner linken Hand umfassen einen Schlüssel. Alexandras Schlüssel? Er hat ihn noch, das hatte er ganz vergessen. Er zieht ihn heraus. Es ist ein Sicherheitsschlüssel mit einem Plastikanhänger. »Salon« steht auf dem eingeschobenen Zettelchen.

Wehmütig betrachtet er den Schlüsselanhänger. Meist hatten Alexandra und er sich ja in der alten Remise getroffen. Aber das erste Mal richtig nähergekommen waren sie sich nach einer feuchtfröhlichen Nikolausfeier in Alexandras Salon auf einem der beiden Friseurstühle, die jetzt dem Turbobräuner »Acapulco« Platz machen mussten. Wahrscheinlich sollte er den Schlüssel Alexandra zurückgeben. Sie brauchten ihn ja jetzt nicht mehr.

Fast eine Stunde lang sitzt Leif auf der Holzbank. Ihn fröstelt immer mehr, und er wird nervös. Plötzlich durchschneidet das Geräusch eines Motors die Stille. Das Auto kann Leif durch die Fensteröffnung nicht sehen, nur das Licht der Scheinwerfer. Aber das Motorengeräusch glaubt er zu erkennen. Es ist derselbe Wagen wie in der Nacht vor der Remise, da ist er sich sicher. Die Scheinwerfer werden ausgeschaltet, die Autotür schlägt zu. Das Schreien der Krähen hallt durch die Nacht. Dann ist wieder Stille. Es passiert gar nichts.

Leif hockt erstarrt auf seinem DLRG-Hochsitz und drückt sich atemlos an den Sehschlitz. Durch den Nebel ist sowieso kaum etwas zu sehen, nicht einmal der blöde DLRG-Kasten. Plötzlich bemerkt er eine Gestalt, die über die Wiese auf den Rettungskasten zuläuft. Trotz der eingeschränkten Sicht erkennt Ketels sie sofort an dem steifen, leicht stolpernden Gang. Und als dann der Mond kurz durch die Nebelschwaden bricht, leuchtet vor dem Watt ein moosgrüner Steppmantel auf.

Leif Ketels hatte es ja schon geahnt. Es war Onno von Rissen gewesen, der in jener Nacht seinen Landrover vor der Remise geparkt hatte. Er musste auch der Mörder von Brodersen sein.

In dem Moment zuckt Leif erschrocken von seinem Sehschlitz zurück. Die Gestalt ist stehen geblieben und blickt zum Bademeisterhaus. Die Nebelschwaden sind wieder dichter geworden, aber Ketels kann erkennen, dass der Mann zur Rettungsbox geht, sie öffnet und ein Kuvert hineinlegt. Ketels' Puls erhöht sich. Unglaublich! Sein Plan scheint tatsächlich aufzugehen. Dann geht der Mann zurück, blickt sich noch einmal um und verschwindet aus seinem Blickfeld. Leif hört, wie der Motor angelassen wird und die Reifen auf dem Sand knirschen.

Er wartet einen Moment, dann öffnet er die Tür des Bademeisterhauses und will gerade die Holzstufen hinuntersteigen, als er zwei Scheinwerfer über die Brücke Richtung Parkplatz kommen sieht. Schnell zieht er sich wieder in sein Versteck zurück und schließt die Tür. Ist von Rissen noch einmal umgekehrt? Hat er es sich womöglich anders überlegt?

Das Motorengeräusch erstirbt, aber die Scheinwerfer bleiben diesmal aufgeblendet. Eine Person hastet durch den Lichtkegel, und Leif traut seinen Augen nicht. Verdammte Scheiße, was geht hier vor? Es ist der Hamburger Professor, der jetzt mit einem Kuvert in der Hand Kurs auf den Rettungskasten nimmt. Ein kleiner Schwarm Eiderenten fliegt in dem Augenblick über die Badestelle hinweg, als Müller-Siemsen die Box öffnet und von Rissens Umschlag entdeckt. Leif beobachtet, wie der Professor das erste Kuvert herausnimmt und öffnet. Zu seinem Erstaunen scheinen es keine Geldscheine zu sein, die Müller-Siemsen da zutage fördert, sondern eher Zeitungspapier. Leif versteht die Welt nicht mehr, als der Professor die beiden Kuverts austauscht und sein eigenes in der Box deponiert. Dann schließt er den Kasten sorgfältig. Ein bisschen ratlos starrt er auf von Rissens Kuvert, dann wirft er es in den Papierkorb, der neben dem Holzsteg hängt.

Kurz nachdem der Eppendorfer Professor die Badestelle verlassen hat und mit seinem Auto weggefahren ist, rollt der nächste Landrover auf den Parkplatz. Ketels war schon auf dem Weg zum Rettungskasten, da sieht er Geflügelbaron Dossmann aus dem Auto steigen.

Leif bringt sich kurz hinter einem Strandkorb in Deckung. In einem Moment, als Dossmann ihn nicht sehen kann, hetzt er voller Panik erneut Richtung Bademeisterhäuschen. Er stolpert die Treppen nach oben. Dabei glaubt er ein Geräusch zu hören, ein seltsames Knarren aus dem Kabuff. Aber er hat keine Zeit, lange darüber nachzudenken. Er muss schnellstens vor Dossmann in Deckung gehen. Hoffentlich hat der ihn nicht bemerkt.

Und dann geschieht etwas, mit dem er absolut nicht gerechnet hat.

In dem Moment, als er die Tür des DLRG-Hauses zuzieht, wird ihm blitzschnell ein Rettungsring über Oberkörper und Arme geworfen, sodass er sich nicht einmal mehr umdrehen kann. Er sieht noch die schon leicht abgeblätterte rot-weiß gestreifte Farbe, ein Stück Tau, das um den Ring herumläuft, und die kaum mehr lesbaren Buchstaben »DLRG ...UTÖNNI«.

»Ach so, Neutönningersiel«, denkt Leif Ketels noch. Mehr Zeit bleibt ihm nicht. Dann sieht er aus den Augenwinkeln ein massiges Holzruder auf sich zukommen. Mit einem Schlag ist alles dunkel um ihn herum.

Als er wieder zu sich kommt, ist ihm nicht mehr kalt. Es ist warm ... nein es ist heiß! Verdammte Scheiße, es ist glü-h-h-end heiß!

33

»Moin! Wie immer? Croque Monsieur und Ladde macchiato?«, ruft Antje Nicole Stappenbek entgegen, als die Kommissarin den Imbiss betritt.

Die blonde Hauptkommissarin gehört in »De Hidde Kist« mittlerweile zur Stammbesetzung, insbesondere seit Antje jetzt die italienische Kaffeemaschine hat und das Schild »Coffee 2 go« in der Glastür hängt. Mindestens einmal am Tag, vorzugsweise zum Frühstück, stattet sie dem Stehimbiss einen Besuch ab. Die Mordfälle Brodersen und Ketels ziehen sich unerwartet lang hin.

An diesem Morgen regnet es in Strömen. Die Flokati-Frisur ist herausgekämmt, und auch der nächtliche Deichspaziergang mit Thies ist inzwischen vergessen. Ihr kleiner Filmriss ist ihr ein bisschen peinlich. »War da was, Thies?«, hatte sie ihn am nächsten Tag gefragt. »Jaa … nee … is alles klar«, hatte Thies mit leicht geröteten Wangen geantwortet.

Trotz des Wetters ist Nicole bester Laune an diesem Morgen. In Fredenbüll hat sie sich mittlerweile richtig eingelebt.

»Ein Su-u-uper macchiato, Antje«, sagt sie mit Kennermiene. »Ganz feiner Schaum.« Sie wischt sich den Milchschaum mit dem Handrücken vom Mund.

»Dazu brauch ich aber nich solche Mordsmaschinen«, krächzt Piet Paulsen an Stehtisch zwei mit Blick auf die Blume seines ersten Morgenbiers. »Ich hab hier auch Feinschaum wie Sahne, und dazu perlt das Getränk auch noch. Herrlich!«

Klaas trinkt auch Latte macchiato und sortiert dabei die Post.

»Na, Klaas, heute irgendwas Interessantes dabei?«, will Antje wissen. »Wieder mal 'n Abschiedsbrief, oder so?«

»Antje!«, zischt der Postbote mit einem angedeuteten Seitenblick auf die Kommissarin.

»Wieso? Das wissen Nicole und Thies doch längst.« Antje sieht die Kommissarin fragend an und schiebt ihren mit Tomaten und Käse belegten Croque in die Mikrowelle. »Hat euch aber auch nich weitergebracht, der Abschiedsbrief von Swaantje an Leif? Dass sie ihn verlassen wollte, sagt doch noch gar nix, oder? Ich hab immer gesagt, Swaantje hat mit dem Mord nix zu tun.«

»Und was ist mit den Schmauchspuren, die wir an ihren Händen gefunden haben?«

Für die Imbisswirtin ist das kein Argument. »Weiß auch nicht … vielleicht hat ihr jemand das Gewehr in die Hand gedrückt und dann geschossen … Hat es doch alles schon gegeben, oder?«

Nicole schlürft ihren Milchkaffee.

»Sach ma, Antje, mal was ganz anderes«, Klaas deutet auf das neue Coffee-2-go-Schild. »Ich frag mich die ganze Zeit: Was bedeutet eigentlich die Zwei?«

»Zwei zum Preis von einem, oder wie seh ich das?« Paulsen nimmt einen Schluck Pils und schiebt sich die schwere Brille auf die Nase zurück.

»Einen zum hier Trinken, einen zum Mitnehmen!«

»Is mal wat anderes«, raunt Paulsen.

»Dat muss ich leider sagen, die rechnet sich bisher noch überhaupt nicht, die italienische Kaffeemaschine.« Antje reicht der Kommissarin einen zweiten Latte macchiato über den Tresen.

Nicole muss das Lachen unterdrücken und beißt in ihren Croque. Plötzlich starren alle durch die große Glasscheibe nach draußen. Salonbesitzerin Alexandra rast mit wehendem Friseurkittel, wie von der Tarantel gestochen, durch den Regen über die Dorfstraße auf den Imbiss zu. Schäfermischling Susi, der gerade von seinem Morgenspaziergang zurückkommt, springt freudig hinter ihr her. »Da hat dat aber jemand eilig«, brummt Paulsen noch. Alexandra stößt hektisch die Tür auf und stößt prompt einen der Barhocker an Stehtisch eins um. Sie ist völlig außer Atem.

»Frau Kommissarin, ganz schnell!«, stammelt sie. »Sie müssen sofort kommen! Auf der Sonnenbank! Er liegt auf der Sonnenbank! Es ist grauenhaft!«

Nicole zieht die Luft hoch und verschluckt sich dabei fast an ihrem Croque.

»Was ist denn passiert, Alexandra? Nun komm erst mal wieder zu Atem«, versucht Antje sie zu beruhigen.

»Er ist regelrecht verkohlt. Ich hab so was noch nicht gesehen. Die arme Janine hat ihn eben gefunden. Sie hatte sich schon gewundert, dass der Salon offen war und ich noch nicht da. Sie hat noch Hilfe gerufen und dann ist sie gleich weggekippt. Ich hab schon den Krankenwagen geholt.«

Paulsen blickt angesichts dieses Wortschwalls skeptisch über seine Gleitsichtbrille hinweg. Antje stellt eine Schale Kartoffelsalat beiseite. Klaas knöpft unternehmungsbereit seine Postjacke zu.

»Was ist denn passiert?«, fragt Nicole Stappenbek. »Jetzt mal eins nach dem anderen.«

»Er liegt verbrannt in dem Acapulco-Kombi …«

»Acapulco?« Nicole versteht nicht ganz.

»Dat is der Turbobräuner«, erklärt Klaas.

»Wer denn überhaupt?«, will Antje wissen.

»Er ist regelrecht gegrillt! Leif!«

»Leif Ketels?«

»Ja natürlich, Leif Ketels, das heißt, eigentlich ist nicht mehr viel von ihm zu erkennen.«

»Wat macht der denn mitten in der Nacht auf der Sonnenbank?«, brummt Paulsen.

»Hatte Herr Ketels Zugang zu Ihrem Salon?«, fragt die Kommissarin, die von dem Verhältnis der Friseurmeisterin mit dem Toten natürlich auch gehört hat. »Hatte er einen Schlüssel?«

Alexandra geht auf die Frage überhaupt nicht ein. »Und das Gerät war immer noch an. Alle Röhren. Dauerbetrieb. Dat überlebt kein Mensch. Da muss jemand was an dem Temperaturregler gefummelt haben.«

»Gibt es Anzeichen für eine Manipulation?«, fragt Nicole.

Alexandra hält kurz inne, um Atem zu schöpfen. »Und wie dat stinkt! Der muss mit einem von meinen Aromaölen übergossen worden sein. Ihr könnt euch das nicht vorstellen. Er ist irgendwie blasig und glänzt so dunkelrot bis schwarz. Wie 'n Hähnchen, das zu lange im Grill war.« Alexandra dagegen ist kalkweiß.

»Schrecklich«, seufzt Antje, die sich mit Grillgut ja gut auskennt.

»Und er hatte keine Chance, da rauszukommen.« Alexandra ist den Tränen nahe.

»Alexandra, hör auf, mir wird ganz anders.«

»Das ist ja grauenhaft«, sagt Nicole Stappenbek. »Aber möglicherweise war er gar nicht mehr am Leben«, gibt sie zu Bedenken.

»Nee, er konnte nicht. Die Bügel, mit denen man die Oberseite hochklappen kann, waren x-mal zusammengebunden … mit dem Kabel von einem Föhn.«

»Der Acapulco 28/1 Kombi ist ein zweischaliger Bräuner«, erklärt Klaas, der das Mordwerkzeug schließlich mit installiert hat.

»Gerade Leif, er hat doch nu sowieso immer diese blasse, empfindliche Haut gehabt.«

»Sie haben hoffentlich nichts verändert«, sagt die Kommissarin zu Alexandra.

»Na ja, die Sonnenbank hab ich ausgeschaltet.«

»Natürlich, ist schon klar.«

»Sollen sowieso gar nich gut sein, diese Sonnenstudios«, resümiert Paulsen heiser, zieht die Lederweste stramm und hustet.

»Irgendwie auch tragisch«, findet Klaas. »Wo ist Thies eigentlich?«

»Thies hat sich heute Morgen freigenommen«, sagt Nicole und richtet ihre Sonnenbrille im Haar. »Termin in der Schule. Wegen der Zwillinge. Dies hier konnte ja nun keiner ahnen.«

»Ach, du meine Güte«, fällt Alexandra plötzlich ein, »ich hab noch Frau Bandixen vorne im Salon mit Dauerwelle unter der Trockenhaube sitzen.«

»Aber nur Trockenhaube, oder?« Klaas blickt skeptisch.

»Ich geh da nich wieder hin.«

»Wir gehen da jetzt zusammen hin«, sagt

Nicole Stappenbek zu ihr und zu den anderen: »Falls Thies hier aufkreuzt, ich bin im Friseursalon und jederzeit auf dem Handy zu erreichen.« Ihr Telefon allerdings lässt sie dann in der ganzen Aufregung neben dem angebissenen Croque auf Stehtisch zwei liegen.

34

Lehrling Janine, die angesichts des gegrillten Versicherungsvertreters umgekippt ist, wird im Rettungswagen von zwei Sanitätern versorgt. Bürgermeister Hans-Jürgen Ahlbeck ist aus seinem Supermarkt herübergekommen, um nach dem Rechten zu sehen. Janine ist noch etwas blass um die Nase, aber sie sitzt schon wieder in der offenen Heckklappe des Rettungswagens auf einer Trage.

»Moin, Frau Kommissarin.« Der Bürgermeister im Edeka-Kittel stürmt mit ausgestreckter Hand auf Nicole Stappenbek zu, zwischendurch wendet er sich an Alexandra. »Frau Bandixen sitzt noch bei dir im Salon, weiß du, oder?«

»Ja, ich weiß.«

Während die Friseurin nervös ihre ahnungslose Kundin unter der Trockenhaube hervorholt, wagt die Kommissarin einen ersten Blick in den Hinterraum, wo die Sonnenbank steht.

»Zwingen Sie mich nich, da noch mal reinzugehen.«

»Keine Sorge, das müssen Sie nicht. Aber bitte auch hier nichts verändern, nichts anfassen«, sagt Nicole bestimmt.

»Aber Frau Bandixen die Lockenwickler rausmachen darf ich? Oder?«

»Ja, ja, sicher.«

Der Tote unter dem Turbobräuner bietet tatsächlich einen grauenhaften Anblick. Eine Sonnenbank als Tatwaffe hatte ich auch noch nicht, denkt Nicole. Vermutlich war Leif Ketels schon vorher tot gewesen. Beim Anblick des Toten wird ihr schon etwas weich in den Knien. Im Raum riecht es penetrant nach verbrannter Haut. Und nach Maiglöckchen. Von der Kombination wird Nicole im Handumdrehen übel.

Schon blöd, dass Thies ausgerechnet heute Morgen die Besprechung mit der Lehrerin hat, denkt Nicole. Sie hat im Augenblick überhaupt keine Lust, Lara Ketels schon wieder aufzusuchen, um ihr den Tod ihres Bruders mitzuteilen. Das wenigstens könnte Thies doch nachher übernehmen. Aber Nicole will die Zeit, bis die Kieler Kollegen wieder angerückt sind, nutzen. Sie kann wenigstens das Haus des Opfers schon mal etwas genauer unter die Lupe nehmen.

Sie fährt zu Ketels' Haus. Das Türschloss hat Nicole mit ihrer Kreditkarte sofort geöffnet. Drinnen hat sich wenig verändert, seit sie mit Thies zusammen vor ein paar Tagen hier war, um Leif Ketels zu verhaften. Im Wohnzimmer sieht es sogar etwas aufgeräumter aus. Nur in den Ecken liegen Wollmäuse. Nicole sieht sich im Haus etwas um. Sie weiß gar nicht recht, wonach sie suchen soll.

Im Büro liegen mehrere Ordner mit Versicherungsverträgen. Alles wirkt penibel geordnet. Wenn sie von Leif Ketels' unregelmäßigen Praktiken nichts wüsste, hätte sie keinen Grund, Verdacht zu schöpfen. Es sieht aus wie in vielen anderen Büros. Drucker, Kopierer, Fax-Gerät. Ungeöffnete Pakete mit Papier, ein Aktenschrank, mehrere Papierkörbe, in denen der Büromüll getrennt wird. Schon seltsam, denkt Nicole, die Versicherungen sind alle nicht gedeckt, aber Hauptsache der Abfall wird richtig getrennt. Und dann bleibt ihr Blick auf dem größeren grauen Kunststoffbehälter hängen, in dem sich das Altpapier stapelt. Darin liegen Zeitungsteile, die ihr sofort ins Auge springen. Die Zeitungen sind zerschnitten. Einzelne Wörter und Buchstaben sind aus dem ›Nordfriesland-Boten‹ ausgeschnitten.

Nicole Stappenbek ahnt natürlich sofort, was Ketels damit wollte: Erpressung! Da ist es, das Motiv für den Mord an Leif Ketels! Jetzt braucht sie nur noch den Mörder. Sie breitet die zerschnittenen Zeitungsteile auf dem Schreibtisch aus. Die Schnipsel liegen vor ihr wie die Teile eines Puzzles.

»Neutönningersiel« könnte ein längeres Wort sein, das in dem Zeitungstext über den Baustopp am Fahrradweg fehlt. Und dann sind einzelne Großbuchstaben ausgeschnitten: »G«, »R«, »D« und »L«, wenn sie das richtig sieht. Auf die Schnelle kann sie sich keinen Reim darauf machen. Vor der Eingangstür raucht sie noch eine Zigarette, dann beschließt sie, die Zeitungsschnipsel Thies oder Mike Börnsen zu überlassen. Jetzt muss sie erst mal ihr Handy aus dem Imbiss holen.

Nicht nur Nicole hat eine Entdeckung gemacht, Antje ist auch noch etwas eingefallen. Gestern Nacht hatte »De Hidde Kist« lange geöffnet, weil Klaas, Bounty und Piet Paulsen nachts noch Boxen sehen wollten. Gegen ein

Uhr stieß unerwartet Onno von Rissen zu der Runde, bestellte eine große Portion Rote Grütze mit Schuss, zwei weitere zum Mitnehmen und verabschiedete sich dann wieder. »Macht er öfter mal«, erzählt Antje. Seitdem Huberta ihn nach dem Feuerwehrfest aus dem Gutshaus rausgeschmissen und er vorläufig in der Kutscherwohnung Quartier bezogen hat, lässt er sich von Antje regelmäßig Mahlzeiten einpacken.

»Nur diesmal roch er irgendwie komisch. Als wenn er grad aus dem Wohnwagen von der Russin kommt, hat Bounty noch gesagt. Aber das war es nich. Es war dieser neue Duft von Alexandra. Gestern Nacht hab ich nich weiter drüber nachgedacht. Aber es war genau der Geruch, der jetzt immer bei ihr durch den Salon weht. ›Maiglöckchen‹. Irgendwie ’n büschen penetrant, aber das war’s!«

Nicole hat den Duft sofort wieder in der Nase. Seit es regnet, ist ihre Nase deutlich freier. »Bist du sicher, dass von Rissen nach Maiglöckchen gerochen hat?«

»Ja, ganz sicher«, bestätigt Antje.

Das könnte durchaus sein, überlegt Nicole. Leif Ketels hat Onno von Rissen erpresst. Weil er Swaantje erstickt hatte? Oder Brodersen getötet? Oder beide? Sie erinnert sich, dass von Rissens Alibi in der Mordnacht höchst dürftig war.

Und dann fällt ihr ein seltsames Detail an dem Toten ein. Eben hatte sie das gar nicht bemerkt. So genau mochte sie das aufgequollene Gesicht und die verbrannten Haare und Klamotten auch gar nicht ansehen. Aber eines hat Nicole plötzlich ganz deutlich vor Augen: Sein Hemd war zugeknöpft. Warum hatten die Mordopfer alle diese zugeknöpften Hemden?

»Du meinst …?« Nicole sieht Antje jetzt fragend an.

KHK Stappenbek schnappt sich ihr Handy und stürmt nach draußen zu ihrem Ford Mondeo.

35

Der Regen ist stärker geworden. Der Scheibenwischer in Nicoles Wagen läuft auf der schnellsten Stufe. Der Tag heute ist ohnehin schon dunkel, aber auf dem abgelegenen Waldweg zur Remise ist ohne Licht kaum etwas zu erkennen. Auf dem Sandweg arbeitet sich der Wagen der Kommissarin durch die überschwemmten Schlaglöcher. Die Wasserspritzer trommeln in den Radkästen. Thies ist auf seinem Handy immer noch nicht zu erreichen. Wenn sie von Rissen verhört, hätte sie ihn eigentlich gern dabeigehabt. Aus einem kleinen Schornstein in der Remise steigt dicker Rauch. Nicole spricht Thies auf die Mailbox. Sie nimmt ihre Dienstwaffe samt Schulterholster und ein paar Handschellen aus dem Handschuhfach, legt das Holster an und zieht ihre Lederjacke drüber. In der Achsel spannt die Jacke über der Pistole.

Nicole Stappenbek springt aus dem Wagen und läuft durch den Regen zur Remise hinüber. Die Kriminaltechnik hatte vor ein paar

Tagen mehrere Brandherde ermittelt, ein sicheres Indiz für Brandstiftung. Die große Tür zu den Stallungen ist verbrannt. Die Mauern stehen. Aber im Inneren ist das meiste verkohlt. Es riecht wie in einer Räucherkammer und gleichzeitig feucht und muffelig. Das Dach ist notdürftig ausgebessert. Aber an einer Stelle läuft der Regen in die Stallung. Darunter steht ein Eimer, der längst übergelaufen ist.

Die Kommissarin wirft einen kurzen Blick durch das Fenster der Kutscherwohnung. Durch die schmutzigen, nassen Scheiben kann sie nichts erkennen.

Nicole klopft an der Tür. »Herr von Rissen, sind Sie hier?« Drinnen rührt sich nichts. Sie lauscht an der Tür. Sie glaubt ein Geräusch drinnen zu hören. Stühlerücken? Sie klopft noch mal, dann öffnet sie die Tür. Von Rissen sitzt mit ausgesprochen ungemütlichem Gesichtsausdruck am Tisch.

»Na, da freu ich mich aber, dass die verehrte Frau Kommissarin mir mal wieder einen Besuch abstattet. Wollen Sie ein bisschen plaudern oder wollen Sie mich verhaften?«

»Hätte ich denn einen Grund dazu?« Nicole wischt sich die Regentropfen von der Stirn.

Von Rissen ist schlecht rasiert und sieht müde aus. Statt steifem Picadilly-Kragen trägt er heute einen Wollpullover unter dem Tweedjackett.

In der Kutscherwohnung hat jemand Ordnung geschaffen. Die Bettdecken sind sorgfältig zusammengelegt, darauf, ebenfalls penibel gefaltet und bis oben geknöpft, ein gestreifter Pyjama. Neben dem Bett stehen sauber aufgereiht ein alter Lederkoffer, eine lederne Reisetasche und zwei Holzkisten mit Wein. In dem alten Kohleherd zischt und qualmt feuchtes Holz vor sich hin. Daneben sind, wie Zinnsoldaten, ein Dutzend leerer Flaschen aufgereiht. Offensichtlich ist der Gutsherr gerade dabei, eine Portion Rote Grütze zu verspeisen, denn vor ihm steht ein halbvoller Teller. Daneben die unvermeidliche leere Bordeauxflasche.

»Was gibt es denn noch? Sie sehen doch, ich esse gerade!«, knarzt er gereizt.

»Herr von Rissen, es gibt da ein paar offene Fragen.«

»Ja, meine Gnädigste, alle offenen Fragen auf Erden werden wir beide kaum klären können. Das bringt das Leben so mit sich.« Von Rissen zeigt mit dem Löffel auf Nicole. »Ihre Kollegen haben wegen des Brandes schon das gesamte Haus auf den Kopf gestellt. Langsam strapazieren Sie meine Geduld.«

»Ich bin nicht wegen des Brandes hier.«

»So, so«, bellt von Rissen dazwischen.

»Wir ermitteln in einem weiteren Mordfall. Der Versicherungsvertreter Leif Ketels ist tot im Friseursalon Alexandra aufgefunden worden.«

»Und was habe ich damit zu tun? Da sollten Sie sich lieber mal an das Fräulein Alexandra halten. Die hatte mit dem Versicherungsheini doch ein Techtelmechtel.«

»Es gibt Aussagen, Sie hätten auf dem Feuerwehrfest ein Auge auf die Salonbesitzerin geworfen und eine rüde Abfuhr bekommen.«

»Wie kommen Sie denn darauf? Bei allem, was recht ist, verehrte Kommissarin, aber dauergewellte Friseurinnen sind dann doch nicht ganz meine Kragenweite.« Wie zur Bekräftigung des Gesagten dreht er kurz den Hals im Strickkragen. Seine Gesichtsfarbe wird dunkler. »Ich lasse mir in Hamburg die

Haare schneiden. Den Laden von Fräulein Alexandra habe ich noch nie betreten!«

»Das glauben wir eben doch«, sagt Nicole ganz ruhig. »Wir haben Hinweise, dass Sie gestern Nacht im Salon Alexandra gewesen sind.«

»Wer behauptet das?«, schreit von Rissen unvermittelt los und springt erregt vom Stuhl auf. »Was bilden Sie sich eigentlich ein!?«

Nicole Stappenbek spürt den unangenehmen Druck ihrer Waffe unter dem Arm, aber will sich davon nicht ablenken lassen. Sie hofft, dass sie von Rissen in die Enge treiben kann, dass er vielleicht einen Fehler macht oder sich zu einer unüberlegten Äußerung hinreißen lässt. Ganz nüchtern ist er schließlich auch nicht mehr.

»Wir haben außerdem auch noch mal Ihr Alibi überprüft für die Nacht, als der Landwirt Jörn Brodersen ermordet wurde. Sie waren in dieser Nacht gar nicht in Plön, sondern in der Spielbank in Travemünde. Und auch die hatten Sie zum Zeitpunkt des Mordes längst wieder verlassen.«

»Na und! Soll ich mir von Ihnen jetzt auch noch die Erlaubnis zum Casino-Besuch einholen? In was für Zeiten leben wir denn? Und außerdem, was soll das Ganze mit dem Scheiß-Friseursalon zu tun haben.« Von Rissen hat schon längst seine Manieren vergessen.

»Die Feuerversicherung für Ihre Gebäude hatten sie doch sicher auch bei Leif Ketels abgeschlossen.« Nicole bleibt ruhig und wechselt geschickt das Thema.

»Leider Gottes habe ich meine Versicherung bei diesem Windei abgeschlossen. Und jetzt ist alles aufgeflogen. Ketels hat uns reingelegt. Aber das hat er nun davon. Jetzt ist er selbst verbrannt«, bellt von Rissen höhnisch.

»Wie kommen Sie denn darauf?«

»Worauf?« Von Rissen merkt es sofort, dass er sich in seiner Wut gerade verplappert hat. Er versucht, einzulenken. »Sie haben mir doch gerade selbst erzählt, Sie hätten ihn in diesem Friseurladen …«

»Aber wie kommen Sie auf Verbrennen?«

Für einen kurzen Moment sagt von Rissen nichts. Jetzt wird er kleinlaut, denkt Nicole, gleich hab ich ihn. Doch weit gefehlt. Im nächsten Augenblick rastet von Rissen völlig aus. Sein dunkelroter Kopf scheint gleich platzen zu wollen.

»Ich lass mir von dir kleinem Beamten-

Dummchen in deiner geschmacklosen Lederjacke doch keine Vorhaltungen machen!«, bricht es aus ihm heraus. »Ist das überhaupt Leder?«, schreit er.

Im gleichen Moment wird Nicole von einem nicht zu unterdrückenden Niesreiz geplagt. Diese Scheißallergien! Wahrscheinlich ist es in der Kutscherwohnung schimmelig. Sie nimmt den Arm vor Mund und Nase und niest prustend hinein. Nach der nächsten Niesattacke bemerkt sie, dass von Rissen mit einer Mistgabel in den Händen vor ihr steht. Reflexartig greift sie zu ihrer Pistole. Bis sie ihre Walther P 99 allerdings aus dem Schulterholster unter der engen Lederjacke gezogen hat, dauert es eine halbe Ewigkeit. Sie will gerade die Pistole auf von Rissen richten, als er ihr die Waffe mit einem Hieb mit der Mistforke aus der Hand schlägt.

Das darf doch jetzt nicht wahr sein, denkt Nicole. Beim Schießtraining ist sie immer eine der Besten. Ihre männlichen Kollegen haben keine Chance gegen sie. Statt Schießen hätte sie vielleicht lieber mal trainieren sollen, wie sie die Waffe schnell aus ihrer Lederjacke herausbekommt. Warum muss sie auch immer in den blödesten Momenten niesen?!

Derweil fliegt ihre Walther in hohem Bogen durch den Raum. Sie landet unter dem Küchentisch. Nicole will sich augenblicklich bücken, aber der Gutsherr ist schneller. Mit der Forke zieht er die Pistole zu sich heran. Fast hätte ein Zinken der Mistgabel die Hand der Kommissarin erwischt. Von Rissen hält jetzt die Waffe in der Hand. Er entsichert sie und richtet sie auf Nicole. Das macht er erstaunlich routiniert. Er scheint nicht das erste Mal eine Pistole in der Hand zu halten.

»Jetzt wollen wir doch mal sehen, dass wir diese Sache hier ehrenhaft über die Bühne bringen«, kräht von Rissen. Dann tritt er ganz nah an Nicole heran und hält ihr die Waffe direkt vors Gesicht. Verdammt noch mal, ihre eigene Walther P99! Das darf sie keinem erzählen. Wie konnte sie sich nur übertölpeln lassen von so einem betrunkenen alten Irren?

»Was haben gnä' Frau denn hier?«, höhnt von Rissen und zieht die Handschellen aus ihrer Jackentasche. Sein Blick flackert, als er ihr eine Handschelle um das linke Handgelenk legt und den Bügel einrasten lässt. Sie riecht seine Alkoholfahne. Nicole versucht sich zu wehren, aber nur vorsichtig. Die

Waffe in der Hand dieses verrückten Cholerikers flößt ihr Respekt ein.

»Na los, Frau Oberkommissarin, keine Müdigkeit vorschützen.« Er lotst sie zu dem alten Kohleherd hinüber, zieht die andere Handschelle hinter dem Messinglauf, der um den Herd herumläuft, durch und lässt sie dann um ihr rechtes Handgelenk schnappen.

Etwas ratlos geht er zurück zum Küchentisch. Einen genauen Plan scheint er ja nicht zu haben, denkt sich Nicole. Sie allerdings auch nicht. Warum hatte sie nicht wenigstens auf Thies gewartet? Sie hatte doch eigentlich gewusst, dass von Rissen der Täter war. Dann hätte sie, verdammt noch mal, vorsichtiger sein müssen. Jetzt war es zu spät, und sie hatte sich in eine äußerst vertrackte Lage gebracht.

»Was haben Sie vor? Das macht doch alles keinen Sinn?«, versucht sie von Rissen zur Einsicht zu bringen.

»Da könnten Sie ausnahmsweise mal recht haben!«, höhnt dieser.

»Sie können fliehen, aber wir werden Sie ganz schnell wieder ausfindig machen. Und wenn Sie Leif Ketels wirklich ermordet haben, dann werden wir Ihnen das nachweisen.«

»Wurde doch höchste Zeit, dass sich jemand diesen Versicherungsfritzen mal vornimmt. Warum habt ihr das nicht gemacht, ihr oberschlauen Detektive?« Von Rissen fuchtelt mit der Pistole durch die Luft. »Der Mann hat mit seinen falschen Verträgen alle hier hinters Licht geführt. Und dann hat er mir ungehörige Briefe geschickt.«

Draußen pfeift der Wind ums Haus und peitscht einen Schauer nach dem anderen gegen die Fenster.

»Sie geben also zu, dass Ketels Sie erpresst hat?«

»Das ist doch vollkommen unerheblich, was ich hier zugebe oder nicht.«

Von Rissen hat inzwischen am Küchentisch Platz genommen und löffelt weiter seine Rote Grütze. Genüsslich lässt er sich die Rote Grütze auf der Zunge zergehen und blickt dabei versonnen zu dem Elch an der Wand. Die Walther liegt wie ein Besteck neben dem tiefen Teller. Der Typ ist wirklich irre, denkt Nicole, völlig durchgeknallt.

Ihr ist eingefallen, dass in ihrer Jackentasche noch eine alte Haarnadel sein müsste. Halb zur Seite gedreht kramt sie in ihrer Jacke. Sie hat unzählige Male schon geübt, wie man auf diese Weise eine Handschelle öffnen kann. Endlich kann sie es mal zum Einsatz bringen. Hinter dem Rücken ist es gar nicht so einfach, das Ding zu verbiegen und an der richtigen Stelle unter den Bügel der Handschelle zu bekommen. Von Rissen darf das auf keinen Fall mitbekommen. Aber der ist im Augenblick noch mit der Grütze beschäftigt.

»Nicht einmal meine Rote Grütze lässt man mich in Ruhe essen. Tagelang haben Ihre Hampelmänner in ihren weißen Anzügen an dem verkohlten Balken im Stall herumgekratzt. Um mir dann vorzuhalten, ich hätte meinen eigenen Besitz angezündet. Impertinent.«

»Spricht manches dafür.« Hinter ihrem Rücken biegt Nicole die Haarnadel gerade. Ihre gefesselten Hände sind feucht und geschwollen. Jetzt nur nicht aufgeben!

»Und warum hätte ich das tun sollen?«, fragt von Rissen scheinheilig.

»Um die Versicherungssumme zu kassieren.«

»Da wird nicht viel zu kassieren sein.«

»Deshalb kam Leif Ketels wohl auf die geniale Idee, Sie zu erpressen, damit er mit diesem Geld den Versicherungsschaden begleichen konnte. Sie sollten für Ihren eigenen Schaden aufkommen! Ziemlich clever!« Fast schwingt Bewunderung in den Worten von Nicole mit.

Von Rissen wirft ärgerlich den Löffel in den Teller, dass Milch auf den Tisch spritzt. Nicole ist gerade dabei, den Haarnadeldraht zwischen Handschellenring und Bügel zu schieben. Sie muss die Unterhaltung weiter in Gang halten. Dabei hat sie Mühe, den Draht fest zu greifen. Die Handschellen quetschen ihr bei jeder Bewegung die Haut schmerzhaft ein.

»Wenn Sie erpresst worden sind, stellt sich die Frage: Womit? Entweder hat Ketels beobachtet, wie Sie seine Frau erstickt haben …«

»Was, bitte, habe ich mit Ketels' Frau zu schaffen?«, blökt von Rissen.

»… oder wie Sie seinen Schwager Brodersen erschossen haben. Denn der soll ja wohl auch etwas mit *Ihrer* Frau gehabt haben.« Hinter ihrem Rücken schnappt leise die Handschelle auf. Nicole lässt sich nichts anmerken.

»Brodersen, dieser eitle Gockel, hat sich

hier breitgemacht.« Statt des Löffels nimmt von Rissen die Pistole zur Hand. »Früher, unter Ehrenmännern, hätte man das mit zwei Pistolen im Morgengrauen vor dem Deich geregelt.« Er blickt versonnen auf die Walther P99, lässt kurz das Magazin herausspringen und schiebt es wieder in den Griff zurück.

»Herr von Rissen, werden Sie vernünftig und lassen Sie uns dieses Theater doch beenden.« Nicole hat jetzt eine Hand aus der Handschelle befreit. Möglichst ohne ein Geräusch zu machen, zieht sie die leere Handschelle hinter dem Messingring des Herdes hervor.

»Theater?«, brüllt er. »Da verkennen Sie Ihre Situation mal nicht, mein liebes Frollein.«

»Außerdem wird mein Kollege gleich hier sein.«

»Wenn wir beide bis dahin nicht eine Kugel im Kopf haben.« Mit starrem Blick legt er die Waffe wieder neben seinen Teller. »Sie glauben doch nicht im Ernst, dass ich mich in die Hände dieser … dieser … Behörden begebe, dieser bürgerlichen Strafverfolgung. Das ist für einen von Rissen schlicht inakzeptabel.«

Nicole wird es nun doch zunehmend mulmig. Dieser Verrückte will sie hier doch nicht etwa beide exekutieren? Sie muss unbedingt an ihre Waffe kommen. Irgendwie muss sie von Rissen überraschen. Er sitzt gerade mal zwei Meter entfernt von ihr hinter seinem Teller mit dieser idiotischen Grütze. Sie muss den richtigen Augenblick erwischen. Er muss abgelenkt sein. Obwohl sie die Hände frei hat, hält sie beide versteckt hinter ihrem Rücken.

War da draußen etwa ein Geräusch? War da nicht ein Schatten am Fenster? War das ein blonder Frontspoiler? Bitte, lass es Thies sein! Nicole hört laut ihr eigenes Herz rasen.

Anscheinend hat von Rissen auch etwas bemerkt, denn ruckartig hebt er den Kopf und schaut zum Fenster. Das ist der Moment, auf den Nicole gehofft hat. Ohne groß zu überlegen, reißt sie beide Arme nach vorne und stürzt auf den Tisch zu. Und auf einmal geschieht alles gleichzeitig. Als von Rissen Nicole auf sich zukommen sieht, greift er überraschend schnell zur Pistole. Er zielt nicht auf die Kommissarin, sondern hält sich den Lauf der Walther in den Mund.

»Nein! Nicht!«, schreit Nicole. Mit einem

Hechtsprung ist sie neben von Rissen und will ihm die Waffe entreißen. Aber sie kommt den entscheidenden Bruchteil einer Sekunde zu spät. Onno von Rissen dreht kurz den Kopf und drückt ab. Erst dann kann sie ihm die Pistole entreißen.

Einen Moment lang starrt er die Kommissarin fast erstaunt an, dann quillt Blut aus seinem Mund und tropft in den Teller. In der Milch zeichnet sich augenblicklich ein rosaroter Strahlenkranz ab. Langsam fällt von Rissen mit dem Gesicht in den Teller mit Antjes Roter Grütze.

Wie gelähmt steht Nicole, die Waffe in der rechten Hand, neben dem Tisch. Im selben Moment öffnet sich die Tür, und Thies Detlefsen stürmt mit gezogener Waffe, ebenfalls einer Walther P99, in die Kutscherwohnung. Die beiden Polizisten stehen sich gegenüber. Für einen Moment hat es beiden die Sprache verschlagen.

Thies findet sie als Erster wieder. »Dat war Notwehr, Nicole. Kann ich bezeugen.«

36

Nach dem heißen Mai folgte ein kalter, vollkommen verregneter Frühsommer. Die Ermittlungen in den spektakulären Fredenbüller Todesfällen sind abgeschlossen. Die genauen Umstände des Mordes an Swaantje Ketels konnte die Polizei nie ganz klären. Und auch die Umschläge mit den erpressten Geldern in dem DLRG-Kasten wurden nie gefunden. Im ›Nordfriesland-Boten‹ erschienen reißerische Reportagen über den »Gegrillten Vertreter der Nürnberger« und den »Showdown auf Gut Rissen«. Thies und Nicole mussten als »Dreamteam von der Küste« vor den verschiedenen Tatorten posieren, ein Foto zeigt auch Susi vor »De Hidde Kist« mit einem roten Damenpumps im Maul. Die Schließung der Polizeinebenstelle Fredenbüll ist nach diesen Ereignissen erst mal vom Tisch.

Nicole Stappenbek ist längst abgereist. Jörn Brodersen, Swaantje und Leif Ketels wurden nach einer Feuerbestattung in aller

Stille beigesetzt. Onno von Rissen, der bei seinem übereilten Schuss nicht richtig getroffen hatte, ist von der Neurochirurgie gerade in die Psychiatrie der Flensburger Klinik verlegt worden und wartet dort in einem penibel aufgeräumten Einzelzimmer auf seinen Prozess. Der Hamburger Starverteidiger hat die Erstellung eines psychiatrischen Gutachtens durchgesetzt.

Zwei Monate nach den tragischen Ereignissen ist Fredenbüll wieder etwas zur Ruhe gekommen. Aber das idyllische Örtchen am Deich ist nicht mehr dasselbe wie vorher. Ihre Wiese hat Huberta von Rissen inzwischen an Professor Müller-Siemsen verkauft, der dort zur Begeisterung der Fredenbüller eine Bienenzucht im großen Stil aufziehen will. Der Geflügelhof von Dossmann war nach einem Dioxinfund in seinen »Fredenbüller Landeiern« mehrere Wochen geschlossen. Statt »Bräunungsdusche« bietet Alexandra nur noch »chinesische Kopfmassagen« an.

Die meisten Fredenbüller sind jetzt tatsächlich bei der Nürnberger versichert, zu vergünstigten Bedingungen. In »De Hidde Kist« hat Klaas während einer Halbzeitpause kurzerhand die neuen Energiesparlampen wieder gegen alte Leuchtmittel getauscht. Renates Gästezimmer ist trotz des schlechten Wetters neuerdings immer ausgebucht. Der Schimmelreiter fährt ein neues Auto, einen Ford Mustang King Cobra, Baujahr '78. Die historischen Boxen sind im Bass-Bereich etwas flauer, dafür macht der Oldtimer als solcher deutlich mehr Krach. In »De Hidde Kist« wird gerätselt, wo er auf einmal das viele Geld herhat.

Die Zwillinge Telje und Tadje sollen nun doch versetzt werden. Statt der »Odysseus«-Tour wollen Thies und Heike in den großen Ferien ganz gemütlich mit den Kindern nach Amrum rüberfahren. Und nach seiner Rückkehr warten auf Thies Detlefsen schon wieder mehrere schwere Fälle von Treckerlärm und Falschparken am Deich.

»Dazu muss ich nich in die Stadt«, sagt Thies, »Kriminalität gibt dat hier genug.«